陆 源/著

晓 瑾/译

守卫者
系列
4

THE
GUARDIANS
GUARDIANS

守卫神

百花洲文艺出版社
BAIHUAZHOU LITERATURE AND ART PRESS

守卫神

一道瀑布激流直下，迅疾飞溅似乎比液体更扎实。白色的飞沫四散，水雾高高飘扬。细碎的水珠子呈现在周围的空中，转而又落回瀑布近旁湿滑的石头上。四位神仙，通身灵光笼罩，未被水雾所侵，正站在一块凸出的岩石之上，面对着一帘水幕。

"我拒绝进入美猴王的地界。"二郎神宣布。

"怎样才能进去？"哪吒三太子问，"美猴王定是设了结界，恐怕在升仙之前，美猴王设结界的本事就不容小觑了。"

"我能对付。"关公说，取出一柄自己日后入凡间时以此闻名于世的巨型半月刀，然后踏步走近水帘。红脸大汉关公一转身，将大刀直接插进了水帘之中。锋利的刀刃一下子斩穿水面，就此在结界中打出了一个开口。

四位神仙见水帘后面有一处平台，平台的背后是一条石墙遮挡的长通道。哪吒三太子上前一步，飞身先行，手腕一转，风火轮不知从哪里冒了出来。他飞身上前，风火轮在空中转了一圈。在他下落之时，两只风火轮便飞到了脚下，接住了他的双脚。他脚踏风火轮，飘浮在半空中，一路向前滑去，一弯腰，穿过了关公打开的结界入口。

下一个是观音。她先倾了倾手中的净瓶。一滴水珠从瓶中流出，溅在早已经湿透的石头上。一株草即刻从石头中生长出来，不一会儿，一茎浅绛色的荷花便出现在观音面前的地上。她伸足踏入花中，身形甫动，身上蓝色的袍子也随着前后摆动。等双足都踏入了花瓣之后，底下的花茎便开始生长，将花托入了水帘开口处。她一踏上石栏，荷花便迅速萎缩成一滴水的原形。

二郎神见没有其他办法，只能跟随，一边骂骂咧咧的，一边变身为一只麻雀，飞扑进了美猴王的地界。他一穿过水帘，关公便将大刀往空中一抛，纵身飞起，翻了一个身，双脚落在石栏的另一边。关公趁刀回落之时一把抓住，直接送进了背后的刀鞘中，然后便带着大家沿着石头暗道，朝与瀑布相反的方向走去。

哪吒化出一团光亮，在前面照着路。四位神仙其实能各自探出神识，本无须照亮，但如此一来，便等于通知并不很欢迎他们的主人，四位神仙已经进入他的地界。

暗道又向前延伸了一段，四位神仙继续走着，直到水声渐渐弱了下去。出了暗道，来到一处阳光出奇耀眼、生机满目的空地。四位神仙一踏进空地，一大群猴子便落到了身上，一路的小心翼翼也成了徒劳。

猴子们生气地吱吱乱叫着，举网想要当头罩下闯入者。哪吒太子一把火烧了第一个网罩阵，关公抡起大刀咧咧几下一扫，收拾了剩下的一些网罩。

猴子们见自己的伎俩不成功，便从岩石上跳下来直接攻击四位神仙。五六只猴子飞扑到二郎神身上，伸指直取他的喉头。二郎神变身为一只狮子，大声咆哮。猴子毫无惧意，继续向他扑来，灵巧地避开他的张嘴啃咬和锋利的爪子。两只猴子跳上了他的背，手指直插进了他的鬃毛之中。不管他如何抽打，猴儿就是不肯松开。二郎神无奈之下不禁有些烦躁，干脆化为一只巨鸟，直接咆哮着一飞冲天。

开始猴儿紧紧地抓住了他的后背，不过终于抓不住，翻落在地。二郎神一旦失了背上的重负，便停止继续向上攀升，看着猴子直向下坠落。落到一半，猴子消失了。二郎神开了天眼，这才发现猴子又变回了两根粗糙的猴毛。

二郎神恼怒地向着地面上正挥手收回幻化成猴儿的猴毛的美猴王俯冲下去。此刻小猴儿都消失了，只剩下飘浮在空中的一根根褐色猴毛。

"这是什么意思？"二郎神质问道。

美猴王翻了翻白眼，从大石头上跳下来，一翻身站在几位神仙面前："这些是用来防守结界的一部分设置。别不高兴，保证有一些人比你们更怕这些设置。前阵子有几个小水妖偷偷地溜进了我的领地。"

"最好别挑战我的耐心。"二郎神紧咬着牙关说。

"别忘记是你自己闯进了我的洞天福地。"美猴王说，"不喜欢，走就是了。"

"我巴不得。"二郎神回嘴道。如果不是观音严厉地看了他一眼，他说不定还真的会转身往外走了。

"你们两个哗众取宠之事是否已经搞完了？还有重要的事情需要讨论。"关公说。

美猴王夸张地叹了口气，手中金箍棒一转，把它缩成一根针大小，放回了自己耳中，然后挥挥手让四位神仙跟他上了石山。"跟我来。我有个更好的去处供我们商讨。"

美猴王向山上走去，轻轻地在岩石上跳来跳去。五位神仙很快到了能俯视秀美山谷的山顶。山谷正中有一条清澈小溪，还有好几座竹制的小桥蜿蜒在小溪各处。亭台楼阁布满在整个山谷之中，衬托出这里的自然美景。

美猴王继续带路，沿着一条人迹罕至的土路下山。一路向下走，山谷中有各种各样、不同年龄的猴子。有些坐在楼阁上，沐浴在日光中；还有一些聚集在小溪边，脚踢溅着清亮的溪水。见五位神仙走过，小猴儿们向美猴王鞠躬。神仙们随着美猴王一起进了他的私人宅邸。五位神仙进入一个宽敞的庭院，院中已经放置了桌凳，桌子上面摆满了精美食物。

"请坐吧。"美猴王说，很卖力地扮着一个好客的主人。自己在首座坐下，举杯向众仙示意。无人举杯，好像都不以为意的样子。他刚放下杯子，一小猴便上来拿酒壶又给斟满了。美猴王接着取过一大捧葡萄，一粒一粒地抛进嘴中。

长生不死的神仙本来用不着进食，不过美猴王却还是很喜欢吃。在还没有升仙之前，不过是这群猴子中的一只，后来慢慢地登上了王位。没过多久，他野心越来越大，再后来就有了大闹天宫之事。几个世纪之后，美猴王终于位列仙班，又回到了花果山，猴子猴孙们也都成了地仙，一起住在这介于天堂和凡世之间的洞天福地中。

这里的猴儿似乎颇有些灵气，在美猴王的统治下，花果山俨然是一个初具形态的小社会。小猴们被充作仆佣，美猴王用自己的魔力令猴子们不再有其他要求。四位神仙第一次造访此地，除了二郎神之外，都颇觉惊喜。

看着美猴王吞食了一阵子水果，哪吒三太子终于清了清嗓子："是不是该讨论正事了？"

"还需要解释的吗？"美猴王叹了口气说，"需要我们五位不得不再次重聚于此，只有一个原因。我怎么又得掺和到这件事情中来？这地上才过了三年。我以为至少会有几个世纪这种事都烦不到我头上来。"

"你知道是因为玉帝颇为器重你的才能。"关公说。

美猴王冷哼一声："如果真是如此，就不必把这虚有其表之徒也派来做这事。"

还没等二郎神回应，观音菩萨便清了清嗓子严厉地望着两人："你们的琐碎小事之争来日方长。眼下，我们需要了解一下目前的情势。邪神自上一战之中恢复过来的速度比想象的快。自他吃了败仗，我一度以为他会有很多年都无法进行反扑了。我们必须尽全力了解这不期而至的反攻，以及计划如何应对。"

"肯定还是老办法啦。"美猴王说，"不过你说的没错。自从三年前发生的事情之后，他没可能这么快地完全恢复。他将妖怪驱赶到人间已经用完了他的全部神力。他定无可能恢复得如此之快的。"

"我在凡间已经感知到邪神的存在。"关公说，"无法想象他这么快已经开始施术操控。他应该明白，从他开始直接催动神力的一刻起，就给了我们介入此事的许可。"

"可能邪神已经绝望了。"哪吒三太子说。

"如果我们的敌人真的又一次在凡间现身，我们唯有破誓，再次召唤我们的游侠。"关公说。

"以眼下情形，连我都觉得对不起游侠。"美猴王说，"我知道邪神对谁都毫不留情，可他就不能容我们清静个几世纪？这区区几百年跟他活过的年头来比又算得了什么？"

"邪神不管我们舒不舒服，方不方便。"二郎神道。

为了制止这两个冤家对头之间再起争执，关公站起身来又一次取出了他的青龙偃月刀。他口中念了几句口诀，拖它在空中慢慢转动。刀锋过处，分隔着这世界和凡间的隔膜裂开了。开口处慢慢漫出些烟气和一股劲风。最终，风吹了回去，在空中形成了一个烟雾旋涡。漫卷的灰烟聚成了针尖般大小，然后又再漫了开来。在烟雾中间，有一张薄膜让仙人们能看见凡间诸事。

当五位仙人意识到他们见到的是什么东西时，都震惊地倒吸一口凉气。

"邪神终于抛弃所有的规矩了？"哪吒三太子怒道。

透过飘浮的雾气，他看见一位年轻人全身是血拖行在道上。一辆马车在尘土飞扬的路面上隆隆而来，经过他身边时，马夫倏地一扯缰绳。

"发生什么事了？"车里传来一名女子的声音。

"小姐，路边有一年轻人，看上去像是受伤了。"老车夫说，从座位上跳下来，向年轻人走去。这时，女子也推开马车车窗，吃惊地吸了口气。

"年轻人，你没事吧？"车夫道。

起初，年轻人像是没有听见。然后才转过身，清冷地笑道："这不是我的血，是我家人的。"说完这番话，便瘫倒在地。

马夫急忙冲了过去，年轻女子便叫她的下人也过去帮马夫。他俩一起将年轻人从路边抬开。刚一放下他，仆人的眼睛就睁大了："杨小姐，这人看上去像是洪朋子的儿子。"

年轻女子下了马车，自己过来查看。她也认出了这年轻人叫洪翩。"他说他的家人都被杀了吗？"见马夫点点头，她双眼圆睁，"把他放到我的马车中。肯定是当今皇上违背了他父亲的誓言。我们得救他。"

"我的小姐，你想把他放到我们的车上？"马夫震惊地问。

"是的，请快些。"她说。

"可是……"仆人刚想开口。

"老干，你难道不明白发生什么事了吗？如果皇上开始动手清除赤眉军首领，你觉得他什么时候会伸手到我们头上？我们必须救他。"她再次说道。

两人抬起这年轻人将他放到马车上。杨小姐撩开车上的布帘，他们便将他平放在车厢地板上。杨小姐发出一个信号，马夫重新跳回座位上，往路上驰去。她和其他的仆人一起跟在马车后面一路疾驰回家。

关公伸掌一挥，这下五位仙人看见的是马车内部的情形，看着躺在车内的年轻人。他们盯着年轻人看了一会儿，互相交换了一下眼色，想要证实他们的怀疑是对的。

躺在地上的年轻人消除了五位仙人所有的疑惑，他张开眼睛，冲着五位仙人微笑，挤挤眼睛，然后继续躺回去装作人事不省的样子。

$1^{章}$

　　在数里之外的京城洛阳，朱成轻轻打开九大人宅邸一楼的一扇窗户。见四下无人，便翻窗进了屋子，来到了一间空置的睡房，偷偷地向门口溜去。小龙在朱成身后落地，然后探出窗外，挥手招呼班超跟上。

　　两位姑娘向走廊望去，班超将窗子掩上。朱成看见走廊里有一个影子，于是轻轻地关上了门，后退了几步。三人静静立在原地等脚步声过去。

　　等外面没有动静了，朱成转身瞪向班超。他叹了口气，点点头，小心地为两位姑娘让道。小龙见班超脸上的表情，不禁笑了，拍了拍他的肩跟着朱成出了门。确保安全之后，朱成出了房间，向走廊走去。小龙和班超踮着脚尖紧随其后，竖起耳朵听着以防有人路过。

　　不多一会儿，他们就到了九大人书房门口。朱成很轻易地把门撬开，替小龙和班超把着门。等他们都进去了之后，小龙打开了窗子让月光透进来。朱成背过身子，不停地搓着两只手，四下看着。她已经有好一阵子没用过她这些本事了。虽然已经没有了逃出宫舒缓神经的冲动，但她还是时不时地需要犯犯她的老毛病。

　　几天之前，她和可兰手下的探子来报，说九大人打算在下次察举廉吏的考试中舞弊，以厚待他自己的门生。如果说当今朝中还有什么事情是秉公执行的，恐怕就只剩下察举岁科的考试了。这也更加说明不能让九大人得逞。

自从三年前击败了北匈奴，以及邪神派来的妖怪大军之后，朝上的百官已经比较容易对付了。刘阳无须每天早朝时面对他们权威的挑战了。其实，早朝已经变得无聊，如若没有人强逼或者威胁，朱成根本不去上朝。即便这样，她还是只肯隔一天才去一次。而且遇上下午还要重新议事，就根本没可能把她给拽回来。

朱成捅捅班超，叫他过去站到门口，把耳朵贴在门上，以防有人偷袭。然后和小龙一起在屋子里翻找起来，看看能否找到些佐证线报的材料。在翻检信函的时候，小龙发现了几句几乎能成为罪证的言辞。但仅凭这些很难立案，不过证实了探子给的线索是可靠的。小龙示意朱成过来，将这些内容指给她看。

"我觉得还没有足够的铁证。"小龙耳语道。

"我也这么觉得。"朱成在屋里四下察看着说。

"要不要让班超走？"小龙问。

听到自己的名字，班超朝她们走去。可不走运的是，不知道怎么的，他的衣衫一角带着了挂满了整墙的一幅画。他往前走着，画被撕成了两半，声音回荡在屋里，整个宅子都能听见。

三人面面相觑，很快听到楼上传来脚步声。反正已经无须再保持安静了，朱成烦躁得大吼了起来："我再也不带你去任何地方了。"

"不知道怎么会这样的。"班超说道。

"现在争辩也没有用。"小龙说，"我们先离开这儿再说。"她从开着的窗口纵了出去，挥手叫两人跟上。

朱成双手撑上窗台，一翻身出了屋子。班超急忙赶过去，身上还挂着半张画，也跃了出去。三人都落在庭院中，小龙反手将身后的窗子关上。他们一起施展轻功，跃上了最近的屋顶。他们沿着屋脊一路跑过去，然后在隔了一幢屋子的地方轻轻落了地。不一会儿，他们就已经离九大人的宅邸有一段距离了，向着皇宫的方向赶去。

过了一会儿，朱成才注意到一片绢纸仍旧挂在班超的腿上，大笑着说："你要不要收拾一下啊。"

班超停下，徒劳地扯着画："不知道这东西是怎么粘在我身上的。"

"我们也不知道。"小龙说道。

班超抽出剑来，一挥剑将画斩断。然后，他抬头看着她俩，皱起了眉："真是抱歉。"

"没什么。反正找到要找的东西了。现在只需设个局等我们的朋友实施他的计划。"朱成说。

"你今天倒是非常大方。"小龙议道，"我还等着你把班超的头拧下来呢。"

"好心情不会一直有的哦，所以你们有机会就好好享受吧。"朱成说，"今晚能够故技重施我已经觉得很高兴了。离上次潜入别人家中，已经有几个月了吧。我们刚开始进行这机构重组的行动时，我没有想到我替自己签下了怎样的未来。不然的话，我肯定会反对的。"

班超冲朱成翻个白眼："是哦。"

"日子越来越闷了。如果再这么糟糕下去的话，我可能非要去朝堂上羞辱朝臣们不可，以期气死他们。自刘阳叔父谋反以来，已经好久没有在大殿上好好地吵过一架了。"朱成说。

"要不留着过年节庆的时候吧。"小龙建议道，"到时牺牲品更多。"

"别怂恿她了。"班超感叹道。

朱成完全无视他，继而认真地考虑起这个建议。

班超叹了一口气，说道："恐怕过了这些年，我还是唯一清醒的一个。"

他们三人通过暗道，回到了御书房，刘阳和可兰正在忙着构想一个计划。见他们三人进来，便抬起头来，可兰带着疑惑扬起了一边眉毛。

"九大人肯定是参与了什么见不得人的事情。"班超答道。

"我猜你们还没找到可以拿来直接对付他的确凿证据吧？"刘阳问，"你们回来得比我们预期的早。是不是班超又搞砸了什么事情？"

"你们俩非逼着我带上他。"朱成嗔怪道。

可兰叹了口气："这次你又做什么了？又碰倒一只花瓶？"

"他做了件倒是挺戏剧性的事情。"小龙答道。她向他们描述了发生的事情，逗得刘阳和可兰一阵阵狂笑。

"好了吧。"班超过了一会儿说，"没有那么好笑吧。"

"让他们笑吧。"小龙对班超说，"总好过朱成生你的气吧！"

"也对。"班超承认，"反正这种事已经太多了。"

等大家终于平静了下来，他们继续回到所谋之事上来。

"除了找暗探紧盯着他，我想不出其他什么方法可行。"可兰说，"还得是我们手下最棒的暗探才行。不然我们的行动被发现了可就糟了。"

"不会的。"小龙同意，"一些官员又开始蠢蠢欲动了。三年前的教训已经被淡忘得差不多了。无须告诉他们有人监视，不然只会加速此事，到时定会又是一团糟。"

"我想最好的办法是在年科之前，派他个差事让他离开京城。"

班超说。

"这倒是情理之中。"朱成同意，"不过也是为什么我们不应该这么做的原因。我觉得应该再潜回他宅中。"

"你都说了看样子找不到什么能直接治他罪的东西。"可兰指出。

"但并不等于说不可能呀。再说了，我心痒痒的。我得时不时地离开一下宫里才好。"朱成说。

"我也是。"刘阳说，"战后就一直没离开过宫里。就算那次，我跟可兰也是匆匆地赶去了长城，又立刻赶了回来。"

"战后，我们谁也没有离开过呀。"小龙说。

"做赝品的人怎么回事？"可兰问，"这个任务也无法让我们离开京城，不过好歹算是不用对付那些一脸不高兴的大臣，可以做点别的事儿。"

朱成听见这事儿就来劲儿了："我和可兰不久前收到线报，有一帮工匠正在仿冒宫内收存的宝物。复制了一些山水画，甚至还有些古董，然后当真货出售。大部分买家都是异域或者其他城市来的商人。我们不能让人觉得我们连自己宫里的宝物都守不住，所以一定得制止这些工匠。"

"我们原打算派一队士兵去突袭，不过这事何不交给你们处理呢？"可兰问，"我们刚刚得知他们大本营的地址。"

"哪儿？"朱成问。

不等刘阳回答，小龙就挥手叫他安静："除非她答应明天上早朝，不然别告诉她。"

班超大笑着说："你也变坏了哦。看来是朱成传染给你的。"

"我觉得这是件好事。"朱成说，"可这不公平。我已经完成了我该点的卯了。"

"如果想让朝堂上有点秩序的话，你最好还是多上几次朝吧。"刘阳对她说，"大部分大臣见了你还是很害怕的。"

"好吧。"朱成妥协了，"嗯，而且你说得对，我知道我不能踢他们或者打他们。要不然真有可能伤了大臣们宝贵的自尊。"

通向隔壁房间的门开了，柴华抱着一堆奏折走了进来："这些是今天的最后一批。"

"有什么不寻常的吗？"刘阳问。

"没有。"柴华一边把奏报分成两叠，一边说，"请调更多粮种的，还有申请调拨修筑堤坝的，这类的奏报最近多了一些。国库充盈足够提供这些拨款，不过我会让你自己决定最终的额度。这里是我派人用术数计算之后的建议额度。"她递过来一张纸，上面列着一行行的数字，然后她自己在椅子上坐了下来。

"看来你对你的新差事很满意嘛。"班超对柴华说。

上个月，成功成立了尚书侍郎部门帮助刘阳批阅奏报。他们亲手挑选了一整队人，大部分都是可兰的朋友，然后把他们放在最早的这三位侍郎的治下。他们以前做的这些工作现在都由这一队人在另一幢大屋里完成，不过如果有重要的报告，需要刘阳亲自批阅的，由姐妹花或朴阳中间的一个拿过来。

"反正我是很享受这种状态的。"刘阳一边说一边把埋在奏报中的头抬起来，"自从我们开始采用这个方法，我从来都没像现在这么有空过。我自己都不知道做些什么好了。"

"还不是让我生不如死嘛。"可兰喃喃道。

"嗨。"刘阳反对，"我做什么了呀？"

可兰耸耸肩："你反正迟早会做些烦人的事的。我只不过提前担心着。"

　　等大家止住了笑，柴华想了想，问："你们今天发现了什么？你们好像说过要去九大人家里翻一翻的。"

　　这当然给了朱成又一个嘲笑班超的机会，她详细地向柴华描述了班超是怎么暴露了他们行踪的。

2^章

第二天早上，小龙到大殿的时候见班超早已在那里了。她从群臣中间穿过，向其中一些点点头，然后停在班超身边。

"我没看见朱成。"班超小声说。

"我想，她现在越来越会睡懒觉了。"小龙小声地答道。

"二位准备好过春节了吗？"一个声音响起。

小龙和班超一转身，见劳大人站在那儿，探寻地望着他们。他很早就清楚地表明了他不赞成年轻的大将军们跻身朝廷最高阶的官员之列。朝上其他大臣都勉强地接受了他们虽然邪恶，但是却也无法除去的事实，但劳大人的观念从一开始就从未动摇过。所以，他主动前来，用这句听上去颇为友善的话跟他们搭讪着实是件奇怪的事情。

不管怎么说，他们还是遵照了基本的宫廷礼仪，小龙微笑着点了点头："谢侯负责今年的节庆事宜，相信定会盛况空前。"

"当然，当然。"劳大人附和着。他好像还有其他的话要说，不过朱成的出现打断了他，因为她双目炯炯挑剔地盯着他看。

审视了片刻之后，她随意地指了指他的头："劳大人，看上去你的官帽今天好像有些戴歪了。最好在皇上到来之前整理一下吧。"不等他回答，她就一转身在第一排的位置上站好了。

小龙再冲劳大人点点头，然后和班超一起走了开去，剩下他一个人被听见他们对话的人偷笑着。班超在朱成身边就位后，他抬起一边眉头说："别假装捉弄他没叫你开心了。"

朱成已经忍不住笑了，不过很快又恢复了严肃："他为何接近你们？"

"我自己也很纳闷呢。"小龙一边说，一边越过班超的肩膀盯着劳大人看，"我敢打赌他有所图谋。他可能觉得这会是一个大手笔。"

"我同意。"班超说，"看上去他好像是特意过来幸灾乐祸的。"

"他是条小鱼。"朱成说，"我们可以迟点儿再去想他到底意欲何为。"

可兰进来刚好听见朱成讲这句话，不禁露出一个疑惑的表情。刚好这时，传信的内侍宣布皇帝陛下到，所以大家匆匆走到各自的位置上。刘阳到达之后，先是常规的礼仪，并无重要的事情宣布。大臣们纷纷提了一些寻常的问题和解决办法，大部分是没有什么实质性的意义。跟往常一样，刘阳最后感谢大家对朝廷的忠心，然后宣布退朝。小龙很佩服刘阳，他可以日复一日地貌似真诚地说这种话。

早朝散了之后，刘阳最信任的顾问团就在大殿的偏殿集中。除了年轻的大将军们和可兰、柴华、范大将军、魏夫子、郎队长，时常还有一些人轮换出席。作为军中军需将军，彭貂也经常出席这样的会议，他在五人到了之后很快也到了。

"你有消息要告诉大家？"可兰见彭貂进来坐在桌旁然后问道。

"我有。"彭貂确认，"我详细说之前先等其他人到齐吧。不过先长话短说，我们得派小队人前往南方清理边境。"

"你想都别想。"班超对朱成说。

"我知道。"朱成驳了回去，"没有必要派个大将军去对付一些山野小贼。再说，我也不想去南方蛮夷之地。湿瘴气候太糟糕了。"

大家到齐了之后，刘阳将会场交给了彭貂，他过去的这几个月，一直在南方调查边境上时常出现的山贼滋扰一事。南方散落着一些很小的部族，这些部族跟北方匈奴是完全没法相提并论的。通常，这些部族带来的威胁只不过是一些山贼所制造的，只能称得上是讨厌的骚扰，根本无须担心。不过，最近的一轮滋扰中却死了六个当地的平民。

"从南方获得信息非常困难。"彭貂说，"你们知道的，我刚刚亲自前去了解情况回来。除了边境有零星守卫布防的几个镇之外，部落还真是构成了威胁。不过就算那时，大部分小镇也都有防卫措施。"

"他们有没有联手的可能？"范大司马问。

"完全没有。"彭貂答道，"山贼们更多的时候是在互相争战，而不是对我们的边境守军挑衅。山贼大部分成员都是罪犯，部族中间有太多的血仇。"

"听上去构不成多大的威胁嘛。"郎队长说。

"对，他们不会。"彭貂同意，"不过我还是建议派一小队人去南境将这些人驱走。"

"我同意。"刘阳说，"我们需要保证我们的边境安全，让我们的人在准备抵挡下一次敌人进袭时，无须回头留意背后。"

"再说，不这样做的话我们看上去就太弱了。"可兰补充道。

"决定派一小队人去。"魏夫子说，"现在剩下唯一要做的是选一个人到南方的丛林里去。所有的报告都说那里气候恶劣。"

可兰大笑着看向朱成："看来魏夫子跟你对南方地带的看法是一

様的。"

魏夫子点点头说："有年轻一代确认的想法，感觉很好。"

"派康石去。"朱成建议，"他近来表现极为不错，负责军队的训练事务非常出色。再说，如果我不派他出去跑一跑，他迟早会来惹烦我的。"

班超翻了个白眼："除非太阳从西边出来才会发生这样的事情。"

"觉得这主意听上去不坏啊。"小龙说，"彭貂，你跟康石一起讨论吧，决定要多少人。决定了之后，来找我，我会签发军令下去。"

"明白了，到处显摆权力啊。"柴华说。

现在开这样的会，已经变得非常随意了，大家都轻笑了几声，才散了会。大家都转头去做自己分内的事，朱成要求道："告诉我造假的工匠在哪里。我准备去查查。"

"其实已经替你准备了地图。"刘阳说，伸手入怀取出一小幅绢布。

班超接过来摊在桌上，让大家看。"你自己绘的吗？"他问。

"是花了些时间的，不过，是的。"刘阳答道。

"你越来越有长进了。"小龙一边细看着这繁复的地图一边说。

"别鼓励他了。"可兰说，"我忙着撰写宫廷文书的时候，他整天在干这个。"

"你真会编。我们都知道大部分文书是魏夫子写的。"朱成说。

"他写的都是官方公开发表的。"可兰说，"私密一些的是由我写的。前几天，我得写奏折弹劾一名官员。虽然进展缓慢，但很肯定地已经在一点点地清除这些人了。"

"已经花了足够长时间了。"班超说。

"三年并不算太长。"小龙议道，"从某种角度来说，这还真是值得称道。虽然接下来的工作还有很多。"

"比如制止造假者。"朱成说，"我们早该走了。"

太阳落山时，朱成、小龙和班超坐在看上去像是普通书画铺子的对面的一间饭馆里。为了保险起见，他们做了一个非常聪明的掩护，这么正大光明地坐着以避免引起怀疑。他们三人坐在那里的这段时间里，有好几个人从店里出来，手上拿着布包。从布包的形状来看，店里卖出了不少花瓶。店里的生意开始少下来了，三人便上了店的屋顶。

他们三人在屋顶上足足等了半个时辰。朱成也安静地坐着，没有惹麻烦。每次执行这一类的任务，朱成全身都充满了一种令敌人胆战心惊的紧张感。

"计划如何？"班超问。

"你和小龙从后门进。我从前门溜进去。我们放倒里面所有的人，然后安静地等着可能外出回来的成员。觉得怎么样？"朱成问。

"也不用担心班超暴露我们。"小龙戏道。

"你们好了吧。"班超嘟囔着，虽然他也禁不住咧开嘴笑了。

朱成向小龙扔过来一套撬锁的工具，自己也掏出了一套。然后退后，跃下了屋顶，落在店门前。与此同时，小龙和班超向着屋顶的另一边跑去。虽然小龙开锁的技术比不上朱成，但也只需看一眼就够了。在昏暗的光线下，小龙弯下腰，用其中一根细细的撬针捅着锁眼。锁跳开的一瞬间，里面传来撞击声，说明朱成已经开始行动了。

两人脸上蒙上了黑布，小龙和班超撞进了后门。发现自己进了厨房，正面站着一个愤怒的厨子，一手举着刀，另一手举着锅。高大的厨子一把将刀子掷了过来，他们俩向边上移了一步。菜刀直接从开着的门飞了出去，扎进门对面的墙上。

厨子拎起了另一把刀，班超向他扑了上去。先是刀，后是一只锅冲班超的脑袋飞来，班超往边上一扑。两样东西撞到了墙上，然后落在了旁边一个放满厨具的架子上。班超挥剑一扫，厨具都冲着厨子飞了过去。

厨子挥舞着拳头，一拳砸进面前的桌板上。桌板上厚厚的竹制砧板一下子飞了起来，像一面盾一样挡住了一些飞器。一堆乱飞的东西一停，厨子伸手抓住了砧板，重重砸在桌板上。砧板上所有扎着的利器都被砸扁了。厨子从桌板后面站了出来，一手拿着砧板，另一只手中却是一把随手抓起的镰刀。

班超瞟了一眼镰刀的曲折利齿，抽出了自己的剑，不想让利齿扎进自己的肌肉中。还没等抽出剑，厨子已经向前扑了过来。班超抬头见镰刀尖正直冲自己的面门砍下来。他举剑格挡，同时一转身躲开攻击。他的剑对上了厨子的利刃，厨子打算夺他的剑，他没有反抗。他反而顺势而走，任由自己的胳膊被拖去。

与此同时，班超向前一步，出掌击中了厨子的侧腰。一掌打得厨子向后踉跄几步。在这过程当中，厨子手上的砧板已抓不稳，被班超一把抓住。厨子站立不稳，班超纵身而起，举起砧板砸在厨子的头顶。力量之大直接把砧板砸成了两半，将厨子打趴在地上。

班超在对付厨子的时候，小龙悄悄掩进离她最近的一扇门，到了一个像是起坐间的地方。立刻有两名男子起身来对付小龙。其中一人看上去更像书生而不是一个罪犯，手中挥舞着的是一支毛笔，而不是腰间所插着的一把镶着钢边的折扇。他唰的一声打开折扇，利刃从边上弹了出来；另一人的体格看上去像是一个铁匠，赤手空拳地就扑了上来。

小龙轻巧地躲开了攻击，然后一个后空翻，她和那两人之间多了一张桌子。她翻过桌子的时候，看见了桌上的一幅画，跟高祖所画的那幅真迹极其相像，她看得出来顶级专家才能看出的赝品和真迹之间的区别。她不得不佩服这作假画的人的高超技术。

小龙双脚一落地，即刻闪到一边，画师将折扇冲她脑袋掷来。折扇只以毫发之距擦过了小龙，而她平静地看着折扇在空中转了一个弯，重新又转回了画师的手中。还没等折扇回到画师手中，另外一人已经开始了行动。他将桌子和画全都推到一边，扑了上来。小龙没有试图躲开，反而探身向前，任由他一拳击中自己的肩膀。他的拳头一碰上小龙的手臂，她就将内力贯入肩头。结果是，他的一记重击的力量被反弹了回去，打得他直摔至屋子的另一头，刚巧躲开了他的同伙，重重撞上了对面的墙上，半个身子穿过了一根木桩子。

画师没有理会他的同伙，将折扇又掷了过来。这一次，他将扇子像一个飞碟般扔出。小龙毫无惧意，见它飞来向后一仰然后用脚一踢，正好踢中了它，将它踢得转了方向，扇子又以极快的速度向画师飞了过去，画师在差点儿被穿了个透之前勉强抓住了折扇。

这一下令画师分了神，足以让小龙扑上前去伸出两指点中他心口的穴位。他登时僵在原地，无法动弹。小龙绕过他身子走向另一间屋子。班超也到了，于是两人一起向下一个对手走去。

撬开前门，可称得上是朱成的得意之作。她一脚踢开门，随意地走了进去。整间铺子里响起了警示的大叫声，朱成一边四下看着那些东西，一边等着人进来。一名手上沾满了红泥的年轻男子冲进屋子，震惊地瞪着她好长时间，这才一边乱骂着冲了上来，命她马上离开。她身子一转，避开了他试图抓她的手臂的举动。她一边避开，一边脚已经踢出，将年轻男子踢得连滚带爬地飞到了屋子另一头。还在他倒地呻吟的时候，她已经将身后的大门关上，走到立在门边的大柜子旁。用力一拉，柜子在一声巨响中横倒，挡住了大门。

朱成拍拍手心上的泥，然后向着年轻陶瓷匠出来的里屋走去。她还没跨过门槛，一名高挑的女保镖冲进屋来。她打量着朱成，又瞟了一眼陶瓷匠，质问道："你在这里做什么？"

朱成咧嘴一笑，指着推倒在地的柜子："显然，是来破坏你的生意呀。"

高挑的女保镖伸手在腰带上掏出两把短柄弯刀，是需要把手指套进刀柄的爪形小刀。她将刀收在掌中，对朱成说："你要是觉得我们好欺负，你就错了。"

朱成没有搭理她，凑过去查看她的兵器。刀看着更像是爪子而不是匕首，看得出来是一个好铁匠铸的。女保镖被朱成持续不断的不理不睬给激怒了，她冲着朱成的脸挥动着小刀，朱成一把抓住她的手腕，抬脚一踢，她就飞到隔壁屋子里去了。

朱成跨过门槛之后，两个跟女保镖使同样爪形小刀的男子扑了上来。但占了屋子四分之一空间的瓷窑显然更吸引她的注意，所以她只拿眼角顺带扫了他们一眼。主窑之下的炉火之中插着一根通条，可能是之前被打倒的年轻人正要开窑。

两男子打断了她对炉窑的欣赏，踏前一步，手中的爪形小刀已掷出。她纵入空中，一脚一个踩在他们的头上。没等他们反应过来，她又一脚一个踢中他们后背，他们便直往墙上撞了过去。女保镖正打算再次扑上来，却莫名其妙地突然翻倒在地。

朱成抬头见小龙和班超站在近旁的门廊边。"你们是觉得我对付不了她？"她问。

"不是啊。"小龙带着笑答道，"我只不过好久没使银针了。我怕自己没机会练习。"

"你可以上早朝的时候练啊。"朱成说，"这样，至少能让他们保持警觉。"

"你能不迟点儿再出这种馊主意吗？"班超问，"我们还得收拾这些造假的匠人呢。"

"是吗？"朱成问，"我没听见什么动静啊。你们俩收拾了几个？我数着有四个，如果算上这个保镖的话。"

"呃，我们来看看。一个使阔刀的，一个使奇怪的鞭子的姑娘，还有这个厨子，总共三个。"班超答道。

"厨子不算。"朱成不同意。

小龙走过去，探头看了看前面的铺子，见年轻陶瓷匠还躺在地上号叫个不停："如果厨子不算的话，这小子也不能算。"

"我让你见识一下他有多危险。"朱成说着走过去，一把点中他颈中穴位，让他不再滚来滚去，"我差点没了小命。"

"他是打算拿泥抹你的脸，对吗？"小龙问。

班超咯咯一笑："如果他也算一个的话，厨子哪怕不能算一个，也至少能有两个。"

"我想刚才屋子里有些麻绳。"班超又说。

"哪用得着这么麻烦？"朱成问。她走到屋子另一边，从架子上扯下一件丝绢衫袍，又走了回来。她猛地一撕，撕下一条布条来，扔给班超。然后她继续撕着，面前不一会儿就堆起了一堆布条。她捧起一堆，走到另一间屋子里去绑起躺在地上的匠人。没用一会儿，三人就已经将不省人事的匠人绑好，嘴里塞上了布条，再把他们拖到一间屋子里集中看管着。他们数了数，总共有十二人，包括使短柄爪刀的保镖模样的妇人、名画匠，还有年轻的陶瓷匠。

小龙拿过一幅她早前看见的画，给另外两人看。

"哇。"班超说，"前面店铺里也有一些画作还真是非常不错呢。"

"知道吗，这些画里头有不少比宫廷画师画的更好呢。也许我们应该雇用他们呢。"朱成说。

"然后由着他们从库里偷了名画的真迹？"小龙问，"我还是不想冒这个险。不过也没关系，这么浪费了他们的才华，终归还是挺遗憾。"她耸耸肩，"将他们收监之后再来想怎么处置他们吧。我去叫醒附近的士兵们，在我来之前把他们看好了。"

3^章

在救下年轻人的第二天，杨晶突然冲进父亲的书房。杨重，一位须发皆密的老人，从案上的书中抬起头来："怎么回事？"

"他终于醒了。"杨晶说，"快来。母亲已经在询问他了，问杀他家人的杀手是不是从京中来的。"

"派去其他几家的信使都回来了没有？"杨重一边站起身来一边问。

"除了派去范家的一个，其他的都回来了。"杨晶答，"其他几家都表示等我们的号令。看来范崇到时应该也会表示愿意跟随的。"

"好。"杨重说，"如果我们想要保命的话必须团结。"

父女二人穿过重重院落，来到了安置年轻人的客房。他们一进门，屋子中央正和一位神态俨然的老妇人说话的年轻人，一下子跪了下去："杨将军，多谢你肯收留我。"

杨重赶忙上前，将他扶了起来："无须多礼，洪少主。你父亲曾经是我们的头领，尽心竭力地辅佐你是我应该做的。没有尽早地施以援手我深觉抱歉。不然的话，这悲剧也许不会发生。"

"你太客气了。"洪翩说，"我父亲总是把旗下的将军们视如手足。你比我年长，我向你行礼理所当然。"

大家停止互相致谢，在桌边坐了下来。

　　"我知道这一切对你来说有多痛苦，我深表难过，不过请跟我们讲讲到底发生了什么事。"杨重说。

　　洪翮长长地叹了一口气，却还是毫不犹豫地讲起了他的故事："昨天早上跟任何一个普通的清晨一样。自从那次令他意外失明的事件之后，我父亲一心只想过简单的生活。我们的农庄没有什么可炫耀之处，不过住得还算开心。差不多到了中午时，有一队骑着马的人前来，当时我正好在田里干活。我根本没有多想，因为时常会有过路的旅人来家中。我继续埋头干活，直到尖叫声响起，我急忙跑回大屋，可还是太迟了。我还没赶到，杀手就已经走了。他们屠杀了家中全部的人，从我的兄弟到家中的仆佣。"

　　"关于这些人的身份你有线索吗？"庞碧，家中的女主人问，"他们能如此迅速地放倒你们家里的人，一定是非常狠辣的杀手。"

　　"我没有近距离地看见他们。"洪翮说，不禁愤怒地攥紧了拳头，"我弟弟在死之前告诉我，杀手声称是奉朝廷之命前来的。"

　　杨家的几人互相交换了一个眼色，然后集体做了一个决定。杨重把手放在年轻人的肩上："别担心，少主。我们定会为你报灭门之仇。我们会派信使去其他几家联络，相信他们也定会表示忠心的。很多年前，我们已经向刘秀投降了，因为相信他是一个好人。他也容我们保留自己的土地和士兵。但看来他儿子没有继承他父亲的宽容大度。大家如果听说了他如此残忍，赤眉军定将再次揭竿而起。等着瞧吧。"

　　"你的话又燃起了我的希望。"洪翮说，"我将尽全力实现这个愿望。请让我在你的麾下做一名小兵吧。虽然我不敢奢望比得上我父亲当年盛时之力，不过在兄弟几人中我倒算是最强的战士。"

　　"胡说。"庞碧说，"怎么能让我们未来的皇上做一名马夫？你是这次起义的灵魂人物，也是我们的指挥官。我们只不过是你的顾问。"

洪翮连连表示反对这个提议，直到杨重最后同意可以把这件事情延后等将军们全都到场了再议。

"我已经做主处理你们全家的后事。如果你想去的话，我的手下可以带你前去拜祭。"杨重说。

"你的大恩大德，我将永远无以为报。"洪翮说。

当洪翮去向他的家人做最后的道别时，杨晶和她的父母正围坐在桌边沉思着。

"我们真的要发出号令吗？"庞碧问，"这样就无法回头了。"

"还能做什么？"杨晶回答，"如果我们不提前做好防御准备，我们很有可能像洪家一样被打个措手不及。"

"她说得对。"杨重同意，"这皇帝没给我留退路，只能反了。"

"可是这事情的情形确实有些可疑，不是吗？"庞碧问，"这孩子说的肯定是实话，可是这样的突然袭击是因为什么呢？已经过了这么多年，皇帝真的想要洪朋子死的话，何不用一种没那么突然的方式呢？如果他想造成是一群山贼杀人的假象又怎么会放过他的一个儿子呢？这里总有些什么事情不对劲。"

"你说的这些都没错。"杨重承认，"可事实是我们别无选择。决定权已经不在我们的手中了。如果我们不尽自己的力量帮助这个年轻人的话，麻烦随时会到我们家。他的先祖在这一带是曾经被当作神一样崇敬的。消息一传出去，不管我们做什么事，大家都会揭竿而起支持他的。"

"官家自然会来找我们了。"庞碧叹了一口气说，"我想你是对的。我们无论做什么都躲不过去这一劫了。至少如果由我们负责协助的话，我们能够尽量拖延引起京城那边注意的时间。只有这样我们才有机会成功。"

"看来我找到他还真是件好事。"杨晶说，"这样面对其他几家时就多了一点分量。如果是舅父先发现他，半个乡已经起事了。"

杨重点点头，向他的夫人望了过去："你得敲打敲打你的兄弟了。"

"把这事交给我吧。"庞碧说，"虽说他现在是个老人了，不过我的话他还是会听的。"

"范崇也需要人看着往回拉一拉。"杨晶觉得好笑，"这大概也是为什么他花了这么长的时间还没回复的原因吧。他除了同意我们的决定之外，并无其他选择，我们也不需要他同意。"

杨重微笑着伸过手去在他女儿的肩上拍了拍："来吧，让我们一起来准备大军的标志。"

他们三人花了整整一下午，别的什么也没做，只是浆染着一小块一小块的红布。他们将这些交给信使们到整个州中去分发。只有这一地区生长的一种梅子能制出这种颜色的染膏。以前这就是赤眉军的标志，这将再次成为过去追随者的标记，告诉大家赤眉军起义又重新开始了。

4^章

几天之后的清晨，小龙离开自己的小院往隔壁班超家走去。班超的仆佣们笑着与小龙打招呼，一句话没问便让她进去了。她在客厅等，仆佣去了后屋通知班超。她边等边在屋里四处转着，看看墙上挂着的画，大部分来自扳倒的官员家中的私藏。

每次扳倒一个腐败的官员，就由朝廷收缴大部分财产。再恰好碰上几个丰年，国库和国家档案馆差不多要溢出来了。小龙他们几个有权先在收缴的赃物中挑选几样自己喜欢的，然后再由负责财政的大臣将其余一部分收归库中，最后将剩下的竞价拍卖。

小龙现在的屋内已经像个博物馆了，拥有各种各样出自各个年代的文物和字画。即使如此，她的房子还是保持着三人之中最简单的装饰风格。班超用山水画挂满了屋子每一处的空墙面，还剩下十几幅收在屋中，根据季节的不同来更换装饰。而朱成，她的房子还没被她掠回来的东西压塌已经挺叫人惊奇了。墙上挂满了各种各样的兵器，甚至连屋顶都挂了一些。她也特别喜欢各种雕塑，沿着通向她门口的小路一路排了过去，边屋中的几条走廊上也都摆了一些。在她的宅子里转悠还算得上是个冒险，因为时不时会多出新的装饰品来。

班超没过多久就从起坐间里出来了，身上穿着大将军将要去参加官方节庆的正式盔甲。每一片皮甲都被擦得锃亮，而他腋下夹着的头盔上的孔雀翎怕是一只孔雀身上的是不够的。

"你为何没戴头盔？"班超问。

"我不会带的。"小龙说，"规矩归规矩。又蠢又不舒服。"

班超低头看看自己的头盔，点点头表示同意。他将头盔放在桌上："算了吧。我们要不要去叫朱成？仪典什么时候开始？"

"正午。你知道的，之前总还是有些别的事情，比如要先讲一讲话什么的。"

"这不会又是个一整天的活动吧？"班超叹了口气说，"不会再像去年中秋的那次仪典一样又有人晕过去吧？"

"我想今天没人会中暑的。不能保证可兰会不会假装晕倒。"

出乎预料，朱成自己打开了通往她的小院的大门，已经穿着停当准备出发了。

"出什么事了？"班超问，"你怎么会起得这么早？"

"怎么，现在准时也成了一个问题了吗？"朱成问。

"没有，只是觉得惊讶。"班超答。

"下一次我尽量多拖住大家一会儿。"朱成咧着嘴笑着说，一边跨过门槛，一边大声冲着班超的仆佣们道别，然后关上门，带头向举行仪典的地点走去，"你的头盔呢？"

"戴着太紧了。"小龙答，"怎么了，难道你会戴吗？"

"当然不会了。我只是带着，万一可以当个暗器呢。"朱成说。

"她不会真的拿这个打什么人吧？"班超问。

"还是别给你一个你不想听的答案吧。"小龙说。

"呃，好吧。但愿她拿它来砸蔡大人。他一害怕就会尖叫。"

小龙大笑着说："我还以为我们中间你正常一些呢。"

"总归得加入你们吧。"班超答道。

不一会儿他们到了仪典现场，谢侯为了这庆典真是极尽奢华。每一年，这个组织节庆的职责都会轮换到不同的官员身上，而年复一年，排场是越来越大。

虽然他们已经能够精简掉朝廷机构中许多浪费和铺张的地方，却还是没能动礼部这个极强硬的部门。而且事实上，真要动了也不是明智之举。大臣们对这个每年一次的节庆很重视，等着看谁能获得组织这春节和中秋的仪典的差事。这差事能给他们一点牟私利的机会。小龙只是希望他们不要做得太过分。

今年，皇上和重臣们的座位对面是一个舞台。以往，组织者会安排一些表演，今年的这个台子看上去更像是比武用的擂台。大臣们已经开始陆陆续续进场了。三名大将军也走到各自位于前排的座位上，差不多与龙椅平行。写着他们姓名、官职的丝绢布铺在每一个座位前，以便大家知道往哪儿坐。

过去这些年里，百官们为了争个位次也搞出过一些事来，不过严重性从没有超过刘阳七岁那年。在春节节庆的前一天，一名同僚开罪了仪典组织者，组织者为了报复他，在最后一刻做了改动，将那名同僚换到了最后一排的桌子上。

幸运的是，像这样的事情今年是不会发生了。虽然大家不喜欢谢侯的品位，但是他还算是有分寸的人，小龙至少可以确定他不会故意搞出这样的骚动来。她自己坐在离刘阳的龙椅一位之隔的位置上，只有作为尚书的可兰，比小龙坐得离龙椅近。

可兰不久也到了，坐在小龙的左边。"真奇怪你们全部这么早到了。"她说。

"瞧，"班超对朱成说，"我并不是唯一觉得惊讶的人。"

朱成翻翻眼珠子："这有什么大不了的？我睡不着。"

可兰四下看了看，才探身过去，说："顺便提一下，我有一个坏消息。已经证实了劳大人今天还真是要有所行动呢。"

"他打算做什么？"小龙疑惑道，"想知道答案。"

"嗯，其实我并不知道。"可兰说，"好像和准备的娱乐节目有关。"

"这看着像是一座擂台。"朱成评道。

"这正是一座擂台。"可兰对她说，"谢侯想要换换花样。他征求过我的意见想要搞场比武，我同意了。"

"好极了。"朱成说，"这肯定要比平时一些俗套的东西更有意思。"

"安排的戏总是很精彩啊。"班超不同意了。

"你的意思是？"朱成问。

"警觉一些好了。"小龙说，"我不知道他能做什么。可能他会想着逼我们上去比武以此羞辱我们？"

"哦，我还真巴不得呢。"朱成说。

"我倒是希望此事不会发生。"可兰说，"我可不想再有头疼的事了。"

半个时辰后，百官们到齐了，交谈声充斥着整个广场，伴随着阵阵的噪音。当皇上驾到，发令官的话音打断了所有的吵嚷声，整个广场瞬间安静了下来。大家静静地注视着刘阳身着节日盛装，走上台阶，在龙椅上坐下。这会儿，能转动的龙椅是对着文武百官的，于是他举起面前的酒杯，用准备好的祝词向到场的各位祝酒。等大家又重新开始交谈，宫人们过来将高台移了个方向，以便刘阳观看舞台。他瞟了一眼小龙他们几个，扬了扬眉，像是在问他们自己做得如何。作为回答，小龙举起了面前精致的小酒杯向他致意。

成队的宫人这时穿梭而来，将食盘放在大家面前。每个食盘上放着一只做工精细的小碗，里面盛的是有多少钱都买不到的上好燕窝汤。等宫人们撤了下去，谢侯走上了高台，举起了手请大家注意。他说完了一些感谢皇帝陛下之类的话，又谢了大家一圈之后，便直奔主题："今天，我为诸位准备了非常特别的节目。特请了我朝最优秀的武士前来为大家展示他们的勇武和技艺，同时也进行一番比试，大家点到为止。"

谢侯一拍手，二十四名身形各异、身材不等、来自不同地方的武士踏上擂台。他们排好整齐的两列，向刘阳鞠躬以示敬意。

"请平身。"刘阳说，"今天有你们的到来，实属荣幸。"

宫人们不断端出一道道精美佳肴的同时，每一名武术高手上台来展示各自的功夫。一名来自北方的勇士展示了自己的神力，将一匹驯良的马高举过头顶。一名和尚展示的是内家功夫，将石砖搬上了台，然后用自己身体的不同部位逐一击碎石砖。当他把额头对准一块厚厚的石砖时，观众席里的大部分人都不禁同情地皱起了眉。不过事实证明石头还不及他的头骨坚硬。他下台时，身后响起了一阵发自真心的掌声。

后一个表演者是从南蛮之地来的，她随身带着一叠飞刀上了台。她的另一只手中拎着一桶苹果。她向正疑惑不解的观众鞠了躬之后，便不慌不忙地准备了起来。当她开始表演时，只有练过武功的人才跟得上她的动作。一开始，她踢了一脚身边的桶，将一只苹果踢得飞了起来。然后用另一只脚踢起一片平板铁环在空中接住苹果，她把苹果越踢越高，抓住飞刀，手腕一抖对准苹果掷了出去。她连续不断地做着同样的动作，从无失手，等她做完，她面前的地上已满是被整齐劈成两半的苹果。看热闹的人费了好一会儿才意识到这功夫有多么神奇，最后她被一阵持续时间极长的掌声送下台去。

在这之后又有一连串的表演，一个比一个惊艳。比如，有一名弓箭手向空中掷了一把钱币，射出了十几支箭羽。每一支箭都穿过了钱币中间的开口，然后整齐地排成一线又重新落回地上。

大臣们都忙不迭地惊叹并且鼓掌，桌上的佳肴基本上都没动过。薄太尉，坐在朱成的右边，惊奇得根本没留意已经上了菜。布菜过程中，朱成趁他不备，从他的食盘中偷走了食物，可他根本没有留意到。她便一直不停地偷，直到班超拿胳膊肘捅她。

一队宫人伴随着这二十几人中最后一名表演者上了台。在擂台上放下了一个平台，平台上不规则地排列着向上的尖棘。最后一名表演者的腋下夹着一捆空心的竹竿。宫人们下了台之后，他抓过竹竿抛向了空中。它们往下落的时候，他双掌推出，内力喷涌而出，直接击中了竹竿。连小龙也看得颇为吃惊，因为竹竿都被整整齐齐地排在了尖棘之上。

大臣们觉得这差不多就是表演的高潮了，他们爆发出一阵热烈的掌声。表演者闻声点点头，然后纵入了空中。他直冲向上超过最高的竹竿，轻轻地落在上面。在他的重量之下，细细的竹竿只是略略有些弯曲，却没有断裂。没等落稳，他又重新跃了起来。这一次他像一只陀螺在空中不停地转动着，然后稳稳地以两指之力落在竹竿上。他这个姿势又保持了一段时间，还在上面做了一些利落的动作。

表演完了，其他的表演者也都上台来接受封赏。他们一边拍手，朱成一边点点头对小龙他们几个说："总算是有这么一次，觉得还不算完全是在浪费时间。"

"我想这是谢侯在安排这事的时候最看重的一点。"可兰喃喃地回应道。

等台上的人和东西都撤下去了之后，谢侯重新走上擂台，见这个活动得到了如此热烈的反应，他对自己非常满意，宣布道："今天下一轮的表演，我还请了另一组都是有头脸的武术大师一同来比试。"

没等谢侯招呼那队人上台，后排就传来一阵吵闹声。小龙叹了一口气，转过身见劳大人从座位上站了起来。见大家都把注意力转到他的身上，他微笑着向刘阳和谢侯鞠了一躬："我很抱歉打断这个流程。我当然是不想扰乱大人的，不过当我们几个听说了你接下来打算做的事情，我忍不住想要找个办法让这个活动更热闹一些。"劳大人等纷纷的低语声都停了下来，才继续说道，"因此，我想为什么不让我们自己手下随从们也上台比试比试，助助兴？"

他和十几名同盟军各自叫来了自己的随从，拜伏在皇上面前。刘阳和谢侯称劳大人的主意非常好，请随从上了擂台。

"这可是我见过的最壮实的仆从了。"可兰说。

"这可不是针对我们的。"小龙说，"这根本是针对谢侯的。他不想让谢侯在这场仪典中获得任何好处。"

"我们要怎么做？"班超压低嗓门问。

"帮不上什么忙。"朱成答道，"我虽然也极想毛遂自荐，可我们最不应该做的事情是显示出我们和任何一方结盟或者拉开距离。我宁可被人觉得我们是讨厌他们每个人的。"

"我还以为已经早就解决了这些不可理喻的事情。"班超说。

这时谢侯显得有些慌乱和紧张，他犹豫着介绍第一组比武过招的人。总的来说，他请来的武士根本没办法对付劳大人特意请来的凶残的雇佣兵。一路比来，观看起来还算是挺有趣的，舆论的风潮又对谢侯不利了。大家都觉得劳大人是个狡猾的人，不过这次比武也凸显了他的权势和财力。过了一会儿，谢侯已经在座位上坐立不安了。

比武结束，也到了整场节庆结束的时候，小龙他们一直强忍不去插手。谢侯重新走上擂台，对事情发展到这一地步颇觉沮丧，草草宣布这一晚的节庆活动结束。跟往常一样，刘阳的职责是在仪典结束前感谢所有的人，然后左右分封嘉奖。

大家回到了御书房之后，朱成不住地咒骂劳大人的阴险。

"连我都得强忍着才没上去狠揍他。"刘阳皱起了眉头说。

"我已经烦透了这种状态。"可兰说。

"下一次如果再有这种节庆的组织，由我来牵头，让文官互相掐去吧。"

"你又给我出了个馊主意。"朱成警告道。

"眼下这情形，连我都想出些坏主意了。"班超说，"不管用什么招数停止这一切。"

朱成困惑地眨眨眼睛，四下看看："当我变成了理性代言人的时候，情形就糟糕了。"

5^章

　　跟平时一样，父亲命她不要上前，只静观便好，于是杨晶便一直退到屋子最里端。她坐在墙角的一把椅子上，能将屋中之事尽收眼底。过去的这些年里，她早坐熟了这把椅子。从很小的时候开始，父亲就教会了她通晓全局的重要性，特别是在眼下的境地。

　　每一场杨重主持的会议中，他女儿都会坐在这把椅子上，藏身屋角，除了观察，几乎什么也不做。这么多年的锻炼练就了她比她父母更厉害的本事，她能从一些细枝末节上看出一个人真正的目的和想法。

　　如果说她这本事何时能大显身手，便是今天了。因为今天，赤眉军旧部的全部首领聚集在她家的客厅里，讨论下一步如何行事。作为会议的召集人，她父亲担任了会议的主持。这些悲伤的男男女女已经聚齐了，她越发庆幸洪翻在路上遇上了她而不是这些人。

　　屋子里有十几个人，围坐成半圆。他们和身边的人交谈着，为着旧时的一些矛盾拌嘴，争论着过去历险的某些细节，然后怪对方年纪太大记忆力下降了。杨晶的母亲坐在她兄弟边上，压低了嗓门跟他说着什么。就算不读唇，她也知道母亲在尽力劝她愣头青兄弟要遵从多数人的最终决定。与此同时，她父亲面对着众人坐了下来，不去打断这些闲谈，因为他们中还有一位关键人物未到。

范崇，唯一姗姗来迟的便是这赤眉军另一阵营中大家公认的领袖。没有他，大家无法开始议事，便只能坐等他的到来。杨晶清楚地看穿他这是在玩政治角力的把戏，以确保她父亲不会因为召集了会议便多获得一份倚重。

老实讲，杨晶根本看不起这种伎俩，不过如果他能在接下来的议事过程中不发一言的话，她倒是不吝满足一下大将军的这种感觉。当然，凭她跟这个固执的老头打交道的有限的经验来看，她想这种事不会发生。最有可能发生的，是他会因争夺对会议程序的控制权跟她父亲打起来。对于与会者来说，这局面非常丑陋不堪，也对这起义的目的毫无助益，可一直是这样的。事实就是，由于她父亲和范崇所领之师在内部分裂成两个阵营，这是赤眉军运动失败最直接的原因。

很不幸，范崇并没有看清这一事实。而起义的失败更加坚定了他想要确保权力向他这一边倾斜的打算。从她记事起，她的舅父庞安就一直是范崇阵营里坚定的一员，只能把形势搞得更糟。虽然她舅父并无出色的外交手段，只因他外表上表现出来的一种冷峻尊严，赢得了周围农民的尊重。不过希望这一次，她母亲能说服他在关键时刻站在家人这一边。

在她扫视着整间屋子时，这一点还有其他一千条担心在她的脑中闪过。因为父亲一直与赤眉旧部首领们保持着联系，所以今天在这里出现的这些脸，她多多少少还认得出来一些。

不过自从赤眉起义被瓦解之后，朝廷分给了起义头领们田地以换取他们的安分守己，大家的联系要尽量避开朝廷的耳目。有很长一段时间，他们担心新皇帝会找个借口来追捕他们。现在，因为有了开将军大会的必要，所有这些人都秘密地前来，坐着破旧的马车，要不就是从下人的入口偷偷溜进来以免引起注意。

不管接下来如何，杨晶留意着屋子里散发出来的一种两难的友好和敌意。她发现很难理解这些曾经将命交托对方的人可以如此互相憎恨。这是一个很奇怪的事实，出现在这间屋子里的人极有可能还会相互以性命相托，而他们却处处意见相左，不知道的人会以为他们是几世宿仇。

不知道过了多久，一名仆佣进来走到杨重身边。从她父亲脸上的表情看，杨晶知道范崇终于到了。

老头大概是希望他昔日的同僚会耐心地等着他的到来。如果是这样，他就太失望了，因为他进屋的时候，大家继续聊着天忆着旧，根本没注意到他的到来。他向杨重望过去，他们互相带着完全的憎恶，又夹杂着一丝警惕的敬意瞥着对方。互瞪了好一阵子之后，杨重向他示意身边的椅子，老头择着路走过去坐下。他们可能曾经是敌友，不过此情此景之下，他们倒是一模一样的，带着同样不耐烦的表情看着其他这些首领。

杨重终于站起身，宣布会议开始。过了好一会儿才叫大家都安静下来，把注意力集中在他身上："首先，欢迎大家光临寒舍。我们已经有太久太久没像这样聚在一起了。这其中的原因当然是我们不想惹麻烦。可不幸的是，麻烦自己找上门来了。我想大家都已经清楚了我召集这次会议的原因了。"

"我觉得还是再简要地跟大伙儿讲一讲比较好。"徐宣说，"有很多的流言在传。最好是确保大家对眼下的情势都有一个相同的认知。"

"这很合理。"杨重边坐下边说。他根据大家的要求总结了一下事情，详细地说了洪朋子和其家人被暗杀的事情。他一说完，就不禁叹了一口气："我们大家明白这意味着什么。"

"我从一开始就说，我们不应该投降。"王珂咆哮道。

"你是老糊涂了吧。"谢禄说，"我记得，你是最早主张投降的人中的一个。"

"你也别太自以为是。"索路辉说，"我记得你被打败之后也说了同样的话。"

"我从来没有否认过。"谢禄驳了回去。

"不用这么紧张，又没有人怪你。"王珂说。

"谁说的？"郭戎说，"我们最后第三场仗输得如此惨烈，怪他。如果不是因为那场仗，我们可能在谈判中能获得些更好的条件，至少能分封一部分的土地。这样的话，我们还有机会在起事前重整兵力。"

"你以为刘秀和他的将军们不明白这一点吗？"索路辉问。

"他们没有任何理由要继续深陷战争中。"徐宣说，"四乡的民众已经深深厌倦了战争。他们已经不再站在我们这一边了。而如果我们再得不到民众的支持，更是连一丝一毫的机会都没有了。现在已经大不同了。这个新皇帝跟他父亲相比极不明智。他杀了洪朋子便是做出了一个错误的决定。这样无异于把他变成了一个殉道者。我已经联系了所有旧部，他们都表示很容易就能再次集结起原来的部队。"

"多谢你把话题重新带回眼下的事情上。"杨理说，语气中已经掩饰不住恼怒之意，"我也联系了我的旧部，叫他们尽可能小心地重新集结。"

"仅凭这一点还是不够。重新召集旧部是好主意，可现如今这一地区还有其他势力的存在。农夫们已经被他们自己的乡头们组织起来了。如果我们这件事想要继续下去的话，也得取得他们这些人的支持。"范崇说。

"关于这一点，徐宣的主张是极有先见之明的。"杨重说，他向站在屋角的仆佣示意去带洪翩进来。

洪翩进来了，一副想要保持着尊严，极力掩藏悲伤的样子。他停在门口，向到会的所有人鞠躬致意："我代表我的家族，感谢先父生前的众位好友。我一个人无法为全家报仇雪恨。只有在大家的帮助下才有可能成功。"

"进来坐下吧，孩子。"庞安说，拍拍身边的椅子。

洪翩听话地走了过去，在椅子上坐下。难得有这么一次，屋子中一片沉默，因为每一个人，哪怕是曾经恨过洪朋子的，心中也因这年轻人感到阵阵痛楚。

范崇点头表示同意："年轻人，我向你保证，不推翻这个下令暗杀你父亲的朝廷，我誓不罢手。为此，我可以放弃我的尊严，贡献出我全部的兵力，还有这把老骨头里剩下的气力。我将奉你为主，像当年尊你父亲为帝一般。"

他说完这番话，屋中众人也都重复着同样的誓言，把大家的命运紧紧锁在一起。从那一刻起，他们已经不是在讨论造反，而是已经开始造反了。一会儿，没人再说什么，因为大家的胸中充盈着重举义旗的强烈情绪。

过了一会儿，讨论具体细节的需求变得强烈起来。洪翩打破了起誓言的沉默。他单膝下跪，感谢大家的牺牲和忠诚："我自视并不比你们中的任何一位重要。我明白作为一种标志以凝聚大家支持的责任。跟在座的每一位比，我毫无军中经历，也没有经验指挥任何如此规模的事情。真正的重责和荣耀都将落到各位肩上。我想要的只不过是替我的家人复仇。"

"你虽然年轻却极为睿智。"范崇说，"虽然你现在还缺乏经验，但假以时日，定能积累起经验。大家已经发誓再次起事。我们将会联系旧部继续完成各自的职责。不过，此时此刻，我们还需要你做一件非常重要的事情。"

"我随时听您调遣。"洪翩说。

"我会安排你跟一些农民领袖一起开会。"杨重说，他觉得自己也得在这对话中发言，"你们都知道，很多农民对皇帝的滔天罪行也都极为愤怒。想要驾驭他们的怒火并不难，不过我们需要以你来树立一个标志，像你自己指出的那样。你的家族名义会非常有用。"

洪翩如同一个贤君般点点头，在接下来的会议中，他相对平静地一直聆听着。他的出现本身已经叫首领们能更加理智地讨论问题。到了结束的时候，大家离开时已经有了一个清楚的计划，知道各自的分工。大家离去时，洪翩再次谢过众人，回到了杨重替他准备的房间。

而此时，见大家散去，杨重和范崇在杨重的书房里单独会谈。两人都毫不掩饰对对方的憎恶，这在某种程度上，反而令两人交往起来更加容易。至少，他们都不用装着互相恭维。这样一来，倒可以直接讨论事情。

"你的目的是什么？"范崇问。

"我所图之事与你一样。"杨重拿出一支毛笔，"很显然替洪翩复仇在这件事中，只是顺带而已。一言概之，这是一场生存之战。用不了多久，皇帝会派杀手来对付我们了。"

"我很高兴在这点上我们是一致的。你是个只为自己打算的无赖，不过至少我可以相信你会为了自己的最大利益努力的。"范崇说。

"而你是个酸溜溜的老头子。"杨重说，根本没受范崇对他的评语的影响，"不过至少我相信你带兵非常在行，还能利用好你的政治力量。虽然我非常喜欢洪翩的善良，同样的话却没法拿来形容他。"

"用他的形象来集结军心是再好不过的了。"范崇思考着，"他能很快带动农民的情绪。他在很多方面跟他的先祖们很像。"

"应该很容易让民众们神化这样一个人物吧？"杨重斟酌着。

"永远也不会有乌合之众崇拜你的，所以你根本没有理由需要担心。"

"我才没有像你那么贪恋这一点呢。"

"你没有吗？好吧，没有关系。这不是我来讨论的重点。假设我们的基本合约还是成立的，我们尽我们的全力平分权力，在人前尽量越少吵架越好。"

"完全同意。"杨重对他说，"重要的事情，先在你我二人之间讨论，我们先讨论出个结果来才交给大家去投票。不要有意外之举，也不准秘密行事。上一次我们为各自的阵营争名夺利，令我们失去了江山。这一次如果再败，就意味着送了我们的命。"

"此言不错。"范崇说，"虽然我越来越老了，但我并不比以前更输得起。"他站起身来，两位对手冲着对方点了点头。他们交换了一个眼神，交流着相互之间对前途凶险的共识。范崇离开之后，杨重叹了口气，莫名地觉得他和这老头好像是最理解彼此的人。

守卫神

6^章

听见从外头传来奇怪又难听的尖爪抓挠声，大家都疑惑地抬起头来。

"可兰，听着像是信鹰。"刘阳说着抬头望向宽大的御书房屋顶开设的鹰儿出入口。

"它们是在捕猎什么东西。"可兰边说边站了起来。

鸟门突然一下子被冲开，三只信鸽飞进了书房，疲惫地咕咕叫着。跟紧在它们身后的是一只可兰早年训练来送私信的信鹰。

就当鹰快要抓住其中一只鸽子时，可兰长长地吹了一声口哨。鹰在半空中停了下来，为了遵从指令硬生生地刹住差点摔落下来。大鸟盘旋着落在书桌边上的架子上，然后带着一种既责备又尴尬的表情看着可兰。

"它们从哪儿来的？"班超问，看着在房梁上停成一排的鸽子。

"只有一个办法知道。"朱成说。她站起身，纵身而起。她在立柱上一点，落在了鸽子身边的房梁上。它们用机智明亮的眼睛看着她，见她顺着屋梁跳过来也没有动弹。她伸出一只手去，轻轻地拢起一只鸽子，举过了头顶。取下了一卷纸条之后，她放走了鸽子。它立刻冲了开去，从屋顶的小门飞了出去，像是很高兴离鹰越来越远。

朱成展开那张字条，说："是从武林中来的，邀请我们去参加他们的大会。"

"什么？"班超说，"鸽子是怎么找到我们的？"

"问得好。"小龙说，"自从鸽子精差点把我们的眼珠子啄出来之后，我特别防备鸽子。"

"什么武林？什么大会？"刘阳问。

"每四年一次的比武大会啊，小龙一不小心成了赢家。"朱成答道，"为此她得感谢我。"

小龙摇摇头："这事发生得太突然，不然的话，我无论是付出什么代价都会拒绝的。这武林大会每四年一次。应该是天下最强的武林高手的聚会。"

"天下武林各门各派的头领聚在一起，什么都不说也什么都不做。"朱成解释，"听着真是太无聊了。我们可以去吗？"

"可你刚才还说实在是太无聊了？"班超道。

"也比这里发生的事情要有意思得多。"朱成反对。她又取下了其他两只鸽子的信，也给放走了。然后她飘下房梁，轻轻地落在地上。

"虽然我也很想离开京城，可我觉得我们还是得有一个更冠冕堂皇的理由。"小龙说。

"让我看看这条子。"刘阳说，朱成便将条子递了过去。

"根本没说什么时候在哪儿开会。"可兰道。

"为了安全起见。"班超说，"大会的地点和时间只是口头传递。当成员们到达指定的城市之后，会有暗记一路指点大家找到地方。"

"听着真是神秘兮兮的。"刘阳道，"可这也有道理。他们通常并不太信任朝廷。"

"真是遗憾。"小龙说，"他们中很多人可以成为一个好官的。"

"这个可以当作我们的借口吗？"班超问，内心充满了希望。

"我不喜欢你们这种又想找个借口把我们单独扔下的尝试。"可兰说。

"反正这愿望不太可能实现。"小龙说，"连朱成也想不出个理由去参加这个比赛。"

"对，不过我也可以说我们需要去调查一宗反叛案。"朱成说。

"我们不是已经一致同意派哪些暗探去了吗？"可兰反对道。

"你们在说什么？"刘阳问。

"几天前，我们收到情报说东北方向有一些举义之事。没人知道到底发生了什么，不过有大批人马在集结。"可兰答道，"我们已经挑选了一些暗探前去查访。"

"我改主意了。"朱成说，"这些谣言听上去如此危险，我们得派最得力的人手去。"

"我喜欢这个主意。"班超带着些惊喜说。

"你也来。"刘阳大倒苦水。

"对不起。"班超说，像是真诚地道歉，"到了此刻，任何说得出口的借口都是好理由。不然我们怎么解释早朝缺席？"

"我们为什么要解释？"朱成问，"我不在，大部分人只会高兴。去不了多久的。"

"已经决定要去了吗？"小龙问。

不顾刘阳和可兰的反对，三名大将军很快拟定了一个计划，取出了地图，基本上已经摆明了他们要这么做。他们甚至编出了一个准备前往北方边境检查边防的理由，以防有其他官员问起，用这个来搪塞他们。

他们出发前的晚上，刘阳和可兰还曾试图劝阻，不过失败了。
"如果你们不在时爆发灾难怎么办？"刘阳质问。

"我们会带上一只可兰的信鹰。"朱成指出，"没有事情会发生
的。我们也不会离开太久，只出去透透气就行了。再说了，这也是去
跟我们的旧手下见上一面的好机会。可以看看招募工作进展如何。"

"或者我还可以到陈柳停一下。"小龙说，"向他们保证过去看
他们的，都过了两年了。"

"我也想去。"班超说，"想看看那地方还好吗。"

可兰终于长叹一口气，举手投降了："如此费尽心机地劝你们，
只不过是因为我妒忌。"

"如果下次再有叛军谋乱之事，我主动请缨留下来维护城池让你
走。"小龙对她说。

"我呢？"刘阳问。

朱成走过去拍拍他的肩，指了指整间御书房："你还是学着习惯
这里为好。"

刘阳大声呻吟着，把头垂到桌子上。到了晚上，他和可兰已经接
受了这一不可更改的事实。小龙、朱成和班超回自己的小院之前，向
他们道别，刘阳、可兰祝他们一路顺利。朱成还保证定会带手信回来
给他们的。

他们走了之后，刘阳和可兰互视一眼，咧嘴笑着："你是不是在
想我在想的事情？"刘阳问。

"这问题把我搞糊涂了，不过是的。可我们得马上着手准备
了。"

"你觉得这个时候召见魏夫子和范大司马是不是有些太晚了？"
刘阳问道。

"有时候，我都怀疑他们根本不睡觉。"

"叫郎队长去请他们即刻过来。"

"这真是个坏主意。"可兰承认。

"我觉得我们该休息一下了。"刘阳说，"而且这有一多半也是合理的理由啊。"

"我觉得这就足够了。"

第二天一大早，小龙他们从正大门离开了皇宫。因为已经做好了表面功夫，无须掩饰出行。出城之后，他们遇上了朱成的仆佣们，是朱成派他们前一晚先出城去替他们准备好所需物品。

没过多久，他们已经骑马往东北方向而去。好一会儿，大家没说话，驰过一片又一片美丽的田野，静静地享受着早春的清新空气。除了每年两次的皇家围猎之旅，这是三年来他们第一次在乡间恣意驰骋。相比之下，围猎总是会搞得人疲惫不堪，充斥着各种组织工作，没有多少真正的骑行乐趣。

过了一会儿，班超叹了口气："扔下可兰和刘阳，我总觉得过意不去。"

"我也是。"小龙说，"不过这也无济于事。如果我们当年各自继承了父母的封地的话，得有多少麻烦事儿啊。"

朱成闻言一哆嗦："我肯定用不了多久就把地方搞砸了。"

"不知道为何，我很怀疑呢。"班超大笑着说。

"不管怎么说，我们还是别担心他们俩了吧。"朱成道，"我反正是准备好好享受这一趟旅程的。"她冲他们俩扬起一个明亮的笑脸，催动马儿向前，"想赛马吗？"

"到哪儿？"班超叫道。

"管他。"朱成喊。

7^章

　　差不多同一时间，刘阳上了早朝，坐上了龙椅。一些普通的事务被提了出来，而后很快解决了。春节刚过的这几天里，大臣们中间充斥着各种明争暗斗的摩擦，不是想着挽回丢失的颜面，就是再巩固他们暂时的胜利。

　　和往常一样，刘阳他们花了好几天才让朝堂的秩序恢复正常，这意味着他们正等着下一件大事情发生，他们坚信自己能再次借力胜过对方一筹。早朝差不多要结束时，刘阳利用对话中的空隙，站起身来说："朕有一事宣布。"

　　百官全都噤了声，满怀希望地抬头看着他。

　　刘阳等了一会儿，吊足了大家的胃口之后，这才开口道："近来，翻看一些旧日记录之时，朕发现我朝在春分时节有一个传统。你们有谁对此有所了解？"见百官们只是窃窃私语，刘阳继续道，"根据前朝一位伟大的史学家所述，新登基的皇帝，得在春分前后闭关祈福四十天。"

　　"啊，对了。"魏夫子上前一步说，"听陛下这么一提，我倒是想起来了还真有这个传统。前几年战事不断，这个传统被废了，因为皇上没法长时间放下朝政不理。不过当然，现在国家已经重归安宁，是时候重新恢复这一传统了。"

"朕也是这么想的。"刘阳说。

"这的确是个好主意。"谢侯急着说。跟他站在一起的官员也急忙表态同意，这样很快大多数赞同的局面就很明朗了。

刘阳不住地点头，像是将大家的观点认真地考虑了："既然如此，朕今日开始闭关。早朝在朕出关之后照常进行。这段时间之内，凡有紧急政务交由三公打理。朕当然也会继续批阅呈上来的奏折。"

"放心把朝政交给我们好了。"车大人向他保证。

"祝皇上闭关祈福一切顺利，诸神众仙定能体察皇上的一片苦心，降福苍生。"劳大人补充。

刘阳和可兰回到了御书房，跟柴华以及其他尚书侍郎开了一个简短的会，这才出发。

"我还是觉得这不是个好主意。"朴阳说，声音听上去很担心。

"哦，你饶了他们吧。"柴华说，"一个月不会生出什么大的事情的。"

"再说了，我们也好趁机过过皇帝瘾啊。"白惹加了一句。

"呃，可不是你。这份职责基本上是魏夫子或者范大司马担当，或许还有我。"

"这可不太公平。"白惹抗议。

"平日里一直由我来管你们俩，这就是公平的理由。"柴华驳了回去。

"你们多久这样吵一次啊？"刘阳大笑着问。

"多到连我都知道接下来会怎么样。"可兰说，"白惹会说她是年纪最长的，因为她是先出生的，不过最终总还是柴华胜。"

"没什么必要吵了。"朴阳道。

"就是喽。"柴华同意。

　　"往好的方面想，你们两人有一个月的时间来吵个够。"可兰说。

　　"而你们这两个调皮鬼正好出去躲清静。"柴华说。

　　"说到这事，我们得快点儿了。"刘阳说，"我们还得找两匹马。"

　　"朱成给你留了这个。"白惹说着从口袋里取出了一封信。

　　可兰接了过来，撕开了信封封口。里面是一幅地图和一封短信。显然，朱成知道他们两人会想出个什么借口来离开京城，早已经命下人多准备了两匹马和所需的物资。她还给他们备下了地图，说明了他们打算走的路线，这样大家不会错过对方了。

　　"她有时候真挺叫人怕的。"刘阳道。

　　"我想她选择不与我们为敌，真算是我们的运气。"可兰同意。

　　和侍郎们道了别之后，他们利用暗道出了皇宫。两人找到了留在小客栈里的马匹，不再耽搁，即刻出发。

　　太阳快下山的时候，班超问："我们是不是该找个地方今晚歇歇脚了？"

　　"我知道一个地方。"朱成说，"前面路口不远有一座破庙。"

　　"你是怎么知道的？"班超问。

　　"当然是因为山贼在那儿聚会啊。"朱成答。

　　"这听上去挺好的。"小龙说，"会像旧时一样。"

　　"没有松软的床和熏过香的枕头。"班超同意，"老实跟你们讲，我一直没习惯。"

　　"我们知道。"朱成说，"你都跟我们讲过多少次你神奇的治愈术了？只要在地板上睡几晚就好了。"

"嗨，这真的是有用的。"班超抗议。

他们沿着朱成指点的一条小路走了过去，穿过一个废弃的小镇。大部分房屋原本起得都不结实，现在已经塌成几截倒在地上。只有小镇南头，曾经富丽堂皇的庙以及其他几座建筑物仍然没倒。

他们到了庙门口的时候，天已经全黑了。班超推开通向寺庙庭院的一扇已经朽烂的木头大门，然后策马进去。春天的气候颇暖，他们只需将马儿系在能找到的最结实的篱笆上，然后扛着各自的马袋，走进了庙里，发现这里过夜倒还真不错。

朱成爬上供奉佛像的一处神台，将神像移到一边。她伸手到底下，扳动一个类似开关的东西，一面墙上便出现了一个空洞。"进去取些木头出来。"她指挥班超。

他听话地照做了，他们很快在屋子中间生起了一堆火。借着火光，班超看见了屋子四周散放着稻草床垫子。过了一会儿，见朱成一句解释都没有，只做着自己的事，他忍不住问："这些都是怎么准备的？"

小龙笑着说："我在猜你要等多久才会问。"

"为什么？你知道？"班超问。

"这些东西为什么会在这里，我完全不知道。"小龙说，"我只不过知道你要不了多久会问的。"

朱成大笑着对班超说："你比我预期的要忍得久。现在，回答你的问题，这是我的主意。几年前，我遇上了在这一带出没的一伙人。他们需要一个地方跟其他帮派会面，或者是干完一票之后躲一躲。我发现了这座破庙，所以我建议把这里稍稍修整一下。这些柴火都是从倒塌的房子里取来的。"

"这座小镇发生什么事了？"小龙问。

"我完全不知道。"朱成说，"不过有些传说。其中一个故事说，这里的水井突然全部有了毒，镇民们都离开了；另外一个故事说这个小镇有过一场瘟疫。可是都没有人确认过。"

"这有点恐怖。"班超一边说着一边环视着四周。

"已经没有鬼了。"朱成假装一本正经地向他保证，"我们绑了能找到的最好的驱魔道士来。"

一个时辰之后，他们正打算睡觉，朱成站起身来出了庙，说她要查看一下马儿。她过了足有一盏茶的工夫还没回来，班超问："她到底做什么去了，花了这么长的时间？"

"我不知道。"小龙皱起了眉，"我们去看看吧。"他俩抓起剑，沿着黑暗的走廊向庙门口走去。当快走到破败的大门口时，小龙和班超感觉到左边的走廊上有人。几乎同步，他们纵入走廊中，拎出两个人来。

只有到了幽暗的月光下，四人才互相看清楚对方。还没等他们质问发生了什么事，朱成就从刚才刘阳和可兰被拎出来的黑暗走廊里跳了出来，大笑起来。

这时其他人都一起开了口。"等等，她跟我们说你们俩遇上麻烦了。"刘阳说。

"先不说这些，你们俩在这里做什么？"班超转头质问道。

"还有你们是怎么找到我们的？"小龙问。

他们一起转向朱成，朱成已经回转身走向殿中温暖的火堆："我希望刚才能再亮一点，我好看清楚你们大家脸上的表情。"

他们急急地跟着她进了大殿，质问她到底在搞什么鬼。不管怎么说，他们刚才差点误伤了对方。"好了啦。"她终于对大家说，然后转头对着小龙和班超，问道，"你们是不是打算骂他俩一路？"

守卫神

"我们跟你还没算完账呢。"小龙对她说。

朱成夸张地叹了口气:"当然了。你们这些人什么时候放弃过破坏我的兴致的机会了?"

"可是,说真的,你们怎么会在这儿?"班超问,"我们一致同意你们俩留在京中。"

"都怪她。"可兰说,伸手指着朱成。

"我以为今天对我的责怪已经结束了。"朱成大笑着说,"这次我又做什么了?"

"如果不全怪她,她也是推波助澜的。"刘阳说,"我们发现是她指示仆从替我们准备好了马匹,以及行李。还有,她给了白惹这张地图带我们找到这里。"他把手伸进包裹中取出地图来递给了小龙。

还没等小龙接过来看上一眼,朱成就一把就夺了过去扔进火中。

"这是做什么?"班超不解了,"现在开始毁灭证据已经有点迟了,不是吗?"

"你们这帮人反正也不会杀了我的。"朱成说,"我倒是不担心。可这个地方本该是处隐秘之所。不能留下一幅地图,不是吗?"

小龙叹了口气,挥挥手示意大家都坐下:"我们不如坐下来舒舒服服地讨论这件事吧。我们从头说起。我想你们不会没做任何安排就跑出来了吧?"

"说得这么没有信心,真叫人伤心。"可兰说着在她身边坐了下来,"我们向满朝文武说明,在接下来这一个月左右刘阳将会在宗庙里闭关,完成一个传统仪式。"

"你出的主意中,这算好的一个。"朱成一边在一个蒲团上坐下来一边说。

"我们将日常事务交给了侍郎们,魏夫子和范大司马。"可兰

47

说，"别担心。能想象到的可能会发生的最糟糕的事情就是柴华会嗜权到自己夺了皇帝去做。"

听到这话，大家笑了起来，将剩下的一点紧张都驱散了。"我觉得这也不算是场大灾难。"班超说，"我会挺满意的。"

"我也是。"刘阳说，"反正这么多事都已经是她做的了。"

"想想百官们会惊得晕过去的。"小龙说，"就为了这点，我想这也是值得的。"

"如果这就是说你们不会把我们赶回京城了，我还真挺饿了呢。"可兰说，"我去拿行李。朱成跟我们说你们遇上麻烦了，我们把东西都留在了外头。"她站起身，快步走出了大殿。

"你真的相信有小龙在，我们还会遇上麻烦？"班超问。

"事后这么想想，我们还真挺蠢的。"刘阳承认，"可她说得真像有这么回事似的。"

"别怪他们。要怪就怪我出众的演技吧。在朝堂之上戴着张面具摆出副道貌岸然的样子着实让我进步不少。"朱成说。

可兰很快回来了，分发着食物。刘阳一边吃着，一边评论道："说老实话，我预想着你们可能会不愿意我和可兰跟着你们一起去呢。"

"嗯，你们已经在这里了，而且你们制造了一个不错的假象。"班超说。

"还不止呢。"朱成坐直身子对他说，"过了不到小半个时辰，这两人就因为把你们俩抛下深觉愧疚呢。"

"这也可能是一部分原因。"小龙承认。

"好吧，我还真高兴，都无须我们多费口舌来说服你俩。"刘阳说着吃完了他的晚餐，他拍拍手上的残渣，走到他的包袱边上取出一张帝国的地图，"我们现在只需制定一个路线。下一次我都不知道什么时候才能再离开皇宫了，我不知道你们怎么想的，不过我想去越多的地方越好。"

"我再同意不过了。"可兰说，"我已经进入度假模式。也许我们见够了帝国的山山水水，我们会更满足于天天被奴役的日子。"

"我是这么打算的。"刘阳说了起来，示意大家都凑过来看地图，"我们应该向东南方向走，前往宿州。我父亲曾经多次提起那儿的美丽风景。从那儿我们可以沿着海岸线走，一直到秦州的临淄，反叛的传言是从临淄传来的。根据我的计算，我们可以在临淄待上几天然后往回走。我们甚至还有时间路过一下陈柳，看看大伙儿过得怎样。"

朱成大笑着望向其他人："好吧，你们觉得怎么样？他对自己的这个计划充满热情，我都不好意思反对。"

"反正我也没觉得有什么不妥之处。"班超说，"不过如果我们想在四十天之内打个来回的话，我们去宿州的路上得加快步伐。"

"这不成问题。"可兰说，"如果每天抓紧赶路的话，我们最多十天就能到达宿州，别一路上浪费太多时间东瞧西看的。"

"我们明天早上得起个大早好赶路。"班超一边说着一边就禁不住打起了哈欠。其他人显然也都同意，因为除了小龙主动提出值第一班更之外，大家很快睡了过去。

8^章

几个时辰后，小龙把值更交给了班超，班超又交给了刘阳，小龙突然醒来，坐了起来。

"怎么了？"刘阳问，从凑着火光正在看的书中抬起头来。

"我不知道。"小龙说着向一边歪了歪脑袋，"我想我听见些什么了。"她站起身来，示意刘阳跟着她向大殿门口走去。

他们向庙门口走去，她一路上竖起了耳朵，确信一定是有什么声音惊醒了她。还真是的，等他们走到大门口时，她听见了耳语声和马辔碰撞的当啷声。她冲刘阳摆摆手，叫他先不要出现，然后凑上前去透过窗棂布上的一个洞向外望了出去。在月光下，她见有一群男女正企图哄着他们的马儿带出庙去。

小龙暗想不知朱成是否认识这些人。不管怎么说，她都不能让他们偷了马匹去。她不及浪费时间告诉刘阳她的意图，已经走到大门口，一把推开了门。大门发出危险的咯吱声，所有的贼人都抬起头来看着她从门内跨了出来。她成功吸引了大家的注意力之后，指指马："换作我，可不会这么做。"

差点儿得手的偷马贼们很快恢复平静，其中一人向她直掷来一把匕首。她用两根手指尖一捏，凭空接住了暗器，一挥手又将自己的暗器向偷袭他的人掷去。她的银针一击即中，偷马贼翻倒在地，动弹不得。

其他人一见如此，都扑上前来，打算在小龙没放倒其他人之前制服她。她还是与平时一样平静地看着七名盗马贼，目光在他们中间上下搜索着破绽。她根本没去摸剑。首先，很快她会有帮手，其次，如果他们真的是朱成的老朋友，不小心伤了哪个就不好了。

小龙一转身躲开首先向她扑来的一名妇人的一击。然后她向后轻移一步，又躲过了另一名贼人刺来的一剑。下一击来自一名使短棍的老人。小龙抓住了棍子，一边滑向一侧躲过另一击，一边用力一拧。她躲开的一根长棍和短棍重重相交，将两名贼人都撞了开去。与此同时，最早的两名贼人又再一次冲了过来，这一次配合着出击。见他们刺来，小龙跃入空中，轻轻地短促地在他俩的兵器上一点。可她继续发力纵入空中的力量令两把兵器都当啷一声掉到了地上。她从半空中翻卷而过，同时向正与刘阳过招的两名贼人中的一个甩出了一枚银针。

贼人倒下，另一个又替补了上来，刘阳再一次面对两个对手。他已经有一阵子没进行对打练习了，而面对的不是教习却有好几年了。不过，这些年来刘阳的武艺依然有稳定的进步，他对付这些对手当然没有问题。

他不像小龙，不到万不得已从不出剑，他很早之前就学会了不问缘由，先利用各种有利条件再说。虽然他的武功有进步，但还是比可兰差得远，更不要说跟小龙三个比了，三人多年独自闯荡江湖练就的本领是他望尘莫及的。

所以刘阳举剑立在身前，看着两名贼人越走越近，细想着他们可能会出现的破绽以便利用，这也是其他人一直教他的方法。在比武中，没有时间做其他事情，唯有集中全部精神在眼前的问题上。不然的话，就得付出生命的代价。

刘阳让自己保持足够的警觉，注意贼人在出击前的肌肉的抖动。他举剑格挡住他们的一击，手腕一转将两人同时向后推了出去。利用他们暂时的站立不稳，刘阳向前一步趁着其中一名男子脚步踉跄时向他劈了下去。刘阳出击的力量之大竟打掉了男子的兵器，见他扑上前，男子已毫无反抗能力，被他用拳头击中了脑袋。这样他就只有一个贼人要对付了。那个贼人看见了同伴的下场，便更加小心地向刘阳扑了上来。

与此同时，在庙里，朱成他们几个也猛地被惊醒了。听到外面的打斗声，他们互视一眼，急忙跳了起来。大家都抓过兵器，向门口冲去，差点互相撞作一团。班超和朱成同时到达通往走廊的门口，匆忙间两人几乎卡在了一起。他们进入黑漆漆的走廊，朱成因为对地形的熟悉，比其他两人跑得更快。她穿过庙门口，月光照在她脸上，她猛地停住了脚步。

她的视力很快适应过来，一看清楚和小龙、刘阳对打之人，她大叫道："住手！"

听见她的声音，大家闻声都转过头来，打斗停止了。贼人瞥了她一眼，难以置信地交换着眼色。正和小龙过招的男子差不多是头重脚轻地走过来，仔细地看了一眼："小野兔，真是你呀？"

"真是好久不见了。"朱成微笑着说。

大个子男人扔下兵器，冲过来给她一个熊抱。其他的贼人也都围上来和她打招呼，拍打着她的背，像是在确认她真的站在这里。

小龙向她打倒的第一个贼人走了过去，在她的穴道上拍了一下，让她好站起来。妇人冲她点点头以示感谢，走过去加入她的同伴们把朱成围了起来。这时，小龙向其他几人走了过去，大家都不解地看着这一幕。

"我猜这就是她当时撞上的一帮人吧。"班超说。

"你可以收起你的剑了。"可兰对他说，指了指他依然紧紧握着的剑柄。

"他们表现得好像她死而复生了似的。"刘阳道。

"我相信他们马上就会给我们讲这个故事的。"小龙说。

也确实如此，很快朱成就大笑着挥开了贼人："快进来，让我来介绍一下这些差点儿被你们抢了的人。"

"啊，对，我们真是失礼了。我叫何江。"一伙人中的头领转身对他们说，"请接受我诚挚的道歉，虽说我们的计划不管怎样都没法成功的。"

小龙和刘阳点头，算是接受了他们的恭维，大家一起涌进了大殿。只有班超留在后面，他先把马都系好，确保这场打斗之后，马儿们还能保持镇定。可这些马已经适应了都市里的嘈杂忙碌，没有一匹马看上去吓坏了或者在意正发生的事情。其中一匹马甚至整个过程中都一直睡着。做完了这件事，班超急忙赶了进去，正好赶上两拨人互相介绍。

当山贼都介绍了名字，刘阳问朱成："你们是怎么认识的？"

朱成刚想张嘴回答，傅新，一名刘阳刚才打倒的男子，挥手叫她别说："让我来说这个故事吧。你讲的话肯定不会夸自己。"

难得这一次，朱成看上去好像害羞了，像是想要反对。其他人都叫她闭嘴，而班超奇怪地发现她还真的让步了，让其他贼人来讲这个故事。

"大概是五年前吧，她第一次遇上我们的时候。"傅新说。

"而她真的是一团能量火焰啊。"何江说，带着气自丹田的大笑声，"只有十五岁，不过已经能把我们中任何一个引得团团转了。"

"也聪明得不得了。"齐兵补充道，"我们最出色的几次活儿都是由她策划的。"

"好了。"朱成说，"如果你们想讲一个故事，赶快讲吧。"

"长话短说，她跟我们在一起只待了几个月。有一天，一名我们得罪过的官员逮到了我们。只有她逃了出去，我们以为自己肯定完了。当天晚上，她来救了我们出去。在之后一片混乱之中，我们发现她不见了，一直没有她的音讯，不得已只能放弃寻找，以为她死了。就在刚才这一刻之前，我们大家还一直觉得她的死是我们的过错。"

"说说你是怎么逃出去的，这些年又是怎么过来的。"龙国说。

朱成叹了口气，然后说："那时候还在逃亡。我跟你们走散了之后，我仔细地想过了，如果我再回到你们这里的话，会给大家带来更多的危险。可我当然也不是故意想让你们伤心的。"

"这你别担心了。"何江说。

"知道你逃了出来，我们很高兴了。"傅新同意。

"不过，你说你已经不用逃亡了？是不是意味着你大仇已报？"任天涯问。

朱成笑着，向她的同伴投去飞快的难以觉察的一瞥："没有，没报仇。我到最后放弃了。这都已经成为过去的事情了。"

"你还找到了几个新同伴。"何江说，"跟他们一起比跟我们这些老家伙混在一起好多了。你因何事回到这一带来的？"

"说出来可能比较难叫人相信，不过现如今我已经靠一些合法的手段挣一份俸禄了。"朱成告诉他们，"我们这次办的是正经朝廷官差。过去三年里我一直待在京城。"

山贼们都表示不敢相信，而最年长的一人轻敲着下巴审视着他们。不过他没有提出任何怀疑，对此小龙很感激。不管怎么说，他们都必须保持低调。

当他们终于接受了朱成的答案，她开始问他们了："你们为何又回这里来？你们还在揽活儿吗？"

"没有。"龙国说着摇了摇头，"自从那次失败之后，大家都觉得自己已经太老了，再也经不起这样的危险了。过去这两年，我们碰上就做一票。"

"你还记不记得一个养鹦鹉的神经兮兮的侯爷？"傅新问。

"当然记得了。"朱成说，"是我放走了鸟儿的。记得我把他给彻底搞疯了。"

"嗯，我们其实是帮了他一个忙吧。"何江承认。

"他有几只最华丽的盘子不知道为什么最后进了我的袋子。"天涯说。

"也进了我的袋子。"傅新补充。

"积习难改啊，我明白。"朱成说，"你们别以为我的技艺生疏了，我可以向你们保证在我的新领域，我的这些本事也还是很有用的。"

"我还真难想象你能管理什么事情。"齐兵坦白地说，"我还以为无论在什么组织里，你都会叫人头痛。"

"好在我现在可以自己做自己的主人。"朱成说。

可兰对上了小龙的目光，两人都扑哧笑了出来。他们一路说着话，叙着旧，时间过得很快。没过多久，天有些蒙蒙亮了，他们要分别了。大家出了破庙，迎着初升的太阳不禁眯起了眼睛。

"抱歉打扰了你们一晚上。"何江说着，向大家鞠了一躬，"不过我可不后悔，更不用说这不但让我们老友久别重逢，还有机会结识新朋友。"

"我们大多时候都在附近的小镇上。"傅新说,"下次你不办朝廷官差的时候,有时间来看看我们。"

"你们大家也可以来京城里逛逛。"朱成说。

"别担心,我们会去的。"龙国保证。

大家互相道了别,五人继续向路上走去。等他们驰出一段距离之后,班超催动马儿上前跟朱成并排:"什么绰号呀,小野兔?"

她冲他扬起了一边眉毛:"何江想出来的。只有他可以这么叫我。你要再叫一次的话,我保证叫你的马儿飞起来。"

"嗨,我的骑术已经大有长进。"班超对她说,"我没准会没事儿呢。"

"想测试一下吗?"她问。

班超轻拍了一下马儿,离她远了些:"还是别吧。"

"明智之举。"小龙对他说,"我可不打算追你去。"

"不过我倒是有个问题。"刘阳过了一会儿说道,"你到底是怎么跟这么多人混得这么熟的?"

"如果你足够有本事,而又与人志趣相投的话,在外面很容易找到朋友或者结下敌人的。"朱成说,"再说了,我居无定所。我不像小龙有那么多捕快跟在身后,不过我也担心他们终有一天会出现来抓捕我。我想,我能跟何江一帮人混上好几个月我自己都很吃惊的。如果不是那次出了事,可能我现在还跟他们在一起呢。离开我师傅的学校之后,他们是第一个让我觉得有归属感的一帮人。"

"你为什么离开?"可兰问。

见朱成有些犹豫,小龙替她回答了:"她的朋友身陷险境,令她明白她只要在那儿就是他们的威胁。她不想让任何人有危险。如果你只需要担心自己的话，那样会比较容易顾得上。”

“差不多吧。”朱成同意，“而且在那之后，我再也没有跟什么人待很长时间，直到遇上了班超和小龙。我的品位还是无可挑剔的，对吧？”

“嗯，我真是很高兴你决定留下来。”刘阳说，“不然的话，没有马还真是难以到达宿州。”

可兰翻翻白眼：“看来这肯定是她最大的贡献了。”

他们都笑了起来，继续兴高采烈地一路向前。一天过得很愉快，虽然前一晚大家都只睡了很少的时间，但谁都没有抱怨劳累。当天下午，他们到了一个小镇，在一家客栈里过了夜，都早早睡下了，补一补前一晚的觉。

连朱成第二天都起得很早，丝毫没有抱怨，他们继续向宿州行进。在接下来的几天里，他们保持着一定的速度，不过相对还是比较轻松的。因为不用避开官府，他们一直走的是官道，道路长时间以来已经被来来往往的旅人磨平了，也由京城里派来的工人定时维护。他们每晚都在不同的小镇落脚，也都会花上一个时辰逛逛当地风景。钱袋饱满，时间也充裕，尽力地享受着自己的假期，挤出任何一点能享受的欢愉。他们一般都住在相对舒适的客栈中，也不吝啬吃食上的花费。到了每一个新地方，都找到当地最大的馆子，吃个酒足饭饱。

刘阳总是坚称哪怕是路边的面摊都比御膳房里最好的厨子做出来的东西好吃。他决定一定要吃个够。只要想想如果傲慢的御厨看到他吃得狼吞虎咽，会吓成什么样，就叫他吃得更加有滋有味了。

9^章

赤眉军首领开完会的几天后，农民领袖们自己也开了个会。这会显然不会在杨家宅子里开，而是请洪翮去他们那里开。

杨晶也跟着去了，名义上是为了保证洪翮一路上都能安全，不过更准确地说，是替她不能亲自主持会议的双亲当耳目的。庞安也去了，因为他在很多农民领袖心目中很有地位。他能说服农民把怒气变成实实在在的行动。再加上洪翮对这些曾经崇拜他祖先的人起的作用，杨晶觉得很有把握在会议结束时获得农民领袖全部的支持。

这无疑会使起义向前跨出重要一步。一旦跟农民挑明了准备造反，暴露了旧日赤眉军目的，就再也无法回头了。这一次终于要将农民组织起来，组成一支像模像样的起义大军，不再想从朝廷得到田地。

坐着马车，一路向废弃的酒家驶去时，杨晶敏锐地觉察到他俩的头顶上悬着一把剑。当然，在路上遇上满身是血的洪翮已经是最危险的事情了，而现在真正打算备战了，她几乎觉得剑离他们的脖子又近了一些。

她自然明白事实却正是相反的。想要反抗一个打算杀了他们的朝廷，他们只是在救自己的命。可是感觉上还真不是这么回事。对于亲眼见证一砖一瓦搭建起来的政权被推翻的老一辈人来说是不同的吧。

但对于杨晶来说，她这二十三年活在新朝之下，觉得旧日赤眉军不可能会成功。

她无法理解从她父亲到范崇所表现出来的对获得成功的自信。不像其他官宦人家的孩子，她本身从来没有带过兵，可是受了足够的教育，读过足够的兵书，知晓何为战略。只是要把兵书上的知识运用到实战中，她看见的只有不利因素。哪怕能够把这乡村搅个天翻地覆，哪怕赤眉头领们能够召回全部旧部，也完全不是人数众多的皇家军的对手。

他们最精良的部队将会是由没有受过训练的农夫和老迈的士兵组成。换作她，肯定不会以此来对抗一支训练有素、三年前驱逐了匈奴兵的队伍。起义军可能拥有出色的指挥官，可她也听说几名赢了北匈奴的年轻大将军不光是靠运气的。

比军事上的困境更糟糕的是需要说服大家离开他们自己的居住地，加入并支持这叛乱之事，将来会比现在有更好的生活。不管怎么说，本朝赋税很低，收成不错，山贼也基本上得到了控制。他们根本无法寄希望于这些不安分的因素能成为反叛的力量，因为大家好像对年轻的皇帝挺满意的。

也许对他们唯一有利的一点就是措手不及。而就算是这样，一定程度上也取决于能保守秘密多久。谁知道朝廷有没有暗探安插在这一带？

过了一会儿，杨晶将这些思绪挥到一边，知道再一直想下去对谁都没有好处，只会让她更难完成自己的任务。她命自己不再去想起军反叛会有多么困难，向舅舅和洪翮看去。

洪翮怀中抱着家人的牌位坐着，一路向前驶去。他始终望着车外，脸上保持着沉思的表情。杨晶试图找出能反映他思绪的线索，不过他难以读懂的脸上什么都没有。当然，这些变化可能是因为他亲眼见证了如此惨剧。杨晶觉得她可能永远也不可能明白这样的变故会给一个人带来怎么样的变化。可仍旧，他的性格如此大变确也叫人奇怪。可能这样想是不对的。事实上，她宁可相信他身上已经没剩下多少人性的东西了。

还没等她继续考虑这个问题，她的舅父已对上了她的目光，笑了。虽然庞安对她父亲有着很强的敌意，但这个粗糙的男人在心中总是对他的外甥女有着一份柔情。他伸手过去拍拍她的膝盖，转头去看洪翮："孩子，很快就到酒馆了。想好要说些什么了吗？"

"是的，大人。"洪翮尊重地点点头，"像我们之前讨论过的，我会简单地讲几句，然后把会议交回给你。"

"嗯，很好。"庞安说，"你最好和这些人保持一定的距离。他们更愿意为一个神而不是一个人而战。我不喜欢虚礼。俗套一点儿用也没有，我们总是为了同一目的而战的。你叫我名字好了，或者，如果你不喜欢的话，你跟我外甥女差不多大，你可以叫我叔叔。"

"是，叔叔。"洪翮挤出一个小小的笑容说。

"你已经开了个不错的头，孩子。"庞安说，"我们要见的这些人也会喜欢你的。有了他们帮助，我们极有可能达成我们的目的，替你的家人报仇。"

"我当然希望如此。"洪翮说。

一会儿，他们到了约定的地点。杨晶最后一个从马车里出来，审视着这座前不着村后不着店的酒馆。这个酒馆看上去年久失修，摇摇欲坠，任何一个脑子正常的人都会因为害怕它坍塌而不想走进去。他们走近已经有半扇挂了下来的前门，庞安大声说了几句口令。

一个从穿着看像是个皮匠的粗糙汉子探出头来，见是庞安，笑了。他走出老酒馆，用比他体形看上去要灵巧的身手绕过破门。

两名老人拥抱着，叙着旧。然后，皮匠越过庞安，注意到了洪翮："见过少主。我是吴常。我曾经在你父亲麾下效力。我希望能助你成就大业。"

"谢谢你。有你这样的忠心之人相助是我的荣幸。"洪翮说。

皮匠又望向杨晶，说："这位是？"

"这是我外甥女。"庞安拍着她肩膀介绍道。

吴常咧嘴一笑，说："你俩一点儿都不像真是大幸。你可不能长得像这老家伙。"

"哪有你老啊。"庞安爽朗地笑着说。杨晶从来没见过她舅父的这种表现。没等她插话评论，他问老友："他们在里面了吗？"

"都到了。"吴常说，"已经非常不耐烦了。你最好还是快点儿进去摆平他们吧。有些人是需要些强硬的手段。他们一旦表示效忠了，会像你希望的一样战斗。不过他们的人可是需要一些训练。"

"你自己呢？"他们向酒馆走去，庞安问，"我想知道你有没有勤加训练。"

"哈，以我的年龄，你以为我不练习还能保持这个身材？你可能没我这么努力呢。"吴常笑着说。

进了酒馆之后，两人便不再互相开玩笑了。吴常带路穿过几条走廊，走到一道双掩门前。没有他的暗示，从低声交谈的声音就能知道，门的另一头会集着不少人。吴常指指门，向洪翮鞠躬请他进去。

洪翮还是十分严肃，对吴常可笑的动作没有挤出一丝笑容，直接向门走过去，一把推开。屋里人的目光一齐转向门口，只见洪翮将牌位高举过头顶走了进去。

当屋里的人明白过来他举的是什么时，有些人低声祝祷了几句。洪翮还真能当一个好戏子，用了恰到好处的一点夸张表现来说服这些农民领袖他是认真的。过了一会儿，屋子里满是宣誓他们将追随他起义反叛之声。他的目的达到了，他退了下来，就像他们说好的一样，让庞安来掌控会议。

洪翻走过时，杨晶冲他点点头，他也点头向她示意之后便离开了屋子。她自己倒留了下来观察她舅父主持的这次会议。这里的很多人，庞安都叫得出名字来，这的确帮了他不少忙。连一些只在故事中听过庞安名字的人也都对他表现出了极大的尊敬，用心倾听着他描述的计划中的细节。

如果赤眉军领袖们想要招募这些人成为叛军一员，必须把他们编入军中。这系统的设计已经非常简洁了。庞安保证将根据他们能提供的人马数量来分封军阶。当然，到了最后，每个人都将要编入他的麾下，听他的号令。大家同意了之后，庞安向坐在角落里捧着本大簿子的书记员示意。

书记员打开厚厚的本子，在砚台中润了润毛笔，农民领袖争相上前，带着赌徒扑向赌桌般的热情。杨晶的舅父带着坚定的保证，有条不紊地指挥着这混乱的局面，这确实是他的长项。

"你舅父很叫人佩服吧？"吴常问。

"如果你告诉他的话，我就不承认。对他我有太多不了解的地方。"

"你认识你舅父的时候他已经老了。"吴常说，"曾几何时，你舅父，能凭借着他的精神和言语，说服任何人做任何事情。他现在终于找回一点点昔日的火花了。这次起义将我们很多人带回到荣光的岁月，也将荣光的日子带回给我们。"

杨晶点点头，回头继续望向她舅父。但当她这么望着舅父时，总有些东西在心底搅动，似乎在问她这究竟是不是一件好事。

守卫神

10^章

旅程的第九天傍晚，小龙他们已经到了宿州城外，在一间沿湖的客栈里找到了住处。吃过晚饭之后，他们沿着湖边去走走。因为还是早春时节，游人刚刚开始多了起来，游船都出来做生意。小平板船的船老大向在岸边散步的游人兜售着生意，满口应承着带他们游湖。船头桅杆上挂着的灯笼发出的微光，星星点点缀满了高低起伏的湖面，像是整个世界跳起了舞。

五个好朋友站在通往大湖的一条运河上的一座桥上，长时间望着平静的水面。可兰说："我们也去坐船吧。"

"像真正的游客一样吗？"朱成问。

"我们住在湖边的客栈。"小龙指出，"我们算是真正的游客了吧。"

"为何不干脆玩到底呢？"刘阳说。他带头下了桥，走到湖边挂着灯笼的栈道边。

一位留着长长胡须的老船夫见他们走过来，笑着点点头："年轻的公子们，今晚想一夜游湖吗？"

"正合我意。"可兰说。

五人轻轻上了船。船夫举起他长长的船篙，用力一撑驶离了岸边。然后用竹竿一点一点慢慢向湖中央划去。

　　小龙在编织的长凳上坐下，望着划过的水面。声音在水面上传得很远，如果竖起耳朵听的话，能听见整个湖面上的各种对话声。可不知为何，周围的轻语声像是一阵平静的嗡鸣，而小龙想象这船是自己漂浮在水中央。班超坐在小龙的身旁，可兰和刘阳在对面的长凳上坐了下来，朱成则在小船中躺了下来，双手枕在头底下，眼睛注视着天上的月亮。灯笼上的火光掩盖了大部分星光，只有最亮的几颗星星和月亮，不是满月，月亮像是一根香肠。

　　老船夫一边划着船，一边吹着懒懒的曲子，他们只是这么静静地坐着，躺着，享受着这片刻的安静。还没在船上坐够半个时辰，听见铁器相交的声音，小龙他们就都坐了起来。因为很难分辨声音是从哪里传来的，班超与周围的其他游客，包括船夫同样四下转头张望。在一艘大些的船上，一伙人正在打斗，船上的乘客全被赶到了船的一头。只见一名男子急着要击中对手，手臂不慎打中了一名老妇。老妇站立不稳，一下子掉下水去，溅起了巨大的水花，岸上的人都停下来诧异地看着。幸运的是，附近的一名船夫急忙赶了过去，在她沉下去之前及时把她捞了起来。

　　"我们完全没有必要介入。"可兰道，可是听上去好像没有什么说服力。

　　"不知道他们为什么打了起来。"班超说。

　　朱成和小龙懒得议论这事，因为结果是明显的。两人动作一致地从小船上一纵而起，落在离他们最近的一条船上。她们在那船上只是轻轻地一点，然后又向下一条船飞去。这样，她们很快就落在了打斗正起的船板上，然后直接加入了战团。

　　其他几人紧跟在她两身后。刘阳稍稍晚了一些，取出一点银钱递给了老船夫。他一下子还无法从震惊中平静下来伸手接钱，于是刘阳走过去，替他把钱放入袋中。然后，也一用力纵入空中，脚离船的时候，船轻晃了几下。虽然他的轻功自从小龙教他跳跃之日起已经长进了不少，但他还是挺庆幸湖面上有那么多船只可供使用。他选好了路线，虽然他的速度不如其他人快，但是他还是用了不长的时间就到了大船的甲板上。

他刚一落到大船的甲板上，就有一只手臂向他面门挥了过来。他的第一反应该是直接挥开手，但很快就意识到了这只手属于一个想要稳住自己不掉下水去的姑娘。他伸出手，抓住了姑娘的肩膀，免得她翻下栏杆。还没等她把刘阳从船边拉开，两个人就滚了过来，把他们两个人撞进水中。他没把姑娘重新带回大船上，而是拎起她跳到了离他们最近的小艇上。他让她坐下，然后一点地，又纵回了大船上。

可兰跳上大船的时候，正好见到有人把一个小孩子推下了船。她越过两名正在对打的人身边，一直跑到船的另一边。她抓住一根缆绳，纵身翻下船帮，抓紧绳索让自己刚刚够得着水面。她伸出手去，抓住孩子的后衣领，将孩子向附近的小船掷去。站在船夫边上的一名男子倒吸一口气，张开双臂准备接住孩子。孩子在空中飞了过去，直接击中男子的胸口，把两人都撞跌在船板上。

见孩子咳出了几口水，可兰抬头看着船板，很轻松地又爬了回去，可又面对着一名发了疯的妇人。她猜到妇人可能是孩子的母亲，便让她平静下来。班超不知道从哪儿冒出来，说："别担心，我带你过去。"他伸出一只手环住妇人的腰，叫她抓紧自己然后跃下了甲板。年轻的母亲吓得大声叫了起来，哪怕等他们安全地落在了船上，还害怕得抓紧了他。只有当她看到自己的孩子时，她才松开了他。

班超抚着自己的后颈，又回到激烈的打斗现场，见他们已经成功地撤走了大船上大约半数的旁观者。总共还有十几人仍紧靠着船栏以防被利剑伤到，还有差不多同样数量的人缠斗在一起。

他们首先得将旁观者都送到安全的地方，不过班超已等不及要好好教训一下这些不知道轻重的男女。他刚一跳上甲板，一名老者上前求助，他的头上已经被伤了一道不小的口子。班超冲老者的方向撞了过去。他见两名缠斗的武者挡住了去路，便将两人同时撞到了一边。

不幸的是，这反而激怒了他们，他们转身向班超袭来。班超可没心思跟他们纠缠，他一把抓住第一个人的手腕，将剑从他手里缴了下来。见男子大声叫痛，班超在他头上一敲，才去对付另一名男子，用手里刚刚夺下的剑柄向上一击击中他的脑袋。见两人都被放倒了，班超扔下剑向老者走去，将他带到了安全的地方。

等小龙看见刘阳带着最后一名旁观者跃下了大船，她停了下来，观察着战局，试图搞清楚这场架因何而起。一名女人冲着她的方向跌撞而来，她便纵身跃上了栏杆以免被她撞上。朱成也马上跳上了栏杆站到她身旁，其他几个人也都跳了上来。

"你们谁知道他们为什么打起来？"班超停在栏杆上，皱起了眉头问。

"毫无头绪。"朱成答。

"如果他们打算在这条船上打打，我倒是挺乐意让他们自己解决这事。"可兰说。

刘阳点头赞同："还不如让他们互相教训一下对方。"

"我想已经太迟了。"小龙议道，指着班超刚才放倒的两名男子。

朱成探身过去，在他手臂上打了一下，差点儿叫他站不稳掉进水里："看来你还是有些脾气的嘛。"

"噢，你别这样了。"他说，"他们挡着我的路好吧。"

守卫神

在右边，小龙看着一名女子缴了对手的兵器。正当她打算收拾对手时，小龙手腕一抖，一枚银针向她飞了过去。暗器打落了女子的剑，于是她便赤手空拳地向对手扑了上去。

五个人对望着，叹了口气。虽然他们刚才对他们伤及无辜表示有些恼怒，可他们也无法这么站着看着这些人自相残杀。"看来是我们责无旁贷的事情了。"刘阳议道。

他们没花多长时间就收拾了全部的武士。大部分人只是冲着对方一通乱打，完全没有技巧可言，所以朱成一点儿都不担心这桩小事。她跳下栏杆将一名男子打倒在地，然后她转向攻击他的人，伸指一点他的腹部，令他扔下手上的剑，双膝跪倒。她翻了个白眼，越过他，随手点了他颈根的穴道令他动弹不得。

一会儿，只剩下几名武士还没倒下，他们意识到自己完全不是小龙他们的对手。只有两个人是有些真功夫的，他们跳下了船向岸上逃去，跟他们刚才五个人一样在小船上起起落落。小龙懒懒地在她肩上一击，放倒了船上站着的最后一名妇人。

可兰看着两人在小船上跳来跳去，耸了耸肩："我们不如追上去呢。我们反正要回岸上去的。我可不想应付官府。"

"真是多谢，不要。"朱成同意，"发号施令了这么久，我对当官的人可没多少敬意。"说完她小跑着跃下了船，冲着逃远了的目标追了上去。

"好像她以前尊重过当官的似的。"班超一边跟了上去一边嘴里喃喃道。其他人也都紧跟了上去，算好了离岸不远时能追上两人。朱成冲在前面，离岸边只有几跃的时候拿下了其中一人。她跃过他的头顶，向下伸手抓住他的后衣领。没等他意识到被她抓住了，她已经一把把他甩进了水里，她及时地飞了开去，以免被水花溅一身。但水柱倒是溅了后来的人一脸，吓了他一跳，他脚步一乱，脚下一绊，面朝下扑进了水里。

两人落水之后，边上的船夫用手上的船篙猛击他们，把他们从船边推开，令他们不住地求救。在官府的人到来之前，他们把正义执法的任务交给了市民们自己，五人跃上岸，飞快地从河边撤离，消失在如养殖场般密集的街道上。

不过他们很快又回来了，向附近最高的一处房顶跑去，以观事态的发展。没过一会儿，这一带的衙役就急忙赶了过来，将两人从水里捞了出来。然后他们登上一艘小船，指挥着船夫向大船划去，登上了船将闹事的人都抓了起来。

"我们真的不能再这么多管闲事下去了。"朱成道，"我们是在休假。"

"我以为你想要打上一架呢。"刘阳说，"你总是抱怨京城里没有人可供你回击呢。"

"在船上时确实挺舒坦的。"朱成说。

"明天就再坐一次船。"班超说，"最好还是离湖远一点。"

"不需要引人注目。"小龙赞同，"好在光线颇暗。没几个人看清我们的脸。"

在向客栈走回去的路上，可兰说："关于明天做什么，我有个主意。我的表兄弟几年前曾经来过宿州，从码头开船出海。我们可以去享受一次海上的旅程。"

"听上去不错哦。"小龙说，"希望再也不会有这种血淋淋的世仇报复出现在我们眼皮子底下了。"

"那是起因吗？"刘阳问。

"我们迟早都会听到传言的。"朱成道，"城里人喜欢嚼舌根子。"

"我打赌，也不会比大臣们之间的事儿过分。"班超说。

"因为他们有那么多的时间可以练习呀。"可兰指出。

"还是花着我的粮饷呢。"刘阳附和道。

"可能只有这样才公平。"可兰说，"我们这次出来也都是花的你的银子呀。"

"钱花光了，干脆开始收税好了。"小龙说。

"觉得不如四处掏口袋来得更合理。"班超说。

"哦，我已经下手了呀。"朱成说。她探入怀中，取出一条挂着雕工精细的白玉坠子的项链。

"你什么时候下手的呀？"刘阳问。

"最后被我扔下水的人，"她答道，"从他脖子上摘下来的。看上去还值不少钱吧。"

"好在我没什么值钱的东西。"班超说道，"不然你也早已经偷了去了。"

"我想过偷你的剑的，不过后来我意识到我根本不喜欢乌龟。"朱成说。

"不明白你什么意思。"刘阳说。

"她最荒唐的话一般都是这样的观点。"小龙对他说。

11^章

一天晌午，他们五人到了码头，看着可以出海一游的大小船只。这里的船包括了小到看上去好像经不起一点风浪的舢板，大到豪华得只有最有钱的人才租得起的大船。

"赶紧选一艘吧。"朱成说。

"挺想坐大船，看看会是怎么样的感觉。"班超说道。

可兰耸耸肩，带头上前："就大船吧。反正用的又不是我们的钱。"

站在登船横板附近的船家见他们向这艘船走来，向身后站着的六名护卫做了个手势，以备需要他们防止一些地痞流氓登船。他们五人穿的普通衣服，不像是坐得起这么豪华游船的人。虽然他们已经把各自的佩剑锁在客栈里，而且把自己带着的最好的衣服换上了。

他们一靠近大船，可兰早就看穿了船家的意图，把手伸进钱袋中取出一粒金锞子。将金子向船夫抛去，船家便半信半疑地挥手让他们通过。登上主甲板，朱成冲护卫挤挤眼。

还有半个时辰才能开船，一到了船上，他们开始庆祝了。宽敞的甲板上，一顶巨大的丝绸帐篷遮蔽了大部分地方。做工讲究的桌子、板凳全部被钉死在地板上，有几名游客已经在椅中或卧或躺着。一上到船顶，几名仆佣便客气地将他们引到船栏边的一张桌子上。桌子上已经摆放了用精致瓷碟盛着的点心，可兰拉过一个盘子看看究竟准备了什么样的精致点心。

"今儿我们船上可配备了一位鼎鼎大名的厨师。"一名仆佣满脸笑容地说，"不管您想吃点儿什么，尽管招呼我们随便哪一个帮您点就行了。"

"多谢。"刘阳点点头以示感谢。

"希望你们能在我们船上玩得开心。"又一名仆佣带着下一组客人到了他们旁边的桌子上。

班超四下察看，跟周围人俗丽的服饰一比，自己穿得确实有些寒酸。跟往常一样，这些有钱人所展示出来的华丽和这艘船一样，都是用来显摆的。人人穿着用最上等的丝绸布料所制成的衫袍衣裙，用这种隐晦的方式向周围大肆地炫耀着自己的财力，希望这样能让人赞叹。真不走运，他们的邻桌正是一直不停地忙着显摆而忽略了其他东西的人。

他们刚一登上船舱顶层的时候，就招来了几个奇怪的白眼，不过这些目光很快消失了。作为港口城市的居民，就算是这些养尊处优的贵族乡绅们也知道在这个交通和贸易的中枢会有多少奇怪的形形色色的人。很有可能，其他游客把他们当作过路的年轻贵公子，或者是从家里逃出来的富家子弟。不管怎么说，没人来烦他们。

他们眼见着一群又一群穿金戴银，身后左拥右簇的人上了船舱顶层，可兰轻轻地捅捅朱成的胳膊："今天不准偷人东西，行不行？"

"我都不明白你在说什么。"朱成说。

"你好了呀。"可兰一边嘴不停地嚼着一碟花生米一边轻笑一声，"我们都了解你，知道你心里在想什么。"

朱成叹了口气："你们对我这么没信心吗？你们肯定不会以为我

打算在这难得轻松休息的日子里惹出事来吧？"

其他几人互相对视了一下，都转过头不太相信地看着她。

"而且，再说了，我才不想叫这些太太小姐们都吓得尖叫起来。不管怎么说，我们也是一起被困在这船上的呀。"朱成又加了一句。

"这倒更有说服力些。"刘阳说着大家都笑了起来。

"我们要不要试试出了名的厨子到底有多好？"班超一边说一边招手叫了一名仆妇过来。他一口气报出了一长串的菜名，然后又让其他人添了几个，这才给了仆妇一点赏钱，打发了她。没过多久，仆佣们就从船舱底鱼贯而出，托着一盘盘热气腾腾的各色菜肴。也就在此时，船开了，海面如此平静，几乎觉察不出动静。一阵柔柔的海风拂着他们，轻轻吹动头顶遮阳的绸布。划船的声音极有律动感，轻得几不可闻，而周围的人声笑语也让人几乎听不到声音。

他们离岸不久，两名乐师走了上来，在舱顶一角摆开乐器开始演奏。其中一名将一把长长的二胡架在膝上，举弓轻轻奏了起来，清朗的乐声传遍了船上每一个角落；另一人取出了笛子也放到唇边吹了起来，和着另一名乐师拨动的琴弦。

他们五人只是忙着抢吃食，没有注意来了乐师。厨子确实不错，能将一些平常人家也都吃的家常菜做得独有风味。这估计倒是替船主省了不少银子。更重要的是，菜肴好吃到叫班超和可兰为了最后一只饺子恨不得要比场武来决定。

"你们俩明白我们可以再多点一些的，对不对？"小龙带着想笑的神情看着他俩问。

"我们还得排队等呢。"刘阳道。他冲其他客人扬了扬头，好像大家一下子都特别饿了起来。

"跟屁虫。"可兰满口大嚼着饺子说。

　　他们边吃边聊着，船沿着海岸一路驶去，身后的城市变成了弯弯的一道线。海面一直很平静，好像船只是在海湾中而不是大海上航行。船上下略微颠动着，隐约听见水浪拍打在船帮上的声音。海鸟在头顶上盘旋着，间或有片刻的安静，能听见乐声在整条船上回响，仿佛乐符在海浪间跳跃。

　　到了中午，太阳已经晒得有些毒了，大家很高兴头顶上有丝幔遮蔽。阳光照耀在蓝色的水面上，反射光如此强烈，向东边海面上望去令人颇觉刺眼。小龙站起身来，走到船的另一侧，望着驶过的陆地。其他几人也都走了过去，跟小龙一起靠在船栏杆上。班超靠了过去问："你们有没有注意到他们护卫人数之多？"

　　小龙点点头："肯定不需要十几个彪形大汉看着我们这些客人。"

　　可兰听见他们的对话，插了进来："我也在想这个问题呢。我怀疑他们平常的客人会时时打起架来。"

　　"希望我们不用亲自体验一下。"小龙说。

　　"真是的话我也不惊奇。"班超说。

　　船缓缓向南驶去，路过一些陡峭的崖壁和几座小渔村。遇上了一条扁扁的小渔船，由几名老人驾着。大船带动的水波将小船打得急速地上下摇摆，可他们轻松地就调整好了自己的船，像是没事儿似的撒出渔网。刘阳怀着浓厚的兴趣看着老渔夫们开始收网了。他的眼睛一直盯着他们，直到小船消失在视线中，被弯曲的海岸线吞没。

　　驶过渔夫没多久，大船路过一座小小的岛屿，像是水中不经意的一个凸起。只有两棵孤孤单单的树，还有岩石上勉强生长的一丛草。刘阳指着落在树枝上的一只白色的水鸟，嘴里还在吞咽着仍在挣扎的鱼。这是刘阳第一次真正坐船，对什么都觉得新奇。在这之前，从来没有见过大海，他惊奇于水面这么一直向前伸展开去。站在船上，好像他能望出去，一眼看到世界的尽头。他不断地对其他几人说着自己的感想，对于他的热情，他们都报以微笑。连朱成都没有拿他每看见一样新东西就目不转睛的样子开玩笑。船轻轻晃动，这平静的水将他们的情绪晃动在一种祥和安静之中。

突然之间，一声警示的喊叫声打破了平静。可兰呻吟着把头垂到了船栏上："又发生什么事了？"

"好像是听见有人在叫着海盗。"小龙说。

"请这么多护卫的谜团解开了。"班超议道。

"我们最近卷进的打斗实在是多了些。"刘阳说。

"看护卫够不够好了。"可兰说。

"我不会把赌注押在他们身上的。"班超说。

"我们上了船不就已经把赌注押上了吗？"刘阳问。

"这倒是有道理。"班超承认，"我们至少得去搞明白发生什么事情了吧。"

他们匆忙赶到船的另一边，紧贴在船栏上，看见一艘小艇悬挂着一面印有一头鹿的大旗，正以极快的速度驶来将他们的船拦腰挡住。他们用尽全力向码头的方向掉转船头，堪堪避过了撞船。护卫们这时全部冲到了主甲板上，一看见海盗船上的旗帜，脸马上变得煞白。

船主重重地大步踏上甲板，要求手下汇报最新情况。而迎接他的是客人们不安的大喊和尖叫声，他又大声叫大家安静下来。然后他把注意力转到正以一种令人胆战心惊的速度驶近的海盗船。他命令手下停船，准备让海盗上船。吓得不行的客人们好一会儿才回过神来，便都闹着要向船主讨个说法。

"到底是怎么回事？"可兰问，她自己也困惑得很，"他应该不是和海盗一伙儿的。"

"我跟他们一样想不清楚。"朱成说，"海盗怎么会出现在这种地方？"

海盗船疾速地靠近，船主还是成功地将混乱的客人们的声音压了下去，这样他才好解释："我会命令全部的护卫不准反抗。向这些海盗投降。"

"你这是什么意思？"一个愤愤不平的男人质问道，"你是打算让他们把剑架在我们脖子上吗？"

这话当然又引来一阵歇斯底里的大叫大嚷，而船主几乎把喉咙都喊破了才把他们的声音压了下去："不，你们不明白。这是最残暴的鹿帮。这一带的每一个船主都知道反抗是徒劳的。我不会白白牺牲我手下人的性命。为了大家的安全，请不要反抗。我以前在另一条船上还只是个船员的时候，鹿帮上过我们的船。如果大家不反抗的话，我保证你们不会受到伤害的。"

"你的保证值几个钱啊？"一人质问道。大家还在不停地大喊大叫着，海盗船这时已经停在船头一侧。海盗把两艘船锁在了一起，然后跃上了船，船上的客人为了躲避，互相撞在一起，一路跑一路大叫着。

这时，五名小伙伴极有效率地利用着时间，试图找出让船主如此惧怕海盗的原因。当然，海盗中大部分看上去样子够让人害怕了。海盗一边用缆绳把两条船拴在一起，一边冲着护卫和船上的客人咒骂着，咆哮着。

同船的游伴们，已经因为害怕把嗓子都喊哑了，这会儿只能带着恐惧震惊地盯着海盗们，不知道还会发生什么。靴子重重的踩地声从船一头响起，打破了沉默，海盗们让开道让他们的头领和二把手通过。

二把手跟刘阳想象中的一模一样。个子高大，肌肉结实，他慢吞吞地走过甲板，对着周遭众人怒目相向。两把纯钢制成的长棍用交叉在胸前的背带背着，从肩后凸了出来。

海盗头子的样貌却叫刘阳不禁扬起了眉。首先一点，她看上去只比他大不了几岁。如果不是因为她脸上狠辣的表情，他肯定更愿意相信她是个官家小姐而不是一个令人闻风丧胆的海盗团伙的头子。正当他为这出人意料的事态发展而感到惊奇时，海盗头子和二把手轻松地跃上了大船的舱顶。

只见船主犹豫地上前一步，不住地鞠着躬，她冲他一笑："看来你听说过我们。"

"呃，是的。"船主说，"我已经下令叫手下完全配合。"

"很好。"年轻的海盗头子赞许地点点头，"请让你的船员们都到甲板上来。我的人会帮你们的护卫下了兵器。距离这么近，我们可不想有什么意外发生，是不是？"

"当然不想。"船主急忙说，然后退了开去照她的吩咐做。

这时，海盗头子在船舱上来回地踱着，审视着她的猎物。好一会儿，她都没有开口，只是望着怕极了的游客们。然后，她脸上冷冷的算计的表情褪去，换上的是一种可以称得上灿烂的笑容："我相信这一切定是把你们搞糊涂了。你们一定在想会发生什么事情。我向你们保证，各位客官，小姐夫人们，只要你们合作，今天绝不会让你们受到伤害。我名叫栾纹，我是这支队伍的头儿。别让他们凶巴巴的样子吓到你们。他们跟你们没什么两样。当然，除了我们都很穷。而你们，显然，个个都富得流油。我们觉得这可不太公平。所以，我们今天要试着来管管这事儿。你们觉得怎么样？"

　　船上的游客们疑惑地互相看看，不知道是不是需要回答她。

　　栾纹不等游客回答就继续说了下去："别犯错误，我们要拿走所有的东西，会搜你们的身。千万别试图反抗，也千万别想藏起你们刚才还拿来跟别的游客炫耀的传家宝。假如你们完全配合的话，整个过程会很快也不会痛。我们可以去对付下一个目标，而你们可以回到码头上去，跟别人讲故事说你是怎么死里逃生的。不过，别强调太多你个人财物的捐赠。这些钱会被派上用场的。我们可以用这些钱来装备我们的船，好再去抢更多的人。我这二把手，或许还能几年来第一次剃个头。也会有好些没爹没妈的孩子吃上饭，看看你脖子上这块宝石的大小，估计够他吃个五年半的。我相信，如果你们知道你们帮助了多少人的话，心里一定也会暖暖的吧。"她又笑了一下，挥手让她的人上前。

　　他们上前对付第一组游客，剥下了他们所有的身外之物，动作出奇轻柔。他们虽然外表凶恶，但是做起事来却是温文有礼，动作迅速。身形最高大的一个海盗甚至容许一个小孩子留下她颈中一条坠着块精细吊坠的纤细项链，然后才把吓坏了的一家人推搡到一边。他们从一组游客走到另一组身边，搜遍全身，见他们因为害怕和恐惧变得抖抖索索时，又帮助他们褪下所有的手镯和戒指。

　　老实说，看上去好像这些海盗没什么可叫人害怕的。她的人在一组一组地搜着游客，然后把搜完的赶到一边，而海盗头子在一边继续来回踱着。她嘴里一直不停地说着些评论的话，一会儿是满口的挖苦讽刺，一会儿又出言安慰惊呆了的游客，向他们保证肯定不会伤害他们。

　　"我都有些喜欢这些海盗了。"朱成悄悄地对其他人说。

　　"你肯定会的。"班超嘟囔着回嘴，"虽然我也不能说不同意你的话。如果我们不在这船上的话，我觉得可以让他们完成这事。可是我身上带着令牌呀。我们可不能让他们拿了去。我们朝堂上的敌人们可四处都有眼线的。我们的动向，他们哪怕收到一点点的风，我们的日子可就不太好过了。"

"再说我还带着一个官印呢。"刘阳补充道，"如果让他们夺了去，可以建立一个新朝廷了。"

"她叫我想起了你。"可兰对朱成说。

"哈，算了吧。"朱成驳嘴道，"我可是指挥大军的，她这一点儿海盗能比吗？"

"我很肯定指挥大军的好像是小龙。"班超指出。

"赶紧确定一个行动方案。"小龙轻声道，"海盗们走过来了。"

"尽量不要搞出太大的动静来。"可兰说，"我们让他们都回自己的船上然后把船开走。我知道大伙儿都同意不想看到这伙人真正面对海盗对其惩罚。"

"一点儿都不想。"刘阳同意，"其实，我赞成让他们留着已经抢到的东西。不管怎么说，栾纹说了要去接济没爹没妈的孩子。"

"我看出来了，都已经要跟他们称兄道弟了。"朱成嘟囔着。见海盗走近，班超捅捅她让她闭嘴。

小龙见六名海盗走近，右手探入了左袖中。她取出几枚袖针按在掌中，准备用来对付这些海盗。他们得行事非常小心才行。

周围有那么多旁人，得非常小心，对准了出击以免海盗以外的人遭到误伤。虽然船板上很挤，但小龙不觉得会是个问题。跟其他事情一样，海盗的凶恶外表只是装出来的。他们敛财时小心仔细的方式，以及对待其他游客的态度，令小龙觉得他们并不是普通的海盗。跟其他做这行的人不同，他们出现在这里好像并不是自己的选择。可是在小龙看来，他们使兵器的手法和言行举止，说明他们是身负武功的。

不幸的是，这倒让事情变得有些复杂了。小龙他们当然不想露出自己的真功夫以引起不必要的注意。如果这些海盗太过执着，而且又能打的话，可能就没其他选择了。

一个海盗停在了可兰面前，她和刘阳同时向他扑了上去。他能同时避开他们俩的本事着实叫大家吃了一惊，于是他们也都动手了。小龙射出两枚银针，点中瘦高男子胳膊上的穴道。即便如此，他还是成功地躲开了可兰和刘阳两人配合着发动的攻击。

当海盗们和五位小伙伴打成一团的时候，船员和游客们也抱得越来越紧，给他们留出一块相当可观的空地让他们周旋。可兰和刘阳攻击的一个海盗退到了这个圈子里。一部分原因，是他们俩谁也没想真心对付他。他们的主要目的是把他们赶回小船上去，而不是把他打倒或者抓住他。

就这一点来看，他们还是成功的，他们把海盗堵到了栏杆边上，他的同伴，这会儿才开始涌到大船上来，将他一把扯回了自己的小船上。这也意味着可兰和刘阳又有一大帮麻烦的对手要对付了。可兰先是缴了第一位冲上来想要跃过两船之间狭小空间的人的剑，用力在他心口推了一掌便将他打回了自己的船上。她舞起了刚夺来的一把剑，至少在她守卫的这一区域挡住了海盗的蜂拥上前。

刘阳在可兰身边踏前一步，也使着一把夺来的剑，两人合力将路堵住，每次只能有一个人通过。凡是有海盗想要跃过两船之间的窄道，他就作势佯攻，叫他们不能成功只能恨恨地瞪着他。有一人企图利用轻功跃过刘阳的头顶，可是他飞得不够高，刘阳一把抓住他的脚，把他又疾速扔回了自己的船板上。

而可兰，只要寻到片刻的空隙，就出剑猛向将两艘船绑在一起的粗实的绳子劈去。很快，她和刘阳肩并肩沿着船栏前后移动，一边尽量将海盗们挡在自己的船上，一边又将两船之间的距离拉得越来越开。

与此同时，其他几人尽力要将已经上了大船的海盗们击退。攻击刚一开始，海盗头子就冲她的手下下令，命他们尽可能用最少的武力把这些惹麻烦的家伙们放倒。然后她自己跳上了战斗最激烈处，后面紧跟着她的二把手。见她准备上前对付可兰和刘阳，班超挡住了她的去路。他发现她的武功跟他自己的队长小龙有得一拼。他惊奇地意识到，自己在她弯刀的勇猛的攻势下只有抵挡的份儿。他感觉得出，她没有对其痛下杀手之意，旨在放倒他而不是伤害他。

如果他不能再快些找到把剑的话，她还真有可能取胜。于是他趁她最后一挥剑时向后跃了开去，冲着可兰和刘阳大叫道："扔把剑过来。"

可兰急忙向前冲去，用自己手上的兵器将一根长棍从一名向她当头劈来的海盗手上挑了下来。棍子飞上半空盘旋着。班超拿眼角瞟到了棍子，便向前一纵。海盗跟在他身后也纵了上去，不过被他先接到了。他的拳头一握上棍子，便向边上一跃，用棍子在甲板上一抵才翻身站住。"这不是剑啊。"班超抱怨道。

"勉强使吧。"可兰冲他吼了回去，"我们可不像看上去那么轻松。"

班超叹了口气，转身对付手上的麻烦，勉强避过海盗用剑柄向他脑袋的一击。他在最后一刻，一个后空翻翻了出去，将手上的棍子一扔。棍子击中栾纹的手腕，几乎震得她手中的剑脱手。班超趁势一脚踢出，踢中了她的手，终于卸了她的剑。他轻松地翻身弹起，一飞冲天接住下落的剑。他抬头看见棍子也正好落入了栾纹伸出的手中。她冲他一笑，不带一丝惧意地向他扫来。

小龙助可兰略略阻滞了她的对手之后，便自己往前一冲，以免其他海盗向她围攻上来。她很快就明白为什么栾纹的这一队海盗能引来大家如此的恐慌。他们中的每一位，都是一等一的好手。虽然小龙不能叫人家看出来，但是她知道自己能轻松地放倒这群人。

她首先冲上去对付一名掏出一对双拐的海盗，一种木制的短棍有把手可以贴着手臂使用。海盗向着小龙的脑袋挥了过来，希望一记快击打晕她。她伸手格住一击，见海盗试图将两棍一夹绞住她的胳膊，赶快缩回了手。她发现其他海盗涌了上来，扭转身子对准妇人的肚子一脚。她这一脚使上了内力，将妇人直接踢飞，直摔在自己小船的甲板正中。

下一名海盗不容小龙有喘息之机，使出他三叉戟向她刺来。她退后一步，等尖利的戟头一过，伸手抓住戟柄。她没有试图缴他的兵器，只不过轻轻地一送，让他失了平衡，他自己的脚下一绊。在等他重新弹回来再出击时，她又转身对付下一人。这人使的是双锤。

她谨慎地盯着一对铁球，小心地避开每一击。哪怕是碰上一下，也肯定会断了骨头。海盗心中记着头领的号令，只对准了她的手脚胳膊，而不是任何要害。这样一来分了心，小龙也总是能躲在攻击范围之外。她终于趁他不备向他的方向冲了过去。她利用这短暂的停顿，趁他还没对准自己就跃过了他的头顶。等她翻身落回地面，她伸出一只手点中了他颈后的穴道，令他痛得无法动弹。他的兵器落到了甲板上，将脚上的船板也砸破了。小龙落回地面，又伸指点中他的后背，这就解了刚才的穴道，不过却令他止不住脚步向前跌去，直到撞上了船栏。船栏边上的刘阳停顿了好一会儿，伸脚踢出，确保他直接翻过船栏落在自己的船上。

等使双拐的海盗重新袭来，小龙抓住了棍子往上一抛，这让海盗向着小船的方向飞了出去，直接撞上了船桅。当那人飞出去时，小龙掉转双拐，在他身后破空掷了出去，当他慢慢滑下船桅时，戟尖把他钉在了船桅上。

把几个海盗赶回了自己的船上，朱成发现她面对着身材高大的二把手。她站着审视他，看着他慢慢地从身后的背带上取出一对铁棍。他在手中转着一对棍子，同情地看着她："现在投降吧，你不会受伤。你身上带着的财宝可不值这麻烦。"

朱成只是冲他咧嘴笑着："我想我们还不知道到底是谁更危险呢。不过我也同样对你这么说，投降吧，这样你还能和平地离开。"

海盗嘴里不满地嘟噜着，倒没有生气。他只不过耸耸肩，又靠近了一步："我佩服你的勇气，不过看不上你的智慧。智慧这东西是靠年岁积累的。可能这一次能教你些什么。等你醒来头痛欲裂的时候想一想吧。"

"想要教训我就是你的第一个错误。"朱成对他说，"我可是出了名的坏学生。再说了，你得先抓住我才行。"

"我可不像看上去那么慢。"二把手警告道。他纵身上来，用行动证明了他的话。

朱成只是躲过了一击，因为她打算冲出去。她灵巧地避开了海盗的每一击，直到他的动作形成了一些节奏。显然，他以为自己收拾她已经十拿九稳了，可事实上，他直接落入了她的圈套。时机刚刚好，朱成取出一把她从哪个海盗那里偷来的短剑，挡住了二把手的下一击。铁棍冲着她的手指而来，顺着短剑一路下滑直到撞上了剑柄。她手腕一翻缴了他的铁棍，然后退开一步，以防他用另一根棍子再向她袭来。

可是她其实根本不用担心。彪形大汉跟着铁棍飞了出去，眼中带着一丝震惊。他放弃了跟她的对打，见棍子落回了自己船上的那一群海盗中间，便直接纵了回去。

朱成挥走自己的惊奇，急忙冲到船头，正好赶上小龙成功地阻止了其他海盗再跳回来。除了海盗首领，所有的海盗成员已经全部被赶了回去。

这时，船主明白事情已经转了风向，便命他的护卫上前。他们冲了上来，取来顺手能找到的兵器，终于做了件有用的事情，就是将还把两艘船绑在一起的缆绳砍断。

与此同时，班超和海盗头子继续缠斗着。冲上船舱的护卫们分了她的神，这给了班超一个他所需要的机会。他挺剑冲上前去，将木棍一劈为二。栾纹踉跄着向后退几步，正好脚下的船板震动，最后一条缆绳也被砍断了。等她重新找回平衡，班超已经一脚踩住了剩下的木棍。

栾纹的双眼扫过甲板，评估着眼前的情势。然后，她纵身扑向一边，同时从腰带上抽出一把匕首。担心她会拿把匕首做什么，班超将剩下的半截棍子踢了出去击中了她。木棍击中她的胸口，把她打到了船栏上。出乎人的意料，班超被急急涌上来的护卫撞得上前几步，将剑抵上了她的喉头。

这也没有阻止栾纹最初打算做的事情。她割断了两船之间最后的一条绳，不容置疑地下令她的人马上离开。还没等班超来得及根据他们的原计划，送她和她的手下会合，护卫已经冲上来，急急抓住她，还把他推到了一边。

海盗们在小船上不服地抗议着，不过却没有把船开过来。班超也跌撞着向后退，跟其他几个伙伴站在了一起，他们也被向前推搡的护卫们往后推去。终于，护卫们把栾纹结结实实地用绳子捆了起来，不过她还是流露出轻蔑和挑衅的神情。她怒目瞪着她的手下，冲他们大叫，命他们在她真正发火之前赶紧走。

与此同时，船主倒像是突然腰杆儿挺直了，胆子壮了些，因为他捡起一把剑，径直向栾纹走来。他将剑刃抵上了她的脖子："你们最好听她的。"

海盗愤怒地咆哮着，求她让他们驶回来，重新登船。带着冷冷的怒意，栾纹一脚踢出，船主怪叫着跌倒在地。她身后的护卫把她一把推到船栏上，不过她没有反抗。她只是冲着自己的人喊："如果你们现在不马上走的话，小心我剥了你们的皮。"

海盗急忙照她的命令做，不过他们一边驾船远去，一边还叫着要回来救她。听到这话，她的回答更加愤怒了，威胁着说谁敢这么做就杀了谁。

护卫们帮着还捂着自己肚子的船主站了起来。他的脸气得通红，下令将栾纹押到舱底去，然后令手下把船朝最近的码头驶去。还在歇斯底里的游客们围住了他，有几个质问怎么才能把他们被抢去的财物拿回来，其他人又命令他要确保栾纹为她所做之事受到惩罚。

"这可不是我们计划中的事。"朱成喃喃道。

"事情发生得太快了。"班超皱着眉说。

可兰叹了口气："现在好了，他们抓住了她。我们最好还是跟着去关她的地方好看着点儿。再说，这样也能让我们远离这些人，免得他们想起来要盘问我们。"

五名小伙伴跟着六个推着栾纹进入深深船舱底的护卫。他们把她带到了原来用作仓库的舱底，把她绑在了一根柱子上。整个过程中，她带着一种懒懒的目光盯着他们，像是在偷偷观察着他们。而她毫无疑问地知道自己一旦到了码头，被送交官府会是什么下场，但她还是一副满不在乎的样子，更不用说流露出一点点害怕的神色了。

虽然护卫们之前一副热切的样子，可是现在好像又重新对她产生了一些惧意。等把她绑在了柱子上，他们都抽出刀团团围住看守着她。见她好像随时会挣脱捆绑杀了他们，他们不禁跳了一下。

等他们完全绑好了栾纹，护卫们注意到了五名小伙伴，对他们出手帮忙制服这些海盗表示感谢。

"你们是在哪儿学的功夫？"其中一名护卫问。

"我们的父亲都是商人。"朱成说，她匆忙编造着谎言，"我们得学会保护自己。"

"还得保持低调，你们当然明白我们的意思啦。"班超说。

护卫们笑着说："别担心。船主只会忙着对付游客，然后把功劳揽到自己身上，根本想不起来谢你们。"

跟往常一样，遇上这种情况，让朱成来说话，她很快便像老朋友一样和护卫说笑了起来。给他们讲着编出来的故事，讲他们如何出行，帮助家里人护送从西域运回来的货物，其他人也时不时地补充些细节进去。班超开始明白朱成为什么每次讲这种编出来的故事都会这么开心。如果不是海盗平静地瞪视着前面的虚空，他可能要觉得这一段路程比之前的更开心。可是一想到这里，他就觉得心中有些愧疚。眼下没办法去帮她，不过他相信他们几个也都会认同，她不应该被送交官府。

12^章

过了一会儿，船慢了下来，头顶上传来喊叫声，意味着船准备靠岸了。一名护卫匆匆忙忙冲了下来，说打算在宿州南面的一个小码头停靠，而不是一路直接开回去。船主已经派了一条小艇先去报告抓捕之事，等他们到码头时无疑当地的官府一定会等候在那儿。他们得把囚犯带上去，还要确保她被捆得结结实实的。

护卫们把栾纹推在前面，小龙他们几个也都跟着护卫们上了甲板。他们尽量没入人群中，可是好像没有什么人注意他们。其他的游客要么还处在对整件事的极度震惊中，要么因为被抢而怒气十足。他们高傲的心中，根本没有想过要向赶走了海盗的人道谢。把自己的不幸归罪于别人要更容易一些。大部分的责难落在船主头上，可他也根本不去理会他们，肯定是在想着今天即将到手的丰厚赏金。

他们退在人群后面，看着船慢慢靠了岸。一名身着文官服饰，样子俨然的官员带着一队士兵站在船坞上看着船靠岸。码头工人固定了船只之后，刚一踏上廊桥，官员便命士兵上前迎接船主和囚犯。

护卫们把栾纹移交给官府的人时，船主把官员拉到了一边。他们看上去迫不及待地想要把她过手。小龙他们几个跟在游客后面下了船，游客一上了岸，团团围住官员要求赔偿他们的损失，至少要把丢失的财物赔回来。在接下来的一片混乱中，他们轻易地溜走了，混进了前来看这场出其不意的热闹的市民中间。不一会儿，关于这条船带回来的是什么人之类的消息就已经在人群中传开了，他们离码头越来越远，小龙能听见身后有如波涛般的对话声一阵阵传来。

与前一晚一样，他们从现场消失，辗转退到小巷中，然后看接下来事情如何发展。

官员看上去不像是个受得了胡言乱语的人，当抗议威胁声快要将他淹没时，他大叫着"安静"。大家静了下来，连看热闹的也不出声了，把注意力集中到他身上。官员扫视着人群，像是同时对上了每一个人的目光："我和我的人会把她带回城里，船主。我向你保证你和你的船员抓到了如此危险的罪犯，海上的恶魔，定会因此获得重赏的。至于今天受害的游客们，如果官府能找回被抢的财物的话，也会归还你们的。"

"你休想。"栾纹在一旁评道。

官员转身向她投去锐利的一瞥，见她毫不害怕的样子，他便不去理睬，转身继续面对人群："我们会尽快展开全面的调查，我向各位保证一定会在定她罪之前给大家一个交代。"

见游客们好像还打算要一个更及时的说法，官员举起一只手让他们安静："请大家容我先将犯人带走吧。你们有怨有冤的请回城里跟大人说吧。我得尽我自己之责，将这犯人尽快地收入大牢。我想你们大家都不想因为有所耽搁，让她被同伴给救走了吧。"

最后这一句话击中了游客，他们便都退开，好让他带着人离开。他们也不敢对犯人大意，在现有的绳索上又加了一道链子。士兵离开了之后，他们五人互相看看，开始讨论起这情形来了。

"我们得去把她救出来。"班超说。

"你的意思是你得去把她救出来。"朱成说，"自己犯的错自己弥补。"

"别理她。"小龙说,"虽然你对此事负主要责任,但我们也都不可避免地在此事上负有责任。"

"现在救她是不是会容易些?"刘阳说,"现在只不过十几个卫兵。"

"我不这么想。"可兰说,"再说现在周围人也太多了,有太多的目击者。还是等到她被关入地牢后好一些。这样我们至少可以趁着夜色行动。"

朱成叹了口气:"我还以为把灵魂都卖给了朝廷,我至少不必再一次劫狱了。"

"再一次?"刘阳问。

"故事说来话长了。"朱成答,"我们完成这次任务之后我再告诉你。"

"这次度假真是乐事不断啊。"可兰喃喃道。

"谁说不是呢。"刘阳同意,"我们是溜出宫来透透气的。可过去这几天,每次我们以为可放松一下了,就会出这样的事情来打乱我们的计划。"

"我们救了銮纹出来之后要拿她怎么办?"班超问,"我们要让她回去继续带领她的海盗吗?"

"你打算阻止她吗?"朱成问,"我不觉得他们做的事情有多大错啊。有些人就是需要时不时地修理一下。再说了,这跟我过去做的事情也没什么不同啊。说真的,我收回我这句话。至少他们为了一个正义的目的在偷盗,我只是为了好玩而偷。"

"可她明显是违反了这些年来我们颁布的律法,去救这样一个人感觉上还是有些怪怪的。"可兰承认,"也许我们可以说服她将来只抢其他的海盗。"

"这一点我就不敢苟同了。"朱成对她说，"从其他同行手中抢东西，她很快就会被人做掉的。如果不是你们毁掉了我那自由的灵魂，现在的她就是我有可能变成的样子。"

刘阳大笑起来："你把这事说得好像你是自然的一缕灵力，被我们给驯服了似的。"

"也算是差不多。"小龙说，她顿了顿，思考着，"说起那面大旗，你们几个有没有想过它可能跟赤眉军有什么关联？"

"这回你提起来，这完全有可能。"朱成说。

"你们在说什么？"班超问。

"在王莽篡权之后，几支不同的叛军发起的赤眉运动反抗王莽的政权，这之后才是我们的父辈集结起足够的兵力重新夺回了天下。"刘阳说。

"一开始，真是几支不同的队伍。"可兰说，"有些在北方起义，有些在南方举旗，大部分都是由一些感觉到大事不妙的富裕大户资助的。最终他们组织了起来，重新定名，成为赤眉军。"

"他们打出的旗号是为了民众而战。"小龙继续说，"而有些首领确实是打算推进改制。可是总的来讲，都只不过是为了吸引追随者而造出来的幌子而已。"

"在一段时间内还是有用的。"朱成说，"而且他们确实在很短的时间内曾经获得了些实权。可是他们自己内部的分裂是这场运动失败的原因。"

"我父亲后来夺回汉家正统之时，他们还推出一个傀儡皇帝，不过也遭到了一部分人的反对。"刘阳说，"不少赤眉军的成员倒向了我们这一边。而当我们的父辈终于打败了王莽的残余势力之后，天下由谁真正掌权已经很明朗了，赤眉运动也就偃旗息鼓了。"

"为什么说这些海盗和赤眉军有某些关联呢？"班超问。

"是那面大旗。"小龙答道，"最早将赤眉运动组织起来的是一个女海盗，人称陆妈妈。一名贪官杀了她的儿子，于是她便用这种非正统的方式寻求复仇。等她达到目的之后，她也没有解散队伍。没多久，她就组成了一支真正的海盗军，特别是王莽夺权之后，把不少忠诚的士兵都从军中赶了出去。她死在了战场上，我怀疑她还是留下了后人的。"

"你觉得栾纹是她的后人？"刘阳问，"按她的年龄她应该是陆妈妈的女儿或者侄女。你们怎么看？"

"这听上去是最合理的解释。"小龙说，"当然，我只是在猜测。也有可能他们竖这杆旗只不过因为沿海的很多人都还记得当年的事。"

"你觉得他们跟最近反叛的传言没有关系，对不对？"刘阳问。

"传言是从曾经是赤眉大本营的一带传来的，所以这不可能是个随随便便的巧合，对吧？"可兰议道。

"可是我想不出他们有什么理由要造反。"刘阳说，"在战后，我父亲对他们不错啊，容许他们回到原来的领地，完全没有任何惩罚。他甚至给了傀儡皇帝一大块地。他们没什么好抱怨的。"

"横亘在幻想面前会粉碎任何的理智。"朱成说，"以前我每次问起，为什么史书上的人会做出些蠢事时，我母亲总是这么说。"

大家笑了起来，欢乐的情绪平复了下来，可兰说："我们反正都是要去救她的，不如趁机问问她对传言知道多少。我们把她救出来之后，她肯定欠我们这个情。"

"这个情会大打折扣的，因为我们本身就要为把她送进大牢负责。"刘阳指出。

"不过说到劫她出狱，我们到底知不知道他们把她带去哪儿了？"班超问，见大家耸耸肩，他转向朱成，"你有些什么人可以联系？"

"这个城里没有。别担心，要不了一个时辰消息会传得到处都是了。"朱成回应道。

事实证明她是对的。回到宿州的时候，太阳已经西斜，他们便向一个饭馆走去。大家唯一谈起的话题是这个出名的罪犯。连几个时辰之前都不知道有栾纹存在的人，都在鼓吹抓住了她对周围城镇居民来说是这么长时间以来最大快人心的一件事。

每次有人走进酒馆，都会带来新的传言。有些听起来有些荒谬，还有一些只能一笑了之。有两个人进了饭馆，带来的故事是栾纹自己的手下把她出卖了。

但最后，有个年龄和他们差不多的男子进来，带来了一些他们可能还用得上的信息。在匆匆审判之后，栾纹将被移交到重兵把守的高塔。朱成一听这话，立刻雀跃起来，一个劲儿地摩拳擦掌。

"哦，不要啊。"班超叹了口气说，"肯定是我们不喜欢的。"

"胡说。"朱成说，"你肯定听说过麻雀大盗。"

"谁没有？"可兰问，"你的意思是说，她被关在这个监狱？"

"我没听说过他。"刘阳插嘴。

"应该说他只是一个传奇。"小龙解释说，"传说中，他和他的追随者抢了天下最有权有势的一些人。有一名敬业的捕快终于抓到了他，把他关在高塔，而所有想要尝试劫他出狱的努力都失败了。"

"这不是在打击我的信心嘛。"刘阳说，"职业的盗贼都没法劫狱，我们有什么希望？"

　　"你对我们的能力没有信心？"朱成哈哈大笑起来，"你知道吗，这事会令我们也成为传奇。也许我们应该考虑一下留个什么名号。有什么建议吗？"

　　"我想这种事还是留给你吧。"小龙说。

　　"今晚去走一趟？"可兰问，"尽快做完这事，以最快的速度离开这个城市。"

　　"我仍然觉得目前这情形有点可笑，"班超说，"五个天下最有权势的人要潜入监狱救一个当初被他们自己送进大牢的姑娘，然后要远远地逃离这小城，以避免被人认出来。"

　　"我觉得将来的史官读起我的私人记录时肯定会觉得这是一件特别有趣的事。"刘阳笑着说。

　　"我猜读不了多少就能把他们激动得不行。"朱成说，"看过一卷又一卷沉闷的描述政治角力的内容，哪怕是信手涂两笔都能叫他们庆祝好半天吧。"

　　"也许我会在他们无聊的时日丢给他们一两卷。"刘阳说。

　　"他们可能只会认为你疯了，"可兰说，"然后他们可能觉得你记录的所有事情都是幻觉。"

13^章

承诺加入起义军之后，原来的军方旧部迅速把农民组织起来，编入队伍中，让他们尽快开始训练。出于习惯性的热情，农民领袖们马上投入行动，一夜之间用作训练的场地搭建起来了。当然，其中大部分根本称不上设施，只不过是一块空地以供新招入伍的人练习。其中一块场地就在杨家地界边缘。

杨重想要知道这些农民练习得如何，便派他女儿去视察。也想要看看洪翩会在这种场合如何自处，大家一致同意她带他一同前往。杨晶离开了父亲的书房后，去了洪翩的房间，敲了敲门。

他一下子打开门，鞠躬道："有何事我能为你效劳的？"

"哦，无须为我做什么。"杨晶笑着说，"我父亲命我去拜访训练农民新兵的一个基地。我想你也许愿意一起去。"

"我很乐意。"洪翩说，"看到他们的积极性和热情定能令人振奋。"

"很好。我叫下人备好马在门口等我们。"杨晶说。

她去自己的房间取了剑，便往马厩走去。她让马厩里的马夫女孩继续睡她的晌午觉，她自己备马。她牵着两匹母马，朝大宅门口走去，走过小路时遇上了正在做事的家里的当家园丁。这人更像是她的一位叔叔而不是下人，见了她笑着说："不用说，她肯定又在睡觉。"

"当然。她跟猫一样爱睡。"杨晶说。

"你少迁就她，但我知道这么说是徒劳的。"

"你太了解我们了。反正我也能做这事。"

园丁宽容地摇了摇头，走开了。

杨晶向外走去看见洪翮正等着她。他接过缰绳，以一个长期熟习马术的人所特有的姿态轻松地跃上了马鞍。

他们让马不紧不慢地走着，所以花了好一些时间才来到训练场。

像往常一样，洪翮保持着异于常人的沉默。她早留意到，他从来不会主动开始一个话题。当别人问他问题时，他能礼貌地回答，但很少会紧接着回问一个问题，或者继续对话。

这并不是说他们之间的沉默颇令人感到尴尬，气氛紧张。相反，杨晶倒是非常享受这慢慢的行程。道路两旁都是农田，偶尔，他们冲远处在干活的某个人扬扬手。杨家对待所有的雇农都特别好，所以农人们都热情地挥手。有些人甚至向他们喊上一句问候，但是距离太远，不管他们说的是什么全都听不清。

离家族领地边境越来越近了，杨晶看见在一大片未开垦的草地上有很多人排成行列。他们驰近一看，估计有几百人。当她想到在同一时间，不知其他地方还有多少同样的训练场时，她就忍不住赞叹。所有这些人都宣誓要反了这个要迫害他们的朝廷和皇帝。

他们骑近，下了马，这群人中间的头领示意大家停止动作。一刹那，三百人都停下了操步练习，站定着向杨晶和洪翮投去好奇的目光。

这名头领是她父亲的好朋友，有几个人也认出了洪翮，杨晶和洪翮便都走到头领和他的军官们身边，而他的问候已到了嘴边："你定是少主了。请允许我介绍一下自己。我叫易若，很高兴认识你。我们大家都很敬重你已故的父亲。"当消息传开，其他人也都鞠躬点头致意："真的很高兴认识你。"

又闲聊了一会儿，他的副官说："我真惊讶你们俩不带保镖就骑马出来。"

"这一点你根本不用担心。"易若笑着说，"她才不需要有人保护呢。我希望你不介意我的坦率。"

"虽然我想你太抬举我了，不过谁听见这样的恭维会不高兴啊？"杨晶说。

"你知道，我一直想找个好的陪练伙伴，让这些孩子瞧瞧他们应该朝哪个方向努力。"副官说，"怎么样？"

杨晶犹豫了一下，但又觉得并无大碍，所以她点头同意了。

易若和他的副官兴高采烈地去安排这事。他们告诫手下的士兵们要密切留意接下来他们的每一个动作，哪怕他们目前的观察力还很弱。

杨晶和她的对手面对面地站好，剑已经出鞘。当易若大声叫他们开始，两人便佯装全力地向对方扑去。马上，杨晶对男子的功力暗自惊叹。从他的招式来看，她知道他定有一个武功高强的师父。他肯定不是一名普通的农民领袖。

尽管如此，她知道自己击败他完全没有问题。比起她父亲当年盛时的状态，他还差得远。在目前，她至少能跟他打个平手。

当然，杨晶没有一下子使出全部的功夫。她先判断了一下对手的实力，并依此调整了自己出招的力度和攻击的速度。他们互相绕着走，她配合着他的每一击，抵御他想把她迅速拿下的努力。他们过着招，他一边接连不断地出招，一边笑了起来。

每次，杨晶都能卸去他的攻击，逃开他的抓缚，而且还招时还差一点把剑从他手中缴脱。最后，在两招之间的空隙，易若说道："来吧，别怕叫一个老人难堪了，也叫这些孩子们看看他不配老是冲他们大喊大叫。"

杨晶明白这并不是警告，只不过是一点友好的提示，让她不要留情。她耸耸肩，照做了。等男子再举剑迎面扑来时，她便闪到一边，手腕一翻。这突然的发力令他的剑脱手而去，旋转着飞上半空。当它往下落的时候，出乎大家的意料，洪翩在空中一个翻转，抓住了那把剑。

他落回地面，走到副官身边，把剑交回给他。副官从惊讶中回过神来，哈哈大笑。他接过了兵器，说："你们年轻人一天强过我们一天。我觉得你和杨晶倒是更势均力敌。你说什么，易若？你是想让我把这地盘交出来吗？"

他们都扑哧一声笑了出来，大家就更加高呼同意这一提议。

"嗯，那就这么定了。"易若说，他示意他的副手把剑交给洪翩，"我想我也能从这一回合中学到些东西。"

洪翩看看杨晶，像是在问她是否真的想配合，同意这一心血来潮的提议。她也不觉得有什么不妥，便回视他一眼，鞠了一躬，邀请他上前。说实话，她自己也对他的武功到底有多深感到很好奇。就在刚才，他所表现出来的速度和力量跟他的外表可不相称。

而且再说了，她早就听说过洪翩有极高的武功天赋。哪怕输得很狼狈，她也想亲眼见一见。洪翩耸耸肩，大步走过去，站在她对面。他也向她鞠了一躬，两人便开始过起招来。他们一交手，杨晶就知道自己不是他的对手。从他动作的迅捷，以及他避开攻击的灵活性来看，他的功夫要高出她很多。

坦率地说，这令她很震惊。这样一个跟她年龄差不多的年轻人，几乎不可能拥有这样的功力。当然，她倒是没有觉得害怕，因为这只是一场点到即止的比试。可同时，她脑中又有一些忧虑和困惑盘旋不去。她很小就学会不要忽略这种直觉，她便让这种感觉进一步发展下去。

像刚才她迁就易若的副官一样，洪翮也在迁就她。她密切注意着他的脸，虽然并不知道自己想要查找什么。不过很快，他们的出招节奏变得越来越快，她只有很少的宝贵时间去考虑这事。于是她把所有的注意力都集中到过招上，决定她至少得演一场好戏。

洪翮看来也有意相让，因为他出招时变得有所保留。事实上，他令她觉得暂时安全了，她便更加留意起他的武功路数来了。见她这一分心，洪翮决定就此结束战斗。他一记迅疾令她反应不及的动作，一把钩脱了她的剑，又伸手在空中抓住。还没等她反应过来，他已经把她的兵器递还给了她。

杨晶从没被人如此轻易地击败过，她有片刻没能回过神来。等她恢复神色，她笑意盈盈地接过了剑。大家为两人的表演欢呼鼓掌，她确信看见洪翮眼中有一抹怨毒一闪而过。然而很快，这种感觉又消失了，她想不出是什么令她会这么想。

易若向两人的出色对局表示祝贺，并宣布在这样一位少主麾下效力是一种荣耀。这里事情算是完结了，两人跳上马背，向着杨家大宅驰了回去。

在回去的路上，杨晶陷在自己的思绪中失了神。他们回到家后，客气地分了手，她便去向父亲报告，却仍不能确定她应该说些什么。

她一进房门，杨重很快注意到了他女儿的心不在焉，不禁扬了扬眉毛："有什么事？不顺利吗？"

　　"不，一切都很好。"杨晶细细地把发生的一切都说了。她说完之后，犹豫了一下，不知道如何用语言来形容一种令她感到不安的感觉。

　　幸运的是，杨重很懂自己的女儿："这还不是全部吧，你还发现了什么？"

　　"我不敢确定，但是总觉得洪翮好像有些不对劲。我没法解释，当然也没有证据，但总有一种说不出来的感觉。"

　　"你母亲也跟我提过差不多的事情。我们想问问你的看法，但又怕让这个想法在你脑中先入为主。我想我自己没有看出来，但你知道，我相信你的判断力。你确定这不只是因为他家惨案一事？"

　　"起初，我把他所有的奇怪之处都归于这个原因，但现在我不那么确定了。说真的，我都不知道自己在说什么。我当然也完全没法建议我们应该怎么做。"

　　"我们还是再继续观望一下吧。我知道，我无须提醒你密切留意他。"

　　"自然。"杨晶表示同意。

守卫神

14^章

他们很快找到了监狱，并立时明白了为什么说劫狱如此之难。这监狱楼高数层，看起来更像是座寺庙而不是关押此地最危险的罪犯的地方。首先，一至四楼完全没有门窗。事实上，人只能经由一个平台被升到顶楼，然后再穿过戒备森严的大门进入楼中。

班超只看了一眼雄伟的塔楼便泄了气："我们永远不可能进去的。"

"我真不知道你这种态度是怎么在江湖中活下来的。"朱成说。她把他推到了一边，以便自己能好好看看这监狱。除了在塔楼顶部的武装护卫，塔基周围还围了一圈表情严肃的人，无论是从哪个方向掩近都几乎不可能。特别是还有十几支放置得颇精巧的火把将塔楼和周围照得如同白昼一般。

朱成也不得不承认没有简便的办法可以进去。这座监狱名声在外，终究是有原因的。除非他们挖一条隧道，不然根本没法潜进监狱去。即使如此，她也怀疑效果不会有多好。他们也许还可以一路打进去，但是没有人知道里面的建筑布局。

行刑的日期定在两天之后，她没有时间去收集足够的信息以确保万无一失。如果他们这么一味打进去，能毫发无损逃出来的几率也很小。

过了一会儿，她想出了一个颇有可能成功的计划。当她转身看着他们，她看得出小龙至少和她想到一块儿去了。她和小龙对视一眼，耸耸肩："我也不喜欢这法子，但这是唯一能让我们进去的简单的法子。"

"我知道，"小龙说，"我们只需要决定谁和刘阳一起留在外面。"

"我觉得应该是你。你可以不用近身放倒不少卫兵。而一旦我们也需要被救出来，我只相信你有这个本事。"朱成说。

"等等，你说什么计划？"可兰问。

"我们的问题就是，进得去也无法避免在这机关重重的监狱里头彻底迷了路。"朱成告诉她，"唯一的简单的方法是让我们自己也被捕，也被关进里面。然后，我们只需要考虑怎么越狱。"

"看起来应该是一件轻而易举的事啊。"班超评论道，一边警惕地看着监狱。

"这是你打算练习幽默感的时候吗？"朱成质问。

"我讨厌这主意。"班超告诉她。

小龙挥挥手叫他们别再斗嘴，进一步解释说："我们打算留人在外面，以引开他们的注意力，并在必要时冲进去。"

"那我呢？"刘阳问道。

"我们不能冒险，万一你真的受了伤呢？"可兰说，"而且，万一出现最坏的情况，你还可以带着玉玺从天而降啊，虽然这么做会暴露我们的身份，也抵消了我们所有密谋的目的，但我想总好过被人行刑处决了吧。"

刘阳叹了口气，但他也确实能看到这主意的聪明之处："我想我不会再要求一起参与，叫你们头痛了。这整个计划已经看起来够危险

了。"

"谁说你不能一起参与？"小龙问，"你知道，我没有白白教你使袖针吧？"

刘阳闻言立刻雀跃起来："我带了你给我的袋子。不过放在客栈里了。"

"我们反正要回去一趟的。"朱成说，"一方面，我们三个人看起来一点也不像海盗。"

"我们需要购置些劣质的武器。"班超说。

"哦，好吧。"可兰说，"你们全都有名贵的宝剑。使着一把二手剑叫我觉得格格不入。也许我也得去找铸剑师，请他也帮我铸一把剑。"

"我们可以在途中停一停。"小龙说，一路向客栈走去，"我敢肯定，他定会很乐意送你一把剑的。他的墙上挂着许多剑。"

他们回到自己的房间，便卸下所有用不着的东西，把最值钱的东西都藏在其中一间房间的地板下面。然后，他们去了最近的市场，朱成买了几样东西，中间还在一间铁匠铺里停了停，买到了他们所需要的。

离午夜还有很长时间，他们完成了准备工作，并往监狱的方向前进。在离高塔还有几个街区之时，他们分成两组，刘阳和小龙在四周绕圈，这样便能远远地看清发生的一切。

与此同时，朱成、班超和可兰径直向着火炬的光亮走了过去。当他们走近时，塔底的护卫走上前来，脸上俱是严峻的神色。"站住。"其中一名卫兵命令。

"此处乃是禁地。"另一位卫兵补充道，"闲人莫近。"他脸上的表情清楚地说明，他觉得这三个地痞模样的人不像是应该来这里的人。事实上，朱成成功地让他们看上去像模像样的。他们都胡拼乱凑地穿着不合身的衣服。他们携带的兵器也好像都是不知道从哪儿抢来的。总而言之，他们看上去像是人们想象中的海盗。他们根本不去理会警告，还拔剑出鞘，继续向前走。

"快些回头，否则我们不得不出手了。"前一个卫兵以一种最后警告的口吻说。

"来吧，"朱成咆哮着回答，"这可挡不住我们来救头儿。不过，如果你现在放了她，我们会和平地离开。"

卫兵们面面相觑，上前团团围住三名海盗。然后，他们互相配合着发起攻击，缩紧了三个入侵者四周的绞索。从小龙这儿望去，朱成他们三人演的这一出还真挺令人信服的。他们的挑衅合情合理，符合这些卫兵对臭名昭著的海盗的想象，却又没有露出自己功夫的深浅。

即便如此，小龙还是觉得卫兵挺叫人佩服的。于是，她不再浪费时间，观察着卫兵的武功路数。在整个短暂的交手过程中，她寻找着他们的破绽，并且决定了谁会是她的第一个目标。

没过多久，班超便和两位姑娘交换了一个眼色，他们便开始表现出招架不住的样子。他找到一个很好的机会，松掉了手中的兵器，任由卫兵轻松地将它打掉。他还得忍着自己的本能不要在剑落地之前抓住它。然后，班超不得不再次压制住身体的本能反应，以便让其中一人将他打倒在地。当一名卫兵一只脚踩在他的胸口上，还拿剑指着他的脸时，不管他身体里的每一块肌肉每一条神经怎么抗议，他都得忍着。为了演得更像，他冲卫兵吐了口水，还劈头盖脸地冲他们咒骂着。姑娘们很快学着他的样子，也让自己被抓获。

"我们该拿他们怎么办？"一名卫兵问他们的指挥官。

"不如把他们关进去吧。"指挥官说，"然后放消息出去。说不定他们会想审一审他们。不过叫我说，这样污秽之人根本不值得审。"

"你们听见队长的话了吧。"卫兵冲着其他人说，"把他们放到吊桥上。"

朱成冲着把她拎起来的卫兵冷笑着："你会后悔的。一旦我们进去，找到了我们的头儿，你根本阻挡不了我们越狱。"

队长大笑着还真的拍了拍她的肩膀："我倒很想试试。还从未有人能从此地逃出去。我可不打算在我的治下发生这种事情。"

其他卫兵呼唤来同伴们，要求他们将吊板平台送下来。他们交换了口令，确认一切无事之后，吊板借助滑轮系统被放了下来。

卫兵把三名假海盗赶到平台上，它便慢慢升空。等它升到与顶楼平行，卫兵把朱成他们几个推进了同伴的臂中。等平台将卫兵重新送回自己的岗位上，吊桥重新又升了起来，他们这才带着朱成几个向监狱的大门走去。队长用一阵特定的敲门暗号通知门内的人，门很快要被打开。当他收到应答敲门声后，便坚决地将钥匙插入锁孔中，向右转了一大圈。

一扇巨大的包铁大门慢慢地开了，六名守卫走了出来。队长向他们敬礼，他们问道："这些犯人是什么人？"

"我们年轻的海盗头领的同伴，"他回答，"他们想劫她出去呢。"

队长微笑着，挥手命手下把这些新犯接了过去："想要打败我们，靠这三个可不够。"

狱卒用手中的棍子把朱成等人捅进了监狱的围墙内，门砰的一声在他们身后关上了，锁声轻响，她见队长向他们看过来，窃笑道："好像你和我们一起被锁在里头了。"

虽然没有傻到上当，但队长的眼睛下意识地仍然往角落的方向扫了一眼，无疑那里就是大门的应急锁所在。"好好盯着这一个。"他们被带走时，队长对他手下说。

朱成向班超和可兰看去，两人都点点头，说明他们准备好了。他们现在还不打算逃出去。毕竟，他们让自己被捕获的目的就是为了要了解越狱路线，并找到栾纹的牢房。朱成一路上对狱卒谩骂不休，不停地骂娘，连他们的步态都要骂。这就分了他们的心，还令他们气得都没注意到班超和可兰一路记着这里的机关陷阱。

同时，他们向楼下走去时，朱成默记着他们走过的每一个转弯曲折。这里的楼梯并不是相连的，所以要在楼中上下，必须要在这迷宫般的走廊里左走右绕才能到达下一个楼梯间。

和五楼的大厅不同，这里的走廊都非常昏暗。走廊里毫无特色，连朱成这样有训练有素的记忆力，都很难牢牢将这路线记在心中。顶楼上有一些藏在地砖下的机关。卫兵们推着犯人们一块砖一块砖地走过去，告诉他们要注意脚放在哪里，不然会被扎成刺猬。

而在下面的几层楼中，卫兵们在墙上某处一按，趁短暂的空隙推着犯人们迅速地通过走廊，这时，大片的刀尖便又重新开始在隐藏在墙上的凹槽中推进推出。其他的每一层楼上也都安装了类似的伸缩机关，等他们终于到达地下室的时候，可兰对他们能最终逃离这个监狱的能力深表怀疑。

他们到了最底层，很显然栾纹是被关押在这巨大的高塔中的唯一的囚犯。她坐在楼梯对面一间大牢房中。她抬头见成群结队的卫兵来到楼下，可她脸上的挑衅表情在见到他们三人时完全变成了震惊。

这层楼的狱卒冲同伙打了个招呼，向这三名犯人指了指："这些是什么人？"

"再给你送来些海盗。"狱卒头领冷笑着说，"打开她的牢房。还不如在一锅里炖着吧。我毫不怀疑他们的结局是一样的。"

另外一名狱卒笑着掏出挂在脖子上的钥匙。然后，他抽出剑转身看着栾纹："你待在原地不准动。府尹说你得活着行刑，不过没说你不能缺胳膊少腿。"他冲他的副手抛出钥匙，那人抓住了锁着大门的粗粗铁链。朱成对上了栾纹的眼睛，她不易察觉地微微点头表示明白了。

卫兵刚一开门，栾纹便猛地站起身冲了出来。她轻松地推开开门之人，一下子飞到了最近的墙上。同时，朱成他们也立即采取行动。可兰一扭肩从抓着他的人手里挣脱出来，然后猛踩他一脚，那人便痛苦地倒在地上呻吟了起来。然后她向站在她面前的另外一名卫兵一脚踢了过去，他便直接跌跌撞撞地进了海盗刚刚空出来的牢房。

班超也轻易地摆脱了站在他身后的两名卫兵。他抓住两人的棍子，从他们中间滑了过去，没等他们反应过来便一扭他俩的头。他见有一名卫兵急着冲一根从房顶上悬下来的绳子奔了过去，无疑那是一个警钟。于是，他将棍子抛给左手，在卫兵手刚扫过绳子的一瞬间放倒了他。

凭着四人之力，他们很快收拾了所有的卫兵。当最后一个卫兵昏了过去倒在地上，栾纹看着他们三个问道："你们三个在这里做什么？你们要是想来救我可不合情理啊。你们是把我送进这里来的人。"

"是我的错。"班超承认，"我们本来打算只把你们打退的。我道歉。"

栾纹看上去还是完全目瞪口呆的样子。"你这个人疯了吧。"

"我们可以离开了这里之后再辩论。"朱成说，"先把这些家伙扔进牢房里吧。"

栾纹一把抓住脚下男子，狠狠地笑着把他推到了牢房中："这倒是个好机会，让他们也看一看这些牢房的里面。"

他们没一会儿就把卫兵都推了进去。可兰砰的一声把门关上时，其中一个卫兵呻吟着醒了过来。他见栾纹冲着他勾勾手指，不禁困惑地看了看四周。他冲他们破口大骂起来，见他们成群结队地往楼梯走去，却没法阻止他们。

"那么，你还记得路的，对吧？"当他们走到楼梯的顶部时，可兰问朱成。

"当然。"朱成报以一声笑。事实上，她带着他们准确无误地穿过一条条走廊，毫不犹豫地不停转弯上下。最后，她停在通往下一个楼梯间的门口。她点点头，对可兰说："轮到你了。"

"太好了。"可兰说。她向门口走去，闭上了眼睛回忆着卫兵带他们走过时的路线。她小心翼翼地伸出一只脚，放在楼板上，并且把重心移了上去。见脚下的楼板并没有打开，她再踏前一步时很有信心了。很快，四个人都平安无事地来到楼梯间，她如释重负地叹了口气。

朱成拍拍她的肩膀，越过她身边，又带头往前走："先别这么放心。我们还没完全走出去呢。而且不要忘了，班超跟我们在一起呢。"

"对啊，"可兰说，她回头看着他，"如果老天保佑的话，我可不想亲身去体会你笨手笨脚的本事。"

"我可没法保证哦。"班超笑着对她说。事实证明，他还真没叫人失望。当他们毫发无伤地过了巨型摆动刀片阵之后，他如释重负地叹了口气，冲可兰点了点头："现在，就全靠你安全地带我们出去

了。"

　　"不要有压力。"朱成对她说，一边带着他们转到了最后一组楼梯口。他们到达顶楼，来到一条有着翻板地砖的长长的走廊，由可兰再次带头。她带着他们很快走到了走廊尽头时，才出现了一个错误。就在她的脚快要落在一块错误的地砖上时，栾纹迅速伸手把她拉了回来。

　　栾纹摇摇头，指指可兰快要踩到的一块地砖旁边的一块。过了这个机关，便到了走廊的另一头，已经悄然接近队长和他部下的身后把守着的大门。可兰他们没有浪费时间再讨论，因为早先想好了计划，出其不意，在看守们意识到发生了什么之前先打倒他们。然而，一名守卫还是成功地冲到了对面墙边，拉动了一条通贯天花板和地板的绳子。警钟发出的声音之大，整座楼几乎都被撼动了。

15^章

刘阳和小龙在外面已经不耐烦地踱步好长一段时间了，当警钟的当当声响彻夜空时刘阳便跳了起来，这大概能叫醒城里一半的人吧。小龙没来得及瞪刘阳一眼确保他知道自己应该留在原地，便直接冲向了塔基。报警声很快会把周围所有的守卫引到这里来。小龙没有时间了。她一边向前冲，一边手一扬，十几枚银针便从她的袖子里飞了出来，放倒了差不多一半刚刚注意到她靠近塔基的守卫。

余下的守卫冲小龙跑了过来，刚走近，小龙便纵入空中，展开了轻功，稳稳地落在环绕塔楼顶层的阳台上。守卫见小龙用自己的剑割断了平台上的绳子，惊得目瞪口呆。接着，她给了整块平板猛的一脚，将它踢得滑过阳台边，冲着地面坠了下去。木制平台摔成了碎片，被高高地抛到了空中。

小龙和守卫们打开了，轻松地挥退他们的每一击。在塔下，刘阳也把小龙教的本事学以致用，用针基本上放倒了所有还站着的守卫。守卫们仍处于震惊的状态之中，站在原地看着已经四分五裂的平台，这叫刘阳的活儿容易了不少。刘阳一个接一个地对准了他们的穴位，登时叫他们陷入昏迷。

巨大的警钟声慢慢在头顶消散，朱成摇摇头想要晃走声音，然后走到队长之前不知不觉中指出的角落。她在那儿摸了一圈，发现一个杠杆。她一按下，在耳鸣声中勉强能听到门吧嗒一声开了。

朱成一打开门，栾纹便大步向前，一脚踢开了它，将站在门前的守卫们撞到了一边。四人走出塔外，看到有一半的守卫已经被小龙放倒了。当她看到他们出来，便大声喊道："我们必须马上离开这里。县衙里的衙役们随时就会到的。"

四人动作一致地从剩余的守卫身边逃脱，跃过阳台栏杆，轻轻地落到了地面上。而此时刘阳也已经放倒了大部分人，见他们四人落地，便走进光亮中，挥手让他们过去。他们冲到他身边，然后直接拐进了最近的一条小巷。谁也没有停下来，直到身后的叫喊声渐渐听不见了。

小龙他们一行人在一条小巷里停下来喘口气，发现只能听到自己重重的喘息声这才放了心。当他们终于能够再说话了，刘阳气喘吁吁地道："不敢相信这法子能奏效。"

"我也没有。"朱成说。

"是你想出这个计划的？"班超说。

朱成耸耸肩："不明白你的意思。我又不知道塔内是什么情况。当我看到复杂的踏板机关，还以为我们会有麻烦。"

"还好记得最后一条走廊的路线对不对？"栾纹问。

"确实如此。"可兰同意，"被箭刺穿可不是好玩的。"

刘阳的眼睛睁得大大的，他问："里面究竟发生了什么事？"

"边走边告诉你吧。"朱成回答，"离这儿越远越好。"

"我们到底要往哪儿走？"班超问道，转身对着栾纹。

"我得去码头，但你们不必陪我。"她说，"你们劫我出来已经做得够多的了。在我看来，我们已经互不亏欠了。"

"其实，我们还有几个问题想要问你。"小龙说。

"我能有什么可以帮到你们的？"栾纹问。

他们一路向海边走去，小龙解释说："我们正在调查一个煽动叛乱的传闻。"

"你是在开玩笑吧？你们是朝廷的暗探吗？"栾纹问。

"差不多吧。"刘阳说。

"嗯，这倒是个好故事，可以讲给我的伙计们听听。"栾纹说，"这又引出了一个问题，你们到底有什么重要的事情，让你们冒险把我从本来是你们自己的监狱里救出来？"

"从来没有想投你入大牢。只不过你的袭击差点儿暴露了我们的身份。"可兰告诉她。

"天知道你们为什么不想要把我送上断头台的。"栾纹质疑着，"如果你们是朝廷命官的话，维护律法不正是你们最重要的使命吗？"

"我可从来不太喜欢自己职责中的这一部分。"朱成说。

栾纹气急败坏，可又说不出话来，这种事情发生在她身上差不多跟发生在朱成身上一样少见。

"我们不是一般的朝廷命官。"终于，小龙说，"我们效力于一个非传统意义的朝廷部门。大多数人甚至不知道我们的存在。我们所要做的是确保这整个疯狂的系统保持平衡。这就是为什么我们对任何暗中酝酿的叛乱会有兴趣。"

"我倒不是抱怨，但我看不出你们有什么兴趣让你们来救我。"栾纹说。

"你和你的手下所做之事也是这平衡中的一部分。"班超说。

"不过，从今往后可能要多加小心了。"可兰说，"我们可不是这一带唯一能打败你手下的人。"

"不是，我想也不止。"栾纹坦言，"成功叫我们有些懒惰和自满。被抓一次应该能让我们记住这教训至少好几年吧。或者不会，我这人从来不肯好好听教的。"

"也轮不到我们来教你如何管你的船队。"刘阳说。

"不过，你说得对。等我回去之后，我们每个人都要重新严格地训练。如果他们没有因为我的回归而心生悔意，便是做得不好。讲到叛乱之事，虽然我不知道具体的事情，但我也听到了些传言。很可能赤眉运动再次启动。"栾纹若有所思地说。

"你的那杆大旗。"小龙说。

"啊，看来你做了功课，"栾纹说，"我姑姑曾是赤眉军的一分子。我从来也没有机会真正认识她。她战死在战场上，起义土崩瓦解之后，她的海盗旧部和其他人一样散落四处。其中一队人因为经过长年的海上生活，已经无法安定地回到农耕的日子中，所以便征用了一艘船。我几年前离开了家，并给了充足的理由让他们同意由我来执掌这门家族生意。"栾纹解释说。

"你这年龄显然不够当时亲自参与起义。"刘阳说，"你和赤眉运动的人没有接触，是吧？"

"他们不知道我，也不会与我联系。"栾纹说，"我的父母跟家族那边断得彻底。父母告诉我关于姑姑的事也只是把它作为一个警世故事。但我想不出来为什么起义又再次被搅动。匈奴被击退之后，天下已经太平了。我怀疑赤眉军是否还能聚集起来。如果你问我的话，我觉得定是什么邪教在大做文章。"

他们此时已经走到了城里码头中最偏远，被人遗弃的一处。自从前些年，这个小城开始抛弃渔业而转向高端旅游生意起，就渐渐被废弃。栾纹带头走到其中分解得最不严重的一块跳板上，一边告诉他们要小心在哪里下脚，免得一脚踩空落到下面的水中。

"你的人知道来这里见你吗？"一路向码头的尽头走去，可兰问。

"我的人很快会知道。"栾纹说，"不管怎么下命令，他们就在附近。"她把三根手指放进口中，用力吹了起来。刺耳的口哨声回荡在水面上，一群海鸟很快有了回应。

先是听见一只黑色优雅的鸟儿拍打着翅膀的声音，然后看见它从海面上掠来。鸟儿落在栾纹的肩上，并用它的喙碰一碰她，仿佛在打招呼。可兰伸手抚了抚它的翅膀，模仿它发出的细小声音。见此，鸟儿便跳上了她的手臂，并用一种仿佛拥有人类智慧的眼神看着可兰。

"它通常不是这么友好的。"栾纹笑着说。

"我也跟鸟打交道，是猎鹰。"可兰说，鸟从她手臂上升腾而去，飞走了，毫无疑问是去通知栾纹的船员。

"你们不如坐下来吧。"栾纹一边说，一边靠在码头上坐了下来，"我的人还需要一段时间才能把船开来这里。虽然不很快，但船还是够灵活的。"

"只要你确保这码头不会在我们身子底下崩塌就好。"朱成说着也坐了下来。

"我可不敢保证哦。"栾纹说，"但是如果我们掉下海去的话，这也是你们的错。维修这些码头，不是你们朝廷的任务吗？"

"是吗？"刘阳问道。

"我以前还真没想过这个问题。"可兰说。

"我们可以像其他朝中大臣一样，把责任推到别人身上啊。"班超建议。

"是谁雇了你们这班人的？"栾纹问，"疯了吗？"

"国家机密。"小龙告诉她。

"如果我早知道替朝廷做事竟是如此有趣，我可能也不会选择做坏人啊。"接着，栾纹又笑了，"我这是在开谁的玩笑呢？我生来是做这行的。"

"有很多人都同意啊。过了今晚，就更多了。"可兰说，"如果有很多人开始排队想要加入你的队伍我也不会觉得惊奇的。很快，你手上就可能有一支船队了。"

"我倒是真怀疑。有太多的人需要养活，太多的混人需要教训。搞不好的话，就是一船鼠辈。再说了，我才不会笨到想要这种名声。恶名才意味着好生意。真要有了一支船队就是在说服皇帝派一支真正的船队来对付我。"栾纹说。

"是的，好不容易花了这么大功夫才把你救出来，还要带支军队来打你，这可真是糟糕透了。"朱成说。

"我还以为你是替朝廷秘密部门效力的。指挥海洋船队在我看来可一点儿不秘密呀。"栾纹说。

"另一个国家机密。"刘阳说着拿胳膊肘捅捅朱成。

栾纹笑了，但她还没来得及说什么，小龙就指着前方水面朝他们飞驰而来的船只。大家站起身来，看着船靠近。

"看来它好像不打算减速。"班超评论道。

"当然不会，"栾纹说，"如果他们在离城里这么近的地方下锚，我会杀了他们的。"

"你打算怎么……"看见一名海盗一只脚立在桅杆上，手中握着一卷绳子，可兰便住了口。另一个海盗站在索具上，把绳子的一端固定在桅杆上。

"能和你们一起从坚不可摧的监狱里逃出来是我的荣幸。"栾纹説，"我保证劫一两条船以向你们致敬。"栾纹冲大家鞠了躬，直接跃下了码头。她抓住了一团破空而来甩上码头的绳子，向他们挥手告别，这才回头转向她的手下。

船掠过码头，掀起的巨浪打得这木头跳板来回晃荡。等海浪终于平定下来，海盗船已经消失在海岸线的拐弯处。

"好了，现在我们也许应该离开这座城市了。"过了一会儿，小龙说。

"不如在这里卸了伪装吧。"朱成说着一边擦净了她满是污垢的脸。其他人也都照做了，小心翼翼地择路又回到了平地上。他们毫不留恋地离开码头，然后走小路穿小巷回到自己的客栈。

到了客栈，他们从窗子悄悄地爬回了自己的房间。片刻之后，他们已经取出了所有财物，换上了更体面些的衣物，牵上马匹向北而去。这条路得经过监狱，路过时，士兵们仍在街上成群结队地涌向监狱，看上去都有点沮丧。他们甚至骑马路过正带着一小队人马的队长。他揉着靠近右眼的一处瘀伤，这是被栾纹击中的，而他的卫兵们看起来会因身上的伤以及被一群年轻的海盗给劫狱成功所带来的震荡而随时倒下。

班超发现了街上的卫兵时差点儿跳了起来，朱成瞪着他让他保持镇定，他们便无惊无险地走了过去。自然，无论是队长还是他的手下都不会打量他们。毕竟，谁会想到他们肆无忌惮地闯入监狱之后不久又这么骑着马出现在街上了呢？

等他们离开卫兵队伍之后，还是催马向前狂奔而去。没过多久，已经将宿州抛在了后面。他们停靠在路边，打算趁天亮前睡上一两个时辰。

"嗯，这可真够刺激的。"刘阳说，他们生起了火，准备休息一两个时辰。

　　"这不是我想象中离开宿州的方式。"可兰说。

　　"甚至没有坐完游轮。"朱成说，"但我不在乎。这事儿更令人兴奋。"

　　"希望在我们到达最终目的地之前，不要再有更多的这种兴奋了。"班超说。

　　"你应该许些更切实际的愿望。"朱成告诉班超，"都知道这是不可能的嘛。"

　　"连我也觉得在这件事情上，朱成是有些道理的。"小龙说。

16^章

第二天，时近中午他们才出发。沿着随海岸线弯曲的主要商贸线路，一路经过些小村庄和大市镇。在到达临淄之前，不会再碰上像宿州这样大小的城市了，可路过的几个小镇倒是跟一些正式被认定的大城市一样充满活力。

比如，他们第三天到达的小镇——函城。镇的南面和东面围绕着函城运河，已经发展成为一个挺大的城市，熙熙攘攘的充满着热闹的活动。"可以替这个小镇升级了。"可兰说，"升做市吧。这里看起来挺繁华的，应该付得出更高的赋税。"

"这并不代表函城不会竭力反对。"刘阳说。

"试想一下，为什么没有新的税收普查数字反映人口的增长？"可兰问。

"你觉得负责普查的官员拿回扣更改了人口数字？"班超问道。

"这倒是笔不小的贪污金额。"小龙若有所思地说。

"这是否意味着等我们回去之后，又有内部暗查的事可做了？"朱成想知道，"你知道我喜欢这些事。"

"我可太清楚了。"可兰呻吟着答道，"上一次让你负责调查，有一半受调查的官员都请辞了，实际上是逃出国去了，怕受惩罚。"

"而这些官员正好是犯事的几个。挺令人高兴的巧合，你不觉得吗？"见别人还是瞪着自己，朱成叹了口气，"哦，拜托。在这种时候，我有可能下手重了一些。"

"且不说几乎花了整整一年朝堂才平复下来。"刘阳若有所思地说，"也许这次我们需要再次叫大臣们踮起脚来过日子了。"

"必须很小心。"小龙说，"吓唬吓唬官员，让他们就范和煽动他们起来造反之间的界限很微妙。反正我不想看到一宗造反的事还没压下去，另一宗又起来了。"

"你们觉得叛乱的谣言跟这事有关系吗？"班超问道。

"我不记得我们在这一带对什么人特别狠。"可兰回答。

"据我所知，我们还没有。"刘阳说，"这里的地方官员一般挺配合的。哪怕在我们开始整肃之前，他们提交奏报也很准时。"

见他们几个好像准备把这个话题顺着这个思路聊下去，朱成一拧坐骑，将马儿横过来挡着大家，打断了他们。

"这是做什么？"班超质问。

"这话题越来越无聊了。"朱成说，"还在度假呢。等回去之后再担心这事吧。"

"因为你觉得无聊，我们就得停止讨论这个事关我们真正使命的话题？"小龙问。

"是的。"朱成回答。

"也算合理的要求。"刘阳笑着说。

这一晚他们在函城过夜，晚上出去散步，找些比客栈里的更有特色的美食。他们遇上了一个节庆似的活动，从路边一个小摊贩口中得知今天全城都在庆祝苏大人嫁女之喜。

"因为官员嫁女，便全城庆祝？"朱成说，"钱是朝中支付的吗？"

"不知道。"可兰说着四下看看，"不像是一个文官能组织起来的事情啊。"

五颜六色的彩灯和彩带挂满了街头。长长的布条上串着灯笼和各种精致的装饰，布满了拥挤的街道。市民摩肩接踵，一边叫嚷着，一边从一个摊位冲向另一个摊位。各个街角有民乐传来，各种街头艺人在争相吸引着大家的目光和赏钱。在头顶摇摆的灯笼光亮下，宽敞的街道上小贩看管着自己的货品。班超走到一个小摊前，买了一堆食物跟大家分享。

他们一边吃着，一边看着孩子们跑过街头，叫喊着，玩着游戏。不一会儿，听到远远有乐音传来，马上被抢着让路给游行队伍的人潮挤到了路边。他们被人推挤着，虽然力量不大，但是五人发现已经被挤到了人群的后面。一队男女吹吹打打地过去了，后面跟着的是抬着装满了食品的食盒的人，甚至还有担着一两只鸡的。

他们好奇地跟随着人流向前。穿过街道，一路上有人跟丢，又有人插了进来。走到一座颇有气派的宅院门前时，队伍已经变成了一支小型部队了。门口的护院看不出有惊慌之色，冲市民们行着礼，然后走了进去，大概是向主人通报这些混乱从何而来。

小龙踮起脚尖，越过面前聚集的人头，向其他人确认已经知道的事情。来到的正是苏大人的家。侍卫进去了之后，乐队停止了奏乐，退到一边让抬着箱子的人转到前面。他们感激地放下了肩上的担子，等在门口。这时大门开了，一位气宇轩昂的中年男子大步走了出来。苏大人蓄着一把垂到腰间的完美的胡子。他棱角分明的眉毛下，是一对传神的眼睛，一闪一闪地充满了感情，望着其中一名市民走上前来，鞠了一躬。

"大人，我们恭敬地前来向您道贺。这些礼物不值一文，上不了台面，只是我们一点小意思。希望您能收下大家的心意。"一市民说。

苏大人收下了礼物。谢过众人的慷慨，也祝福了全城的欢庆活动。作为回礼，他指挥着下人和侍卫端出了早就为大家准备好的盛宴。仆人们把整张摆放了肉食的桌子抬到了街上，邀请市民们随便吃喝。可能是出于尊敬，市民们有条不紊地上前取食。

取到了自己的份额之后，小龙他们几个从拥挤的地方走向安静一些的街道上，欢庆的声音还是一路跟随着他们。

"能不能升一升他的官？"刘阳问道。

"看起来他不像是愿意离开的啊。"小龙说。

"这也难怪。如果我的子民这么爱我，我也不想走。从来没有见过这种情形。"可兰说。

"如果不能升他的级加以重用，至少应该给他更多的权力。"班超说，"从他的房子外观来看，他应该位居四品。"

还没等进一步讨论这个想法，忽然前方有呼救声传来。大家朝声音的方向冲了过去，正碰上一帮打手围住了一个走投无路的中年妇人。她看见他们五人走来，忙求救："拜托，一帮打手想把我抓走。"

事实上，他们五人根本不需要恳求，便朝打手冲了过去，打断了他们手上的活儿。他们动作利落地砸晕了一帮打手，留下两个。这两人想要逃，但小龙和班超追了上去。他们花了很小的力气，便把一个魁梧的男子摔倒在地，制服了他。小龙抓住了暴徒的手，以一个很别扭的姿势把它扭到了身后。同时，班超把另一人绊倒在地，取过剑鞘放在胸前，一直压着他。

他们五人抬头看见救下的妇人已经跑掉了，沿着最近的小巷，跑出了他们的视线。于是，可兰走过去踢了踢暴徒的肩膀："她怎么惹到你了？"

"我们的主子命我们绑了她。"小龙将暴徒的手腕一扭，他便痛苦地倒吸一口冷气。

"你们替谁卖命？"刘阳问道。

"霍迪。"另一名暴徒说，"如果你们识趣的话，赶紧道歉让我们走。"

"嗯，我看不行。"朱成说，"霍迪是谁？"

"你们连他都不知道，定是外地来的吧。"另一名暴徒冷笑一声，不过表情很快变得扭曲，因为小龙刚刚又在他手腕上多使上了一点儿劲。

"说出来让我们开开眼吧。"可兰不耐烦地说。

"霍迪是这一带最富有的商人。"第一名暴徒说，"你可别去惹他。"

"我们已经在做了呀。"小龙指出，"想要绑架妇人又有什么好的借口呢？"

"你觉得霍迪会告诉我们这种事吗？"暴徒驳嘴道。

班超和其他人交换了眼色，说："迟一天没事吧。提前离开宿州已经为我们赢回了几天。"

"拿他们怎么办呢？"刘阳问，指着地上的十几个打手。

"开玩笑吗？"朱成问，"忘了我是谁吗？如果愿意的话，可以让他们睡上一年。"

"一两天就行。"小龙笑着说。

于是朱成拿一支飞镖捅了每个打手一下，确保他们至少两天之内不会醒来。等所有的人都不省人事，五人把打手们扔在大街上，附近的居民发现可能还会稍稍折磨他们一下，然后才交给官府。他们毫不怀疑附近的人已经跟这些暴徒结了怨。大家对朱成的本事完全有信心，因此没有必要担心其中哪个会醒过来去向他们的主子报告。

　　一天旅途疲惫，五人一回到客栈几乎立即就入睡了，准备第二天起一个大早去调查。在马背上坐了一天之后，窗外的庆祝活动也没法阻止他们的睡意。第二天太阳出来之前，五个人起了床，在客栈底层重聚。然后离开客栈，顺着朱成指点的方向，分头去查找霍迪宅子的位置。到了中午，他们一起在一家面馆里碰面，挖出了很多关于这个人的情报。

　　原来这商人是城里出了名的手段不光明正大的强人。曾有几位清官想尽办法让他伏法，但他总能叫这些人丢了官，或者被迁往外地。只有苏大人，前晚见到的那人，想要把这商人绳之以法，还逃过了他的清洗。当上头想要让他下台的时候，民众的舆论救了他。即使如此，他们也把他从四品降为六品。

　　这些事情发生之后，商人变得更加肆无忌惮。这些天来，他四处敲诈想要的东西，光天化日之下派他的打手满街惹事，不用担心受到报复。

　　"这叫我想起陈柳府尹。"班超说。

　　"那名毒枭不就是另一个商人嘛，是不是？"朱成说。

　　"我们把他除了？"可兰问。

　　"我想应该吧。"小龙说，"剩下来的行程会比较紧了，不过这问题似乎很严重，需要现在解决。"

　　"太好了。"刘阳说，他搓着双手，"我们到底打算怎么做呢？"

　　"直接找他去。"小龙说，"查出是谁在支持他，再去找他们。"

17^章

吃完了一顿迟到的早餐之后，他们五人出发穿过小镇，往霍迪家的方向走去。问过的每个人都说，很难错过霍迪宅子。半路上，看见一名妇人被人从衙门里推了出来。这名妇人，正是前一晚见到的。她正试图挣脱想要制住她的衙役们，想再次闯回公堂上，口中大喊着还她公道。

一大群人聚集在衙门外，他们赶了过去，见官员坐在高台上，满脸通红，发了疯似的冲着她指着："快让她离开这里，让她出去！"他一边喊着，一边把自己往椅子中推。

他的衙役似乎不太愿意用力地对付妇人，她的求救声撕心裂肺。衙役队长走到当官的面前，像是在替妇人求情。但官员只是不停地摇头："我不接她的状子。让她快走。这是命令。"

队长叹了口气，转向他的手下，提出一个建议，让衙役们护送妇人出去。正当小龙他们几个准备上前阻止衙役太粗暴地对待妇人时，听到了迎亲的声音。大家停下来，看着迎亲的队伍，全都披挂着红色，正沿着大路走了过来。一群人跟在队伍的左右，苏大人走在前头。他身后是一队奏着喜乐的乐手。而在他们身后是新娘和新郎，坐在一个开顶的花轿上，向路边的人们挥手。

见迎亲队伍走来，大家一下子不知道怎么办才好了，斟酌着是不是要靠到路旁，等他们通过了，然后再继续。妇人挣脱了衙役，当迎亲队伍走近的时候冲到了前面，求苏大人帮她。

苏大人睁大了眼睛，挥挥手叫乐手们停止奏乐。他下了马，扶妇人起身："发生什么事了，大娘？"

妇人一边抽泣着，一边回答说："我真是很抱歉在这种日子里打扰大人。但我实在没有其他办法了。我的丈夫被人绑架了，他们还想绑了我。"

"是谁做的？"苏大人问。

"霍迪。"妇人说，"我已经走投无路了。我想要对簿公堂，可是巴大人他不肯收我的状纸。"

苏大人的面色一沉，拍拍妇人的肩膀，叫她放心，说："别担心，大娘，我会帮你讨回公道的。请给我一点时间。"他留人照顾妇人，自己回去跟他的女儿和新女婿说话。

见他走近，他的女儿笑着说："别担心，父亲。去做你的事情吧。我们在家等你。"

他又看着女婿，女婿也笑了："大人，你知道我敬重你所做之事。这对我是一种荣誉。"

"知道总有什么原因叫我甘愿把女儿嫁给你。"苏大人说着拍了拍女婿的膝盖。然后，他退后一步，示意迎亲队继续向前。等迎亲队过了衙门，他又回到妇人身边，带着她向门口走去。

衙役们和看热闹的人们向两边分开好让他们通过。走进公堂之后，苏大人护送妇人走到一张椅子边上，让她坐下。然后，他转身对着判官。判官在座位上坐立不安，像一个即将被训斥的孩子。

"为什么你不肯接受她的诉状？"苏大人质问道。

"她根本没有证据。"判官抗议，不过他自己也不相信这一点。

"像这样一桩严重的案子，至少应该进行一番调查吧。"苏大人说。

"她的故事倒是挺惨的，我也想帮她。"巴大人说，"但是，如果我们轻信任何这样的故事，我们早就被状纸给淹没了。"

"我看今天并没有太多的状子啊。"苏大人指出。

"这只不过是第一批。"巴大人垂死挣扎着说。

"不用麻烦了。"苏大人打断了巴大人，"我太了解霍迪的能力有多大了。如果你怕他，今天可以由我坐在这里审案。"

"但你没有资格。"巴大人说。

"你知道朝廷命官都可以断案。现在，把你的公堂借我用一用吧。"

巴大人叹了口气，瘫坐在自己的位子上："拜托，为了你自己也别这样做。你应该比我更清楚不要去惹霍迪。"

"我应该考虑的不仅是自己的安危。"苏大人一边说着一边走向案边。

巴大人从座位上站起了身，给他让位。他转身要走，不过又转回身来："我可以带着衙役去把霍迪押送到堂上来。"

"非常感谢。"苏大人点点头。

巴大人走了，带着衙役们以壮声威。这时，苏大人转向妇人，向她示意："现在，大娘，你可知你状告之事非常严重？很多人都知道霍迪的黑幕交易，可是在公堂之上，得有证据。你仔细想想。比如，你知不知道您的丈夫可能被关押在什么地方？或者你有没有人证物证可以证实你的说辞？"

"我们应该能作证。"朱成说着便和大家一起上前。

"昨晚是我们把她从几个暴徒手中救下来的。"班超说。

"我们盘问了他们，他们也自称是替霍迪做事的。"刘阳说。

苏大人冲他们点点头，看了看妇人："你也认得出这几个年轻人，对吧？"

"是的，他们是昨天晚上救我之人。"她转身面对他们，磕下头去，"昨晚没有机会向你们道谢，对不起你们。我很担心会没命。"

"我们很高兴可以帮到你。"可兰让她放心。

"这极好。"苏大人说，"现在我们有了这些出色的少年的证词。如果也能抓到罪犯就更好了。"

"其实，我们知道他们在哪儿。"班超说。

他们说了打手在他们离开之时一直昏迷在袭击现场，苏大人便命衙役们去把打手提来作证。这时，他便命妇人把所发生之事从头到尾讲了一遍，这样他便掌握了从她的角度叙述的完整的故事。

查大娘和她的丈夫开了一家生意不错的店铺。在被霍迪盯上之前生意一直很红火。当他发现他们之后，就开始勒索钱财。因为只能从他那里进货，查大娘和她的丈夫把很大一部分利润交给了他。而且，因为他们在此事上根本没有选择，他逐渐把他们逼得反而倒欠了他的债。等到他们店铺的盈利再也跟不上债务的增加时，霍迪便要求他们卖了店来还债。夫妇二人拒绝交出经营了多年的店铺，霍迪便绑架了丈夫。

听完了这些信息之后，苏大人点点头，又再思忖了片刻。然后他问："你为何没有早些把他告上官府呢？"

"他第一次提出我们只能从他那儿进货的时候，我们告过。"查大娘说，"可他们只是取笑我们，说我们不得去诬告这样一位良民。所以，打那以后我们再也没找过任何人。但现在我真的没有别的法子了。"

苏大人让查大娘一直说话，免得她再变得狂躁起来。终于，衙役们用推车带了两个不省人事的打手回来。

"我们尽力了，可是叫不醒他们。"一名衙役说。从打手的脸上滴着的水珠来看，衙役说了实话。

"给我片刻，让我来试试吧。"朱成说，见苏大人带着疑问看着她，她笑了，"我有一些行医的经验。"

衙役们把他们捉来的人扔到地上，退到一边让朱成通过。她从袖中掏出银针，扎进了第一个暴徒的肩膀，然后对另一个也如法炮制。暴徒们突然跳起了身，并出拳猛击。朱成及时把两人拉了回来，两名歹徒只是在对方的鼻子上互击着，然后又摔回地上，撞到自己的头。因为在这样的严肃场合，朱成强忍住不发笑，退到一边和伙伴们站在一起，由衙役们掏出哨棒来制服他们。

两个打手环视着四周，显然是被搞糊涂了。看来，他们从来没有进过衙门，上过公堂。堂上除了坐在案后的苏大人之外，最明显的就是在大堂左右一动不动地站着的衙役们。苏大人清了清嗓子，把他们的注意力引到自己身上。

两名歹徒抬起头，终于明白过来他们身处何方。他们争先恐后地跳起身，拔脚便往门口挪去，被衙役们走过来挡住了。两个打手大眼瞪小眼地看着对方，这时发现了小龙他们几个，便跳了起来，大声叫嚷着这几个少年打了他们，大概是为了抢他们的钱财。

苏大人静等着他们喊完，很清楚他不会买他们的账。等他们终于无话可说了，他清了清嗓子："伙计们，我想大家都知道你们今天为何会在这里。昨晚，你们打了这名妇人，还想要替你们的主子绑架了她。是这几名少年制止了你们行恶，并审问了你们的同伙，知道你们是替霍迪卖命的。你们能证实此话吗？"

"我们不知道你在说些什么。"其中一个打手欲言又止地说。

"喂，你这么做对自己一点儿好处也没有。我们需要的只是你证实这些事情。我提醒你，隔壁房中还有你其他的同伙。如果你不承认你做过什么，那么等其他人认了，对你只能更为不利。当然，除非你相信你的同伙也都能为你保守秘密。"当两名打手转头又互视了一眼，苏大人叹了口气，抬起手来示意衙役："好吧，如果你们想坚持下去，也没有关系。我相信有很多人会排着队来指证你们的身份。把他们收入大牢。"

"等等，等等。"高个子暴徒说，"我们是替霍迪做事。昨日下午，他叫我们去绑了查大娘。霍迪说，如果他们失踪了，店铺就会自动转到他的名下。我们只要绑架她就行了。我发誓绝无隐瞒。"

另一名打手狠狠地肘击了他的肚子，他不禁弯下腰来。但这就已经足够了。苏大人看着师爷写下了这些供词。师爷确认地点点头，冲两名打手挥挥手："过来签字画押吧。"

他们不情愿地照做了，苏大人挥退了打手。他们在整件案子中只是微不足道的小角色，可以押后再处理。正当衙役们拖着两个打手出去时，巴大人自己带着霍迪回来了。富商见他的人被拉下了公堂，尽管周围的乡民们向他投来厌恶的神色，但他还能保持着昂首阔步的姿态走进来，因为有着一张把他带到这个高高在上的位置的关系网，他觉得有恃无恐。

当他走入公堂，穿过神色严厉的两列衙役，他只是冲他们点点头，一副无动于衷的样子。他完全无视查大娘，只扫了她一眼，而要不是有人拉住，她早扑了上去。富商只是向旁边退了一步，并抬头望向苏大人，他倒是有些诧异，却一点都不害怕："大人，这中间必是有一些误会。巴大人来找我，说有人告我所做的生意。每个替我做事

THE GUARDIANS
GUARDIA

的人都能证明我的行为从来光明正大，老老实实，从无不轨之事。如果这位大娘觉得她受了委屈，我向她真诚道歉，但你不能怪我做了什么错事吧。"

"想必你也认出了这位上告你的查大娘。她坚称你与她和她的丈夫有生意往来。这可属实？"苏大人问，根本没搭理他说的其他话。

"既然你提起，这自然是有的。"霍迪说，"你知道我有这么多生意关系。我做的大部分生意是由手下人代理的。我不记得我有幸曾与她相识。"

"她的丈夫呢？"苏大人问，"她口口声声说你的人绑架了他，以勒索更多的钱财。奸计不成，你又派人去抓查大娘本人。"

"大人，这可真是一个荒谬的指控。"霍迪声明，"我真替你感到诧异啊，苏大人。我还以为你能明辨事理，而不是轻信这样离谱的诉状。"

"我肯定不会把此事当儿戏。"苏大人说，"我会对此案进行彻查。也请你不要在我的公堂之上妄下评判。你也许是此地受人尊重的一位贵人，可是在这公堂之上，你与这位妇人是平等的。你供词的真实性将由你能提供什么样的证据来决定。目前，我很抱歉地说，两边的证词对你并不利啊。"

霍迪结巴了起来，终于有些紧张了："你此话何意？"

"这五位少年目睹了查大娘被攻击。他们愿意在供词上画押证明他们所看到的。我们现在还有两人也站出来了，像你进来愿意作证一样，他们承认是你下令攻击她的。现在，你有什么证据可以来反驳呢？"

"要我说这桩案子是场闹剧。"霍迪大声宣布，"我为何必须要为此辩护呢？"

守卫神

"因为如果你不提出辩护，我就不得不在现有的证据基础上，宣告你绑架和勒索的罪名成立。正如你所知，判决就是将你的财产没收，并处以其他的处罚。"

到了这时，霍迪已经彻底怒了，他的脸几乎气得吹胀了起来。他的肤色令朱成觉得好笑，她低声说："他的面色红得像草茎一般。"边上一名衙役听到了她的话，为了掩盖他的笑声不禁咳嗽起来。

与此同时，霍迪伸手指点着苏大人："我会让你为这次误判付出代价的。证人显然是收了这妇人的钱。她一定是教他们该说什么。你知道，我到处都有仇敌。"

"如果你不再说这些废话，我倒是会很感激。"苏大人说，"我们清楚此事就是由你指使。我不怕你，你平时的一些伎俩对我是没有用的。你今天要为你所犯下的罪行受到惩罚。为了你自己好，我希望你至少还是让这对夫妻团聚吧。这样的话，我可能还会手下留情。"

没等霍迪再说什么，一名衙役疾步上前，低声在苏大人耳边说着什么。他只是耸耸肩，说："让他进来，他也无法阻止此案。"

于是衙役退了下去，一位胖胖的男子走了进来，一名衙役宣布："大人，函城府尹到。"

府尹进来时，除了苏大人之外，每个人都向他鞠躬行礼。而他只是说："大人，午安。今天有什么可以为您效劳？"

"我刚想坐下来喝杯茶，就收到了一些不同寻常的消息。看来这是真的，由你来审霍迪，这可是不太寻常啊。请问这背后是谁做主的呢？"府尹质疑。

"当然。"苏大人未受影响，"我的座右铭，一直是朝廷衙门应该尽可能地公开透明。官员之间更应如此。如果我们之间不沟通的话，怎能指望百姓们信任我们？这名妇人指控霍迪绑架了她的丈夫。

129

可直到现在，他也一直不能回应各项对他不利的证据。"

"正是。"府尹说，像是真的在思考这些指控的严重性，"这的确是一桩非常有趣的案子。事实上，我倒是有兴趣亲自审上一审。我想你定不会反对的吧？"

"其实，我反对。"苏大人说。

府尹已经走向官案，闻言他困惑地停下了步子："什么？"

"我会审完这桩案子。"苏大人说。

刘阳差不多跟那府尹一样感到惊讶。这名官员要么是他见过的最诚实的人，要么真的是在找死。

"大胆。"府尹说，"你忘记了自己的身份吧。我官位品爵在你之上。"

"在这个公堂之上不是。"苏大人说，"但凡我坐上了这把椅子，除了皇帝陛下本人，谁都无法剥夺我的权力。欢迎您来挑战，但得等轮到你审的时候。"

府尹挺直了身子，对衙役们说："立即把此人给我逮起来。"

"不许动手。"苏大人针锋相对。

衙役们面面相觑，显然不知道如何是好。朱成看出他们想服从后者，但又不知这么做会不会丢了饭碗。因此，为了不让他们做出为难的决定，朱成从腰间掏出一块令牌，扔到了大堂之上。起初，大家都不以为意，探身向前，想看个究竟。然后这两名官员倒吸一口冷气。府尹跪了下来，苏大人也走下台单膝跪地。衙役们虽然不知为何，但是很快也学着样子做了。

这时，刘阳摸摸自己的腰间，发现自己的身份令牌仍在。见大家都冲下看着，他也俯身向前看清楚令牌，看上去还真的很像他自己的一块。原来，这是他发给执行特殊任务的暗探专用的。它赋予了持令牌之人钦差的权力。疆土之内的所有官员见此令牌如面圣。刘阳可记不得发过给朱成，但她和可兰负责整个暗探系统，他又很少去管那一块的事儿。最有可能，是她自己发给自己的。

不管如何，他都觉得高兴，她又一次证明了自己棋高一着。他对上了小龙的目光，他们都笑了，而朱成走上前去捡回了那块令牌："我想大人们也认出来了。没有认出这块令牌的，我告诉你们，这可是皇帝陛下亲授，授权我和我的几位同伴，全权代表他处理事务。我们是奉陛下之命，前来调查函城的情况。我想你们都同意把这桩案子的乱象理一理是件好事吧。"她走了过去，扶苏大人起身，把令牌放入他手中。

他低头看着令牌，一想起谁有了这牌子就如同拥有皇帝本人的权力就不禁吓坏了。

朱成拍了拍他的肩膀，补充道："不要害怕惩罚罪有应得之人。"然后，她走回了他们几个身边，扬扬眉毛，仿佛在问她是否很有说服力。从他们脸上半隐半现的笑容看，她断定自己做得不错。

苏大人深吸了一口气，走回自己的座位，望着堂上众人，令大家起身。之后，案子审得很顺利。如板上钉钉清清楚楚，霍迪认了罪，并告诉衙役们去哪儿找失踪的人。他被押下去关入大牢等择日量刑。然后苏大人又审了府尹，判他犯有受贿罪和其他罪行。做完这些，他从长案之后走出来，将令牌交回给朱成："多谢你们今天出手。我邀请大家都到我家参加小女的婚礼。"

"大人盛情邀请，恕我们却难从命。"班超说，"还有很多要事在身。祝大人前程似锦，也感谢你对朝廷的贡献。"

"这是我对朝廷的应尽之责。"苏大人行礼道。

"很令人钦佩的。"可兰加了一句，"请放心，我们会将你的事迹上报给朝廷。"

在接下来的一片混乱中，苏大人邀请大家一起去他家。小龙他们几个便趁人不注意偷偷地溜走了。等他们逃得足够远了，小龙叹了口气说："没能做到像我们打算的保持低调，是吗？"

"有朱成在身边总是很难做到的。"刘阳笑着说。

"喂，你不得不承认，刚才这么做完全是有必要的。"朱成说。

"是的，好吧，你是我们中间最聪明的。"班超说。

"是时候让你明白这一点了。"朱成说。

"但这种事最终肯定会传回京城的。"可兰说，"包括对我们的详细描述。"

"你认为真的会有人关心这事，细细探查吗？"刘阳问道。

"至少接下来我们可以做的是尽量低着头。"可兰说。

"离开宿州的时候也是这么说的。"小龙指出，"这才刚过了三天。"

"比我想象的已经要久了。"班超说。

"没想过我们会这么快又要再次逃离一座城市。"刘阳说着叹了口气。

他们回到客栈后，拿上了自己的东西，没被人发现就离开了城里。大约一周之后，一道公文会从京中送达，由皇帝陛下亲自任命苏大人出任新的府尹。

至于他们五个，像贼一样偷跑出来后，便继续赶路，以弥补参与上午这宗案子所浪费的时间。他们打算在离开这一地区之前保持低调，所以尽量走小道。这些道路几乎没有得到什么维护，不过在接下来的几天遇到的人会少很多。经常要过几个时辰才会再遇上人。

晚上该投宿的时候，能找到客栈时就住在小客栈里，如果找不到，就在路边安营扎寨。虽然还是春天，但是天气已经够暖让他们在星空下睡觉也不用担心温度。

一天晚上，可兰拖着一捆柴火回到营地，叹了口气说："还以为这一次我们会在路上享受奢华的呢。"

"这可是你自找的。"班超指出，"你本可以住在宫里的。"

"错过海盗登船打劫？"刘阳反问。

"拜托，留在宫里能保证你每天早上会被一群粗鲁之人攻击。"朱成说。

"朝上的海盗们对付起来可没那么好玩。"可兰说。

"没有这么正义。"刘阳说，"两下权衡，还是很享受这样的冒险。"

"说到这事，离临淄越来越近了。应该讨论一下将如何展开调查。"班超说。

"等我们到了之后，安排跟手下的暗探碰面，然后再视情况而定吧。"可兰回答。

"我的意思是，我们得分头行动了。我觉得我们不应该带刘阳去一个可能有人会认出他来的地区。"小龙说。

"我也同意。"可兰说，"将要调查的人过去跟你父亲很熟悉。你跟你父亲够像的。而且我们自己的暗探认出你来了怎么办？"

"同意。"班超说。

"很高兴你同意。"朱成说，"因为你得跟他一起留下来。"

"等一下，这可不公平。"班超抗议。

"嗯，朱成和我都不能留下。"可兰指出。

"要么小龙要么你剩下。小龙肯定要比你有用得多。你恐怕连庞家和杨家之间的关系都不知道吧？"朱成问道。

"你要这么说的话，我想这还是有道理的。"班超叹了口气说。

"我没有发言权的吗？"刘阳问道，见其他人都摇摇头，知道自己会为这任务带来的麻烦多过价值，"你们打算在哪儿扔了我们俩？"

"大概在临淄。"可兰说，"你们两个可以老老实实留在城里，我们去周边地区进行调查。不会超过几天的时间。怀疑在这么短的时间内，还真难给你们自己惹上什么麻烦。"

"反正通常不是我们两个把大家拉进这种状况的。"班超说。

"绝对不是我。"刘阳表示同意，"可没法确定你会不会。是不是每次你们三人想要偷偷摸摸去做什么的时候都是被你搞砸的？"

"在高塔监狱，我可没出任何差错。是可兰。"班超抗议。

"不知道你在说些什么。"可兰说。

"我也不懂。"朱成同意，脸上一如既往地没表情。

班超看着小龙，小龙往后一靠，说："我没有参与。"

守卫神

18^章

杨晶和洪翩访训练基地之后的几天，关于农民士兵进展的报告不断传来。大多数情况下，都是好消息。很多农民或者他们的父辈曾经拿起武器反对过王莽的政权。不少人已经接受过一定的训练，事实证明把他们组织成一支真正的军队比想象中要容易得多。青州远离京城，数百年来便是一个法外之地，即使当年并不喜欢洪朋子的人现在也举手拥护，把宝押在皇帝宝座上，特别是成功之后发财的保证。

在远离京城的帝国东北部，很少有人真正对皇帝有着真切的敬爱。

杨晶的家成了秘密活动的中心。各路领袖都来拜访，不是来汇报进展的，就是来向她父亲表忠心的。她的舅父也经常来，汇报招募和培训的情况。大家都觉得这样敏感的情报不宜交给信差来传递。反正庞安住得离杨晶家很近，所以常常自己亲自跑一趟。

杨晶现在一天中的大部分时间都和她父母以及旧部军官们在一起，收到消息之后，已经把犁熔了用来铸剑。为了保证起义成功，现在得敲定复杂的运送线路图，所以大家便聚在一起不辞辛苦地翻阅工作日志，细细研读地图。重新启动一架战争机器远非一件易事，尤其是这边的成员已经老迈，而敌人如此强大。

眼前的任务非常迫切，头脑冷静的杨晶的母亲总是在会议出现混乱时保证大家的劲儿能往一处使。他们的优势毕竟在于趁其不备，准备的时间多花一天，优势就减少一天。大家清楚朝廷的暗探会发现他们的准备工作，很快会把消息传到京城里去。不管多么小心，也无法隐藏所有的运作。

幸运的是，他们中的成员已经跻身全州最高权力系统之中，至少可以在京中有疑问传来时，保持沉默或抵挡一阵子。综合考虑起来，杨晶认为他们取得了显著的进步。在把洪翩带到其他赤眉运动领袖面前的几周之后，已经拥有了遍布全州的上万人的网络。只要号令一下，可以召唤起所有士兵并将他们派往任何需要的地方。

杨晶越来越佩服她的父母了，他们能平静地处理任何危机。她自己也深深打动了父母的旧部们，但是她自己并不在意。大多数情况下，她将此归功于父母的教导。

在此期间，杨晶一直遵照父亲所托，密切关注着洪翩。她尽力做到一切秘密行事，而且越来越会拿余光观察他。虽然她并未发现他有所警觉，可她总也摆脱不了一种她觉得他也在观察她的感觉。她无法解释这种感觉，就像她无法摆脱她对他最初的怀疑。

事实上，她再也没能发现他有什么奇怪之处，以证实自己恼人的直觉。他还是一如既往地表现得彬彬有礼，也没有说过一句不恰当的话。和往常一样尊重人，所说的话也没有什么勉强称得上叫人起疑的。在某种意义上，她无法表达，可就是这种状态最让他触发她的直觉。

她将这一切告知父母，而她的母亲特别同意。一天，在结束了与其他军官们冗长的会议之后，他们三个人坐在书房里，被堆得高高的书籍、文章和地图包围着。

杨重叹了口气，环视了一下房间，这里看起来好像遭了贼似的。

"忘记了这是一种什么感觉。"他说。

庞碧笑着拍拍丈夫的肩膀："你觉得自己太老了吗？"

"也许我真的是老了。"杨重笑着说，然后看了看他的女儿，杨晶正盯着虚空陷入了深思，"今天发现什么？"

杨晶摇摇头："这才是最令人沮丧的。知道洪翩定有什么不妥，但无法找到一点证据来证明。"

"我也面临着同样的困境。"庞碧说。

"要不就让我这老人家来试一试？"杨重问道，"我会去找洪翩过来谈谈，看看能不能套出些什么来。我倾向于相信你的意见，但或许只不过是由于我们对起义的忧虑。我不怕承认我对胜利没什么信心。"

"这真是骑虎难下。"庞碧同意，"我真希望我们没有被推到这一步。"

杨晶和她母亲留下杨重一人在书房，他打发一名仆人去请洪翩。洪翩很快来了，在门上轻轻敲了敲。"我在，孩子，进来吧。"杨重叫着。当洪翩进来，老人指指对面的椅子："请坐。"

洪翩坐到椅子上，问："先生有事要与我商量吗？"

"今天没有政务要谈。"杨重说，将一只酒杯推给了他，"今天可真是够累的。我们闲聊而已。自从你来到我家，还没有机会喝一杯。"

洪翩拿起杯子表示感谢，迅速干完了这杯。两人互相敬了酒，彼此沉默地坐了一阵，最后，杨重问："一切还好吧？"

"起义军吗？"洪翩问道。

"不，我指的是你。"杨重说，"我知道也许我不当说，但我想让你知道，我是把你当作自己的孩子。如果你有什么事需要倾诉，你知道我肯定愿意与你讨论。在过去这几周里，你被迫经历了太多的变故。"

很长一段时间洪翩没有说话，但随后他便发出一声充满悲伤的感叹："我觉得很沉重。正如你所说，过去这几周发生了这么多事，发生得太快了令我很难接受。先是我的全家被屠杀，然后突然准备起义。我想确定，但是一想起来还是觉得极度震惊。有时候，我都不能想太久，更不要说有更多的思考了。"

"你让我想起你的父亲。"过了一会儿，杨重说，"他似乎总是将整个天下的重任扛在自己的肩上。我敢肯定，你也定会承担起这一切的。"

"我当然希望如此。"洪翩说。

之后，杨重开始追忆起往昔的日子，当年他和洪翩的父亲还年轻时一起起义。洪翩耐心地听着，当杨重提起一两件好笑的轶事时，不时露出一点微笑。他们聊的时间越长，这老男人越感觉他的女儿和妻子的疑虑并不是凭空而来的。洪翩有太多奇怪的，完美呈现的地方了。就像杨晶说的，他好像没有什么深刻的感情，这一点令他显得非常可疑。

最后，杨重灵机一动，出于本能地问："我敢肯定你父亲跟你讲过我们面对王莽军队的最后一战吧。为了迷惑敌人，我们在投入战斗时把眉毛涂成红色。结果令敌人怕得半死。以为我们是恶魔降临，过不了多久，全都闻风而逃。"

洪翩想都没想就说："这是父亲最喜欢讲的一个故事。"

尽管心中已经预料到了这个答案，杨重还是几乎倒吸一口凉气。他讲的故事只是一个传说。在现实中，部队作战时，是手缠红色布条。这还是洪朋子自己想出的主意。他不可能会告诉儿子这个编造出来的传说。杨重慢慢地明白过来，这个年轻人，虽然长相和举止都很像，但他不可能是洪朋子的儿子。他尽量不要让这一点在言语上表现出来，可带来的冲击意味着他无法完全做到。

没过多久，洪翩推说累了，便向杨重道了晚安。他走后，杨重坐回椅中，心中思索着到底发生了什么事。此事的意义实在是太重大，不是一时半会儿想得明白的，于是杨重挥开这想法，先上床睡觉。他想等早上再仔细思考一下。也许醒来后会发现这是一场梦。

而与此同时，洪翩极不满意地离开了书房。他是邪神所幻化出来的人形，而这时也知道他的伪装被识破了。自从他宏伟的计划被几名少年击败之后，他的力量已经减弱至零。他花了很长的时间恢复，也利用这时间好好地筹谋计划。这一次，他可没有耐心花几十年等一个计划成功。

因为他只剩下了很少的灵力，他用尽了最后一点占据了这少年的身体和神志。不幸的是，他最后的这点灵力毁了少年本身的思想和记忆。他不得不一点一点重新学习一个少年所应有的特点。在此期间，他也做了研究。杀了洪家满门之后，精心策划好出现在杨重女儿经过的路上。他选择他们家是因为他们被大家公认为行事机敏。事实上，直到这一刻，他们都尽他所用。但好像如果认为自己太聪明了便不是一件好事。是时候转向其他人了。

洪翩回到自己的房间后，伪造出一封信。晚上，当家中众人入睡之后，洪翩从窗口溜出，隐入夜色中。当他穿过寂静的大院，爬过四周的围墙，拍了拍怀中的信封，笑了。

离开杨宅之后，他直接向范崇的领地走去。他一路走去，再也没有回头看一眼这曾经收留和庇护了他月余的家庭。杨家已经失去了利用的价值。

19^章

第二天，一条乡间小路终于通过一座小镇，可兰建议停一停，吃上一顿再继续前进。已经省出了足够的时间令行程宽松，于是便存了马匹，在城里四处逛着。

正当要走进一间饭馆时，刘阳看见街另一头有包吃食的戏院，说："咱们去那边吧。"

可兰看清楚了他指的是什么地方，不禁做了个鬼脸："戏还没看够？"

"是真的戏啊。"刘阳指出。

"我也没在京城之外看过戏。"班超说。

小龙耸耸肩说："反正没什么坏处。"

他们走进小戏院，小二带着他们在场子后排就座。这个小镇上，大概没有太多的娱乐选择，所以大家都挤在这里，喝着茶，互相交谈着，等待着下一个节目的开始。

舞台的搭建跟班超预期的一样简陋。屋子一端临时搭起的台子上，一幅大幕从木制框架上悬了下来。节目开始，照明便从后面将帷幕打亮。屏幕上出现了一些皮影人物，表演者在一旁讲着故事。

班超没期望有多少艺术性。这些偶尔在节庆表演一下的人都是从上一代出名的艺人手里学来的本事，自认为他们是最好的了。可是事实证明他们自己的想法大错特错。还没等小二回来给他们点菜，闪烁的火光便照亮了丝薄的帷幕。上面出现了一条龙，龙在屏幕上来回飞了几遍，然后又消失了。接着又有一些其他动物相继出现在屏幕上，观众拍着手叫起好来。鸟儿在林间飞过，猴子互相打着架，猫儿扑来扑去。班超不禁张大了嘴，想着后台不知道有多少人在忙着。

形态各异的动物在屏幕上迅速地动着，不可能只是由一个人操纵的。形象带着一种宫廷舞蹈所没有的柔软和灵动。令人眼花缭乱的动物表演结束后，灯光再次熄灭，全场的人热烈鼓掌。

"我们有什么仪庆应该邀请这些家伙。"刘阳说。

"你去跟朝堂上的老家伙们说吧。"可兰笑着说，"会认为你是动了怒想要逼他们归隐呢。"

"不值得。"小龙说。

"我倒不那么想。"朱成说，"或者应该在公开场合搞一场。本身就够好玩了呀。"

见小二过来点菜，班超叫朱成安静。他们点了很多菜，小二端上来的时候，一张桌子都放不下。几天以来只啃着大饼，或者偶尔从乡间买到包子，他们已经很馋一顿美食了。小二倒是挺和善的，见他们努力地想在桌子上再挤下一只盘子，便和他们一起大笑了起来。

等大家点完了菜后，整间屋子便安静了下来。聊天的住了话头，每个人期待地朝帷幕看去，声音小了下来。无需多长时间的等待，当火光重新燃亮时，两名微型士兵的身影出现在帷幕上。这一次，皮影戏师傅采用的不是他之前展示的令人目不暇接的灵巧。相反，他讲述了一个故事，用提高和降低音量来分饰两名士兵。

大多数情况下，两名士兵待在原地不动，只是在说话到重音时动动手臂，或者歪歪脑袋表示思考。不知怎么的，皮影戏深深吸引了班超，他居然停止了吃饭。像所有天生的说书人，皮影师傅知道如何去构建一个故事以吸引住观众。而他熟练的皮影操作又令这一出出的困境和危机像是由有血有肉的真人演员站在他们面前表演的一样。

在某些节点上，皮影师傅会稍稍停一下，并直接将观众带入故事中，问出一个问题或提出一个要求衬托背景音效。叫班超惊讶的是，大部分观众几乎不需要提示，都热情地在恰到好处时叫喊着回答，拍着桌子或者打着响指。他不知道这是出于真正对艺术的欣赏呢，还是他们没有别的事情可做。

每次演完一个故事，皮影师傅只稍稍休息，等观众们准备好了就开始下一个故事。这些题材包括长篇激烈的传奇故事，以及逗笑的短剧。皮影大师在这两者之间自然地转换着，让每个人都眉飞色舞地美美地享受着整台节目。当结束了最后一幕时，班超才意识到已经过去了足足一个时辰。

雷鸣般的掌声把整幢屋子都快震塌，皮影师傅，一位两鬓斑白的老人从幕后走了出来简单地向观众致了意。然后便离开了，要去好好歇歇他的嗓子和手臂。

"不过说真的，"刘阳说，"我们得考虑一下给朝上众臣带去一些真正的娱乐。"

"继续做梦吧。"可兰说。

他们吃完饭，走出戏院时已经是傍晚。街道上仍然相当拥挤，他们便慢慢向存了马儿的马厩走去。因为不急，便在路上轻松地走着，随着人流从街的一头逛到另一头。

这个小镇基本上与他们之前路过的没有区别。街道两边排满了差不多类型的商铺，兜售差不多的商品。街角也是同样的街头艺人在表演着。翻卷的屋檐下也都是雷同的铺子。

回马厩的路差不多走过了一半，发现前面的人越来越多。他们自然也都向那儿走去，从人们的交谈中得知，小镇上两名象棋冠军正准备进行一年一度的对弈。大家都想仔细看看，所以除了可兰都往前面挤去。

她对象棋一直没什么兴趣，留在了人群的外围，很耐心地等着他们看完出来。在等待的时候，她环顾着四周，笑这些人渴望看两个老头下一盘慢得要死的棋。据她所知，从大家能记事起，他们两人每年都要比上一比。他们像是一时兴起，每年总是在不同的日子比，而每年都有一群群的人会来看发生了什么。有些人甚至对赌。他们中聪明的人知道两人的棋艺不相上下，不管把钱赌到哪方都是愚蠢的。然而，人群中有生意头脑的很快设起了赌池，并在纸片上记录着赌注和赔率。

突然，可兰瞥见街对面一条小巷里有些动静。一种不安的感觉袭来，她决定一探究竟。她溜过人潮边缘，渐渐地，挤到了街道另一头，毫不犹豫一头扎进小巷中。

不知道自己在寻找什么，她把眼睛睁得大大的。她向小巷深处走去，瞟到似乎有东西在动。这次，她肯定自己正目击一桩犯罪。于是，她向闪动的方向疾追而去，猛地转过一个街角后，看到一个男人肩上扛着一个挣扎的男孩慢慢跑了开去。这男孩只有十来岁，见了可兰，眼睛便睁得大大的，他想呼救。可兰觉得很震惊，便紧追了上去，悄悄地越过了男人，挡住他的去路："把这孩子带去哪里？"

"别多管闲事。"男子被她的突然出现吓了一跳，平静下来对她说。

"你带这孩子去哪儿？"可兰又问。

"带我自己的孩子去哪儿，跟你有什么关系？"男子一边继续用一只肉肉的手捂着孩子的嘴一边质问道。

"也许应该让孩子告诉我你要带他去哪儿。"可兰建议。

男子威胁似的上前了一步:"在我发火前,赶紧滚开。"

"在我生气之前,把孩子放下来。"可兰驳了回去,尽管她说话的语气早已经超出了生气。她警惕地注视着这男子,几乎能读懂他的想法,他在想怎么样不放开这孩子的同时,又能给她个教训。

他终于决定把孩子夹在臂下,另一只手猛地挥出。可兰躲开了两拳,觉得终于受够了。他再次打算猛击时,可兰抓住他的胳膊一拉。他便被拉得失去了平衡,下意识地松开了男孩,向前跌倒。

见孩子脚先落地,一站住便快跑起来,可兰对准男子的脸就是一脚。男子重重地砸在地上呻吟着,翻身仰面躺倒。她又厌恶地给了他一脚,然后等着他恢复一些神志,好盘问。

与此同时,其他人也注意到他们中间少了一个人。小龙把大家从引人入胜的棋局旁拉开,问道:"你们谁知道可兰去哪儿了?"

"我还以为她在我身后。"刘阳说着四处找她。

"她能走去哪儿啊?"班超问道,一边向附近的店铺里张望,"没有看到她。我们要分头去找,四处看一下?"

"我敢肯定不会出什么大事。"小龙说,"找到她之后还是回到这里会合吧。她可能只是跟踪一个小骗子进了小巷之类的。"

他们分头去找可兰。刘阳很快就找到了她,放心地叹了口气。这时,他才发现男子还在地上呻吟,他不解地眨眨眼:"这里发生了什么事?"

"我看到他想要绑架一个孩子。"可兰回答,又狠狠地踢了男子一脚。

"为什么?"刘阳问道。

守卫神

　　"你问倒我了。这就是为什么我在等他清醒过来好回答我的问题。"

　　"这还得有一段时间吧。先去找他们几个会合，然后再回来。你这样突然消失了，把我们都担心坏了。"

　　可兰翻翻白眼，但还是让他拉着出了巷子："我能发生什么糟糕的事情啊？"

　　"你还是应该在跑掉之前告诉我们一声啊。"刘阳训斥着可兰。

　　"别胡扯了。"可兰说，"什么时候开始轮到你给我讲责任为何物了？"

　　"是有些怪怪的。"刘阳坦言。

　　可兰随刘阳回到主街上，没等太久见其他人回来了。当他们重复着"你去哪儿了"这样的问题，可兰向他们解释之后，便催促大家跟上她，因为她想回去看看绑匪现在怎么样了。

　　可他们却失望了，因为绑匪已经不见了。他们搜索了附近的区域，找不到任何他的踪迹。虽然他们不太高兴，但还是回到了主街上。

　　"不管怎么说天也快黑了。"小龙说，"还是付得起在真正的客栈住上一个晚上的钱的。"

　　"你这么说是不是只是因为你想看完那盘棋？"朱成问道。

　　"不是。"小龙说。

　　可兰做了个鬼脸："你们现在批准我跑掉了吗？"

　　其他人都笑了，朱成说："我跟你一起去。我对自己现在的棋艺很满意。我的棋艺永远不会像你们的那么臭，但也不可能像小龙的那么好，所以即便不能从这些睿智的老人家的棋局中获益也死不了。"

　　放松和偷懒了一整天，五个人准备休息了。可是睡到半夜，可兰

145

突然被吓醒，她拍拍口袋，意识到自己把令牌留在鞍袋中了。虽然这大晚上的不太可能有人会拿着刀来抢他们，但她还是站了起来，穿好衣服，想去把它拿回来，以防万一。她骂自己是一个傻瓜，把令牌留在鞍袋里可能会被人偷了或者搞丢了。

驱走了最后一点睡意，她溜出了房间，走出了客栈。马厩是分开安置的，在与客栈相隔几个街区的地方，可兰看见整座城市好像睡着了，全无人气。街道的两头根本没有人，她经过的房子也都没有点灯。似乎根本没人住在这个小镇。

当她快到马厩时，可兰发现一个人走在大街上正与她背道而驰。起初，她没有在意。可后来她定睛一看，却吓了一跳，这就是早前她遇上的绑匪。她大声喊他停下来，他却跑了。绑匪回头看了一眼，见她逼了过来，便冲进一条小巷。她毫不犹豫地跟了上去，轻松地快要赶上他了。

已经离他够近，只需一伸手就能搭上他的肩膀，她打算一下把他击晕。然而，刚一停步，就有三个人从阴影里跳了出来向她袭来。事出突然，分散了她的注意力，降低了她抵御攻击的能力。

再说，这三人的功夫不弱，训练有素，而且协同配合。可兰独自坚持了好一会儿，令他们不得近身，她做到了至少从他们围成的圈中全身而退。她挡住一击，并猛地向下一个人击去。他躲开，为她留出了溜走的空间。可没等她成功，其中一人又击中了她的肩膀，打得她转了一个圈。通常情况下，她会向后跳开，准备好了之后再重新攻击，可她实在太晕了，一下子失了方向，没有避开接下来往她头上袭来的一击。

20^章

之前可兰离开房间的声音吵醒了小龙。因为再也睡不着了，小龙便抬头望着天花板，任由思绪在脑中盘旋。过了一段时间，她突然意识到可兰没有回来。她坐起身，走到可兰的房间，确认她真是不见了。

小龙在去叫醒其他人之前停了一会儿，不知道她自己是否过于大惊小怪了。但最后，她决定还是保险一些好，宁可惹恼了可兰也不能置之不理。她于是把大家叫了起来。

"你是什么意思？她不是在她的房间吗？"班超问道。他揉了揉眼睛，眨着眼睛，直到稍稍清醒了一些。

"你觉得她不是出去散个步吧，是吗？"刘阳问道。

"在这个时候？"小龙质疑。

朱成想了想，把手伸进口袋里掏出可兰的令牌："可能她是回去取这个的。她今天上午把它落在鞍袋中了，所以我拿了，打算早上还给她吓她一跳。"

"她已经去了太久了，不仅仅是去马厩取令牌。"小龙说。

"我认为我们应该去找她。"刘阳说。

其他人都同意了，因此他们离开客栈，散开去寻找可兰。首先，他们从客栈到马厩沿路扫了一遍，以防万一。但很快就意识到她失踪了。搜索无果的小半个时辰之后，四人聚在一条小路上，担心得面面相觑。

"你们觉得这和之前的绑架案有关系吗？"刘阳问道，试图让自己不要慌。

"完全有可能，"朱成说，"现在这么办，你们三个继续寻找。我尽全力去打探一些消息。"

"要我跟你去吗？"班超问道。

"不，你和他们待在一起吧。"朱成说，"我一个人可能更好找出谁是绑匪。"朱成虽然不认识这里的地下组织，但她以通用的信号和标志就能找出犯罪组织来，哪怕在深更半夜。

穿过城里的时候，朱成留意到一幢房子外的暗识，表明有黑市商人在此经营。她对这些生意没兴趣，但黑市商人会知道城中几乎所有的黑幕。

没花多长时间就到了屋子外面，朱成从后门偷偷地摸了进去。等眼睛适应了黑暗，她便沿着走廊走着，耳朵贴在第一道门上。她屏住了呼吸，听见从门的另一边传来的鼾声。

朱成脚步很轻地进了房间，蹑手蹑脚地走过去拍了拍一名中年妇人的肩膀。她一醒来，朱成便用手捂住了她的嘴："冷静。把我想知道的事如实道来，不会伤害你。"

妇人点点头，眼中充满了警惕。

"不许尖叫。"朱成命令，"当我放开你，我要知道这里有谁做绑架孩子的勾当。"

朱成放开妇人，退后两三步，妇人坐起来，奇怪地看着朱成："你为何想知道？"

"与你无关。"朱成说，"我猜你知道这事。"

"你先告诉我，你是否打算对付他们。"女人讨价还价。

"也许我会。"朱成说，"但这跟你有关系吗？"

"这些人绑架了我的侄子。"妇人说，"如果你打算对付他们，我会很乐意帮你。我没有钱也没有能力跟他们对着干，但我已经搜集了相当多关于他们运作的信息。"

朱成离开商人家时，已经有了绑匪的全部资料。

原来，绑匪到这镇上也没多久，他们绑架孩子卖做奴隶。运作模式通常能确保不被人察觉。这伙绑匪经常从一个城里转移到另一个城里，从未留下太多东西供衙门查找。他们针对的是一种官府几乎不在意或者没有时间去帮助的人。绑匪从一处转移到另一处，在不同官府的管辖区域中移动，这意味着调查人互相之间并不会通气。

这伙绑匪通常很少留下线索。但是这一次，他们犯了一个错误，绑了一黑市商人家的侄子，妇人查到了绑匪在镇东头的一幢房子里落脚。如果真是这伙绑匪抓了可兰，毫无疑问，可兰会被关在这幢房子里。

朱成一般会把自己的担心掩饰得很好，但是当她与小龙他们会合时，她的关切之情忍不住从她的声音里泄露了出来。她如此担心，这使小龙他们各自的警惕加重了。她一解释完，小龙他们四人便狂奔着向她所描述的镇东头的一幢房子赶去。

小龙他们四人赶到房子的时间简直破了纪录，但还是平息着自己的急躁情绪，先勘查一番，没有直接冲进房子。这似乎看起来像小镇上任何一幢老区的房子。街道前后的房子都是灰不溜秋的，没有街灯，就这么矗立在黑暗中。一盏孤灯从这幢房子的二楼透出来，看不出里面有太多动静。

　　与此同时，在大屋的地下室里，可兰醒来时看到两名年幼的孩子正低头看着自己。她头痛欲裂，眼睛见到光亮时不禁轻轻地呻吟起来。孩子们警觉地跳了起来，但看她好像不会太暴力的样子，孩子们又都回到她的身边。

　　"这是在哪儿？"可兰问着，试图记起发生了什么，自己怎么会在这里的。

　　"不知道。"约摸八岁的小姑娘说。

　　慢慢地，可兰看清了自己和两个孩子坐在临时搭建的牢房里。通向屋子的唯一出路上竖起了铁链栅栏。她的记忆恢复了，猛地跳起身。可她马上后悔了，因为头上阵阵悸动变成了剧烈的疼痛，她猛地把眼睛闭上。疼痛消退后，她举起手摸摸头，摸到了一个大肿块，可能是自己被打晕时撞的。

　　可兰的思维仍然非常缓慢，但即使是在没有完全恢复的状态下，她也知道需要让自己和孩子们尽快离开这里。环顾四周之后，她明白他们是在一个地下室里，或者至少是内部的房间，因为看不到一扇窗户。

　　然后她走到门口，向外看。她看到其中一个守卫飞奔而去，可能是去通知什么人。可兰暗骂了一声，转身面对孩子们，两个孩子带着一种介于希望和怀疑之间的神色瞪着她。

　　"你们知道自己是怎么落到这里的吗？"

　　"人贩子绑了我们，"男孩告诉她，"我知道，因为他们不久前抢走了我的小伙伴。我以为我可以足够小心，避免遇上他们。"

　　"谁说不是呢。"可兰说着继续揉着自己头上的肿块。她简直不敢相信自己竟让这伙绑匪给抓住了。虽然绑匪打了她一个措手不及，功夫也比单纯的打手要好得多，但她仍感到羞辱。因为没有想到会有麻烦，所以她去马厩时并未携带武器，身上什么也没有。但是这并不意味着绑匪回来时，她无法反抗。

可同时，可兰不知道自己能坚持多久，尤其是伴随着剧烈的头疼所带来的眩晕感。但她必须努力做好，否则她和孩子们就在劫难逃了。她当然不能指望别人来救她出去。就算小龙他们醒了，她也想不出他们如何能找到自己。她最后问道："我到这儿有多久了？"

"大约一个时辰吧。"女孩回答。

"是推测的。"男孩说，"看不见太阳没法判断时间。"

可兰叹了口气，仍然是半夜呢。她知道朱成有本事在一两个时辰之内找到人贩子的老窝。但留给她的，便是要独自应付这一切直到早上有人发现她失踪了。心中解决了这一点疑问，她环顾了一下房间，看看有什么可以充作武器的。

用不了多长时间可兰就确定屋中并无趁手之物。角落里有一张摇晃不稳的桌子，如果没有其他选择，可以拿它掷出去。屋中剩下的唯一物件是散落一地的稻草，用稻草可没法攻击任何人。可兰的心一沉，决定至少在孩子们面前要表现得勇敢些。

"听着，"她说，"我们能离开这里。"

女孩和男孩怀疑地看了看对方，仿佛想知道既然人贩子已经打晕了她一次，她能起到多大的作用。不过，反正也没有什么可损失的，于是便介绍了自己。

"我叫季美。"姑娘说。

"我叫大涛。"男孩说，"你想让我们怎么做？我哥哥总是说我不够服从命令。"

"你们两个需要做的就是一直紧跟着我。"可兰说，"你们有谁知道怎么从这大屋里出去吗？"

"我知道。"姑娘说，"他们把我带进来的时候，我记住转弯，知道怎么走回门口。"

"太好了。"可兰说，"如果我们能冲过看守，你负责带路。"接着季美便闭上了眼睛，开始回忆起自己记住的准确的路线。

可兰忍住一个悲伤的微笑，怪不得朱成会变成现在的这个样子。

"我做什么呢？"大涛问道。

"掩护她。"可兰说，"我会尽力惹怒人贩子，让他们开门进来，你们准备好跑。"

见男孩坚忍地点点头，可兰把桌子拖到靠近门的地方。它的宽度差不多正好可以穿过门，她想到了一个终于可以用桌子的法子。

不久，可兰和两个孩子听到了脚步声。五名男子，由可兰昨天早上打败的一人带领，走进屋里，并隔着门看着可兰他们。

"你是主事的吗？"可兰笑着问。

"有意见吗？"男人问。

"没意见。"可兰说。

"你昨天已经惹得我够生气了。"男人说。

"远远不够。"可兰说。

男子叹了口气，听起来有点生气又沮丧："我得派人进去，让你安静地听我说一句话呢。"

"想象不出你有什么话是我想听的，所以不听也没什么大不了的。"可兰说。

男子翻了翻眼珠子，挥手让他的人上前开门："我原想把你和其他人一起卖给下一班船，但你足够让我生气，我要保证你受到不同的处罚。杀了你应该让一些臭小子不再跟着我了。虽然这将意味着我们不得不离开这个小镇，但是反正我们也到了应该转移阵地的时候

了。"

可兰只听了男子一半的话，在守卫拨弄着锁的时候，做着准备。守卫把锁从链子上除下的一瞬间，她向前扑去。她抱起了桌子猛地向门口扔去，把门完全砸开。

她一边大叫着让孩子们快跑，一边把桌子向其余的人贩子扔去。

21^章

正观察着这幢房子里面的动静时，小龙听见了极轻的脚步声靠近。她转过身，看见一小群年轻男女在附近。年轻人看到小龙他们五人的时候，先是吓了一跳，接着便高兴了起来，因为她认出了小龙。

"你们怎么会在这里的？"小龙一边问，一边轻轻推了一把刘阳让他回头看。

刘阳他们转过身，发现新来了人。刘阳马上认出了这群年轻人，并暂时忘记了担心可兰，他扑了过来。

"我们认识这些年轻人吗？"朱成低声对小龙说。

"哦，你不认识。"小龙说，"我和刘阳，是在收拾陈柳的军阀前认识陆芳和她的伙伴们的。"

"等等，你们是推翻了丁侯的人？"班超说着向正热情地拍打着老熟人的刘阳走去。

"一半是出于偶然。"小龙说，"等这事结束了我再告诉你。"

刘阳指着朱成和班超为年轻人介绍，新来的朋友也介绍了自己。首先是他们名义上的领袖，陆芳。接下来是双臂有刺青、瘦高的年轻男子，名叫阿特朗。还有沈不逊，看来比刘阳和小龙最后一次见到他时信心增加了不少。然后，是白凤和薛丽红，看上去都没有太大的变化。最后是向朗，仍然是笨重的身材，冲着其他人坚定地点点头。

"再次见到大家真是太高兴了。"小龙说，"我们上次分手之后你们在做些什么？。"

"你怎么变了？"白凤问道。

"你是说为什么小龙看起来不再像是肩负着全天下百年来的苦难？"刘阳回问道，"当然是受我人格魅力的影响。"

小龙翻了个白眼，朱成笑着说："翻白眼倒是不常见的，你们见证了一次非典型事件。"

听闻此言，小龙想要让朱成闭嘴，便问出另一个问题："真想不到这么巧会在这里遇上你们。"

"不对，你们也是因为人贩子这事来的？"阿特朗说。

"你们为何追他们？"不逊想知道原因。

"人贩子抓了我最好的朋友。"刘阳说。他话一出口，这才意识到他们还有事情要做，便转身走向大屋。

在安静下来的间隙，大家听到屋内发出巨大的崩裂声。来不及再看对方一眼，便蜂拥而上，朝大屋冲去。

小龙自然是冲在最前面，直接从前门撞了进去。来不及安排细致的计划了，她直接用肩膀撞开了两名守着大门的护卫，冲进了走廊。她听到身后战斗也开始了，她尽力分辨着各种噪音，发现叫嚣声是从楼下一层传来的。她使出浑身解数想要找到楼梯口，可这大屋的布局令每一条走廊看起来都像一个迷宫，还有从各个走道口冲出来的人贩子也令这事难上加难。小龙基本上只是把人贩子踢开，或者从他们的臂下钻过，把他们留给后面的人收拾。

出于关心，刘阳几乎一直紧随其后。因为给自己留下的视线很窄，刘阳集中全部注意力清除路上的障碍物，几乎是足不点地从守卫们身边转过或者溜过。就在他有了一些信心时，一名身材高大的男子从隔壁房间里走了出来，将整个走廊堵得严严实实。

刘阳差点收不住脚，直接撞进了这个差不多是全天下最大的路障的肚子上。此时，刘阳身负重要的使命，他不能容许这样的人挡住去路。还没等这男人威胁他，他就已经先动手了。他纵身而起，踢中对手胸口，竟然也踢得大个子跌跌撞撞地后退了半步。然后，他落回地上，砰的一声出拳击中了他的肚子。

大个子后退了一步，但他根本不在乎这些击打。大个子抬起了手准备还击，刘阳正好躲到了一边。当刘阳准备再次出击时，朱成火力全开地冲了过来。她一眼看清楚了现场形势，没有慢下她愤怒的步伐，干脆跳了起来，身体一扭从大个子男人的脑袋上翻了过去。等她在他身后落地，她向他身下一扫。同时，她向后一滚，以确保他倒地时不会把她砸个粉碎。

见大个子男子重新又站起身来，朱成看了看刘阳："还站在这里干什么？快走！"

刘阳立即服从地跑了开去，依然追在小龙身后，小龙已经找到了通往楼梯的路。刘阳赶上了她，找到通往地下室的楼梯，然后便紧跟在后往下走。

这时，朱成见大个子蹒跚着站起身来，便向后退了两步。他恼怒地看着她，向她的方向迈前一步。朱成也跟着后退一步，他第一拳扫出，她向后一仰躲过拳风。她目光往上一瞟，见前面有一条相邻的走廊，她便向那儿移动。最低限度，她想引这个巨人让开路。

正当朱成引走他的计划顺利进行着，她越过大个子肩膀一看，见走廊上向朗正直冲着这个方向滚过来。两人撞到了一起，朱成不得不疾向前俯冲，在两人飞出去时从他们的身下翻了出去。班超拉朱成起身，他们看着向朗用摔跤的手法把大个子扔进了旁边的走廊，把他打倒在地。他们互视一眼，继续往前走，很快遇到足够多的对手。

小龙和刘阳通过的时候，很多打手还没准备好。当朱成和班超来到时，打手们已有足够的时间来组织像样的防御。朱成和班超当然欢迎了，他们根本没想着要避开这样的冲突。

朱成和班超很轻松地放倒了大部分打手。打手中不少是从当地雇来的四肢发达头脑简单的人，只是用来吓唬一些不会功夫和无法反抗的人。有些功夫好点的打手比较能守护自己的地盘。其中一人抓了班超个措手不及，差点儿用斧头削了他持剑的右手。班超之后肯定会说这不是他的错。毕竟，那人原本已经躺在了地上，是突然跳了起来，拼命地削出这致命一斧的。

即便如此，班超还是很庆幸朱成对假装昏迷在地上的男子多了一个心眼。她发觉男子的身体重新跃起之时自己的心紧了一下，便扑上来在男子的斧头冲班超砍下来时压住了他的胳膊。然后，朱成一拧男子的胳膊，同时脚又扫出。男子便重重地砸在地上，一下子喘不过气来。同时，手中的斧头飞出，深深地扎进了天花板。

在此之后，班超对周围更加小心了。等下次有人想要用同样的方法使诈，他就已经准备好了。一人贩子手中握着一柄小刀站起身，班超旁踏一步，躲开了镰刀般的兵器。可人贩子并没放弃，还想把刀尖扎入班超的肩膀。班超往旁边移了移，让人贩子追了自己好一会儿才快速地一拳击中人贩子的额头。

人贩子撞到墙上，跌跌撞撞了好一会儿，朱成不耐烦地等他倒地。于是，她走了过来，一把夺走人贩子的武器，拿刀柄冲他头上一打。他便重重地坐倒在地，朱成继续向前，挥挥手让班超跟上。

可兰扔出了桌子，催着两个孩子出了屋子之后，她自己也跟着扑了出去。没一会儿，人贩子和他们的首领追上了她。她感到有一只手搭上了自己的肩头，便大声喊着让季美和大涛继续跑。她然后向后一跃，胳膊肘捅了一下人贩子的肚子。之后她片刻不停，转身猛击他的脑袋，放倒了一个人贩子。

等人贩子们再想要解决可兰的时候，她听到楼上传来的喊叫声。这一惊喜几乎叫她分了心，不过上面的声音对人贩子的牵制就更多了。她趁此机会把一些刚从屋子中跑出来的人贩子推了回去。

可兰心中庆幸自己好运摆脱了纠缠，便跟在孩子们后面跑了出去。她步幅较大，很快赶上了孩子们。这时，楼上的惊叫声已经变成了身体重重倒地的声音，她在想有没有可能是小龙他们这么快找到了自己。如果是这样，她非常佩服小龙他们。当然，也有可能她高兴得太早了，但是她想不出还有谁能这么闯进来。

无论如何，可兰都得做好两种准备，还得看着两个孩子。她跟在孩子们身后，季美证明了自己能找到出去的路。说实话，小女孩如此肯定地一路左转、右转确实叫她挺震惊的。跑得这么快，连她都有可能记不太准最后几个转弯。

但看来季美比可兰更聪明，他们很快看到走廊尽头有一座楼梯。可兰听到脚步声，无须转头就知道身后的人贩子终于爬了起来，并打算再一次抓住她。可兰他们刚一到楼梯口，小龙便如雷霆般地冲了进来，怒目瞪着人贩子们，人贩子们困惑地住了手，不知道小龙是怎么会突然出现的。小龙从可兰和孩子们头顶跃过，直接落到人贩子身边，人贩子当然没逃过小龙的重击。

这时，刘阳也到了地下室，看见可兰，不禁如释重负地叹了口气。他冲过去抱住她："这样的事情不准再发生了。"

"我再也不会被绑架了？这听着不错嘛。"可兰说。

"你知道我是什么意思。"刘阳告诉她,他看着两个孩子,笑了,"你们俩是谁呢?"

孩子们回答了他的问题,小龙向可兰走来:"真高兴再见到你。还有人需要我收拾的?"

"我想还有一个。"可兰说,"不过我对付得了。"

她径直往她刚刚经过的走廊走去,很快拖着已经晕了的人贩子头领过来。可兰把他扔在地上,他弹了一下不动了。

朱成与班超也迅疾地冲下了楼,做好准备跟任何剩下的守卫打。"我都要失望了。"当朱成意识到小龙已经把他们都撂倒了时说。

"看见我在没有人帮助的情况下逃了出来,感觉失望了?"可兰问。

"哈,想得美。"朱成说,"我倒想看看你自己闯过一个比一座山还高的汉子。"

"什么?"可兰困惑地说。

"你看见了,就知道她的意思了。"刘阳说。

"我猜陆芳他们干得不错,楼上已经平静下来,但还是应该检查一下吧。"小龙说。

他们上了楼,发现其他人都聚集在一间房里,他们巧妙地把人贩子绑在了一起。被这一大群陌生的少年们救了出来,大涛和季美感到莫名地看着大家。

"需要护送你们去哪里?"丽红问两个孩子。

"不用,我们自己回去。"大涛说,"有没有办法查出人贩子把我的小伙伴送到哪儿去了?"

"运气好的话,能从这些人嘴里问到。"陆芳说,"我们会尽全力找到你的小伙伴。"

"我很感激。"大涛说。

"你呢？"可兰问小女孩。

"我也要回去了。"季美说，"我的伙伴也会挂念我的，姐姐可能担心我都担心得生病了。"

两个孩子离开的时候，朱成往他们的口袋里放了一些钱币。

之后，大家便把人贩子集中起来，关在一间屋里，用向朗找到的绳子捆了，又点了人贩子的穴道使他们动弹不得。绑好了二十几个人贩子后，小龙他们围坐在桌旁聊天。

"你们还没讲是怎么来到这里的。"小龙说。

"这个故事应该从你们离开之后不久讲起。"陆芳说。

"无敌不久便适应了自己的新位置，我们放手让他独立做事。"白凤接了下去，"经过一次历险，又推翻了一个军阀之后，我们不甘心在自己的小镇上吃老本了。"

"我倒是觉得非常满足的。"不逊说。

丽红翻翻白眼，挥手叫他俩闭嘴："你俩这样可不是在帮着讲故事，交给我们吧。"

"反正，"陆芳继续道，"我叔叔最后建议我们离开小镇，自己出去闯闯。我们采纳了他的建议，在周围地区闯荡。不知怎的，就做起了解决悬案的营生。我们干得还不坏，所以这就是我们一直在做的事情。"

"我们已经有了些名气呢。"阿特朗笑着说，"起初不管有什么新的凶杀案或者其他神秘案件来找我们，我们都接。慢慢地，从我们最早帮助过的家庭开始，口碑传了开来。"

"时不时地，有一些人来请求我们帮助。"丽红说，"我们现在存下了相当大的一笔款子，而且全国各地都有人欠我们情呢。"

"你们是因为人贩子的事来这里的？"班超问。

陆芳点点头："我们跟了这些人贩子很久了。他们专门盯街头的流浪儿童，所以很难找到这些人贩子的信息。在他们抓了一名富裕乡绅的小儿子之前根本没有人注意到他们的生意，男孩的父亲找到我们，从那之后，我们一直在追踪这些人贩子。"

"你们是怎么跟他们搅到一起的？"阿特朗问，"刚才这么混乱，你们还没有回答呢。"

"是我的错。"可兰回答。

她解释了自己是如何惹怒了这人贩子头领，怎么被绑架的，她突然话锋一转："这倒提醒我了，你们怎么这么快找到我的？"

"你离开客栈的时候我醒了，见你一直没有回来，我就把大家叫了起来。"小龙说。

"然后我就去找了地下罪犯情报网，获得所需的信息。"朱成说着往椅子后背上一靠。

"也许我们应该重新考虑一下我们的调查方法。"白凤说，"小龙他们花了不到一个时辰就找到了这里，我们几乎挖掘了两周才查出来。"

"也许你说得对。这么长时间以来我们习惯用自己的方法了。"陆芳若有所思地说。

"不管怎么说，都比我过去几年做的事情要有意思得多。"刘阳说。

"你究竟一直在做什么？"不逊问。

"为朝廷做事。"小龙说，决定尽可能接近事实。

"跟我们说说。很难想象你们听命于老朽的官员。"丽红说。

"大概这样会好过一点。"朱成轻哼着笑了一声，说道，"坏脾气的老头儿听命于我们。"

当不逊问起，班超告诉他们目前正在调查的一些暗流。这些崭露头角的侦探们承认他们最近一直在忙手上的谜案，没有听说过这件事。

"没关系。等见到我们的暗探时，就能收到消息了。"可兰说。

"等一下。你有暗探？这可太神奇了。"白凤看看其他人，"我们什么时候能有？"

"等你有足够的钱请得起他们的时候。"丽红说。

"或许当我们真正有需要的时候。"阿特朗说。

"你们可以借用我们的暗探网。"朱成说。她把对方的姓名和地址，以及口令告诉了他们，让他们有需要时可以联系。

他们坐着一直聊到天亮，阳光透过不逊身边的窗户洒了进来。

小龙站起身说："是时候了，我们得走了。相信你们会收拾这个烂摊子的吧？"

"别担心，"丽红说，"我们与这里的一名清官关系不错。一旦通知他这里发生的事情，他定会带人过来把这里包围了。然后，应该不用太费力就能查出这些人贩子把其他孩子怎么处置了。"

"别忘了替我多踢他们两脚。"可兰说。

"哦，不用担心，"白凤说，"我亲自确保这一点。"

"事情停当之后，你们可以来京城探望我们。"刘阳说。

"我们真有可能去呢，我一直想去京城看看。"陆芳说。

在一片会意的笑声中，两队人分道扬镳。

小龙他们回客栈去取回马儿。离开大屋后，班超说："这又将是漫长的一天，不是吗？"

"可不是嘛！"可兰说，"我觉得像是好几天没睡了。我半个头都在疼。"

"你确定赶路没问题吗？"刘阳问道。

"我肯定会在马背上睡着的，应该没事。"可兰说。

"这倒叫我想起来了。"朱成说着把手伸进口袋里，把可兰的令牌抛回给她，"我昨天早上从你的鞍袋里拿的，以防万一。"

"完全不记得落在哪儿了。"可兰笑着把令牌收好。

"我应该一找到就给你的。却想等你慌了神之后再告诉你，这样能好好笑上一顿。"朱成的声音和语气令每个人都转过来看着她。她发现这一点后，怒目相向地质问道："怎么了？"

"没怎么。"班超说，"嗯，只不过你从来没这样过。"

他们检查了各自的坐骑，继续向北行进。这一次，无惊无险地到了临淄，顺利地完成了他们的行程。在剩下的旅途中，没遇上一个土匪强盗。

"我觉得我们应该常常这么做。"刘阳说。

"我赞成越多这样的旅程越好，想念在路上的感觉了。"班超说。

"我也是。"小龙同意，"即便危险不断也比朝堂上令人窒息的空气好。"

"太多自负的人把空气变坏的。"朱成一本正经地评论道。

"我有点过意不去。"刘阳若有所思地说。

"为什么？"班超问道。

"你们都这么不开心，好像是我的错。"刘阳说。

"你也太看得起自己了。"朱成说，"好像你能强迫我做我不想做的事情似的。请多顾及一下我的自尊好吧。"

"她的意思是没人怪你。"可兰笑着说，"这是我们自己的选择。"

"特别是我们三个有很冠冕堂皇的借口不替朝廷做事的。"小龙说。

"再说,我们可以变着法子折磨文官们。"班超说。

"我一个人做就可以了,而且能让自己不会变成他们中的一员。"朱成评论。

"你没权力指挥军队了呀。"刘阳指出。

"不错,"朱成坦言,"只有这一点还算更好些。"

太阳快下山时,他们到达了临淄。他们在镇中心找了一家不错的客栈,想着明天会很忙,就早早地休息了。

第二天早上他们五人聚在客栈大厅里,刘阳和班超送小龙她们三人去调查。

"不会花很长时间的。"可兰说。

"我想你不会自己跑掉的。"刘阳说。

可兰翻了个白眼:"别担心。不管去哪儿,我会确保跟她们在一起。"

"我只不过是担心你。"刘阳说。

"别担心。"小龙说,"我倒是更担心你们两个。"

"别惹出你们对付不了的麻烦来,我可不想赶回来救你们。"朱成说。

"但是,如果有需要,可以联系在城里的暗探。"可兰说着,取出了一条刻着字的竹简,"上面写着在哪里能找到暗探。建议记下之后烧了它。"

"你很认真地对待这事。"刘阳说着接过了竹简。

　　"当然认真了。如果暗探的身份暴露了，他们可能会受到伤害。如果没有好的理由让我们操心这种事，我会保证让你后悔的。"朱成说。

　　"但是，如果你需要用暗探。"小龙说，"我自愿去完成这些繁琐的步骤，保证可兰不会生你的气。"

　　班超笑着挥手让小龙她们快走："没事的。我们又不是进入敌境。"

　　大家最后再次要求对方小心一些后，姑娘们离开了客栈。她们轻装上阵，只带了些途中所需的东西，午后便到达了目的地。

22^章

　　杨晶被关起来后的第五天早上，醒来时还困惑为什么没有人早点叫醒她。太阳从床对面的窗子照进来。大多数日子里，会议会在破晓时分开始。而据她估计，现在肯定已经时近中午。她已经错过了很多吗？

　　她准备跳下床，但随即想起了发生的一切，明白了为什么这么晚了自己还睡着。

　　她父亲与洪翩一场对话之后的第二天早晨，范崇带着一群人闯进他们的庄园来。坐骑隆隆而来的声音把每一个人从梦中惊醒。她以为是皇帝派来的人，她抓起剑怒气冲冲地出了房间，看到父母和所有的仆人都睡眼惺忪地站在晨光里。

　　她惊讶地看到范崇坐在马上停在她家院子中间，身后跟着一群人，包括不少赤眉运动的领袖。看上去像是既生气又心疼，可她想不出任何范崇他们来这里的理由。

　　她下意识地往洪翩房间的方向看了看，没见他出现。她觉得很奇怪，因为肯定没人能在这种环境里睡着。但是，当她的目光回到一群粗鲁地骑着战马冲入她家的人身上时，她明白了为何不见洪翩从房里出来。洪翩坐在范崇身后的一匹马上，带着一种对世人来说可以称为失望的神色低头看着杨晶全家。在片刻的清晰中，杨晶看到洪翩眼中怀着恶意的满足感，愣得一下子说不出话来。

但她父亲很快醒过神来，大呼道："什么意思，范崇？我们是领兵反皇帝，而不是互相对抗的。"

"恐怕我不是对自己的朋友先动手的人吧。"范崇说，他虚假的遗憾几乎掩盖不住他的喜悦。

杨重立刻知道事情已经没有转机，特别是发现洪翩坐在范崇身后时。

"老家伙，我们同意为了起义大业，我们之间不会争来夺去。你在指责我什么？告诉我，让我至少也能辩白啊，我们能重新解决手上的问题。"

范崇转向洪翩，洪翩递给他一卷写在绢布上的信："我想你认得这个。"

"我们一无所知。"庞碧上前站到丈夫身边。她冰冷的目光扫过站在面前的所有人，杨晶纳闷他们怎么还没下马，立即向她父母道歉。

"我们当然想到了你们不会承认的。"范崇面带忧郁地点点头说道，"即便是条出卖人的走狗也必须保持自己的尊严。"

杨重强压着自己的怒气，没有举剑向对方扑上去。

"不允许你到我家中来冲我泼脏水。如果你打算向我挑战，我一定很乐意跟你过招。否则的话，我要求你今天讲清楚为什么一大早会在这里。"

"我向你保证，杨重，我可不是轻易用'叛徒'这个词的。我有很好的理由用这个词，证据是你不承认的这封信。这里面的信息足以证明你正在密谋反对起义，准备向京城报告我们的行动。也许你希望皇上能封你个侯？"

无论杨重还是他女儿在这种指责面前都说不出话来，甚至不知道该如何应对。幸运的是庞碧能应对，她大笑着摇摇头："范崇，如果你不是编出这封荒谬的信的人，那么你至少已经被骗了。你不记得是谁第一个呼吁重新起义的？我们为什么要搞出这一些麻烦来？多年来，我们一直很满足于生活在自己的土地上。都是因为皇帝的威胁，我们才愿意拿起武器。你有什么证据证明这封信不是伪造的？"

令他们吃惊的是，范崇的决心看上去并没有被动摇："随便你怎么说吧。证据如此确凿，连你自己的弟弟都相信你们是有罪的。"

"什么？"庞碧问，深感震惊。

庞安催马向前，与范崇并排着。他看着有些愧疚，但仍然语气坚定："我差点儿也无法真的相信它，亲爱的姐姐。当事实如此清楚地摆在面前，你要我怎么相信你？"

庞碧再次开口说话的时候声音很冷："看来血缘毕竟对你不意味着什么。范崇给了你什么，兄弟，让你成为一只这么听话的狗？"

"你骂吧。"庞安叹了口气说，"也许是我活该。我毫不怀疑你是不知情的，只不过你丈夫如此贪婪，明智之士已经决定最好不要冒这风险。"

"除了薄如蝉翼的一页伪造的书信之外，我没有看到还有什么针对我们的证据。"终于，杨重说，他的声音低沉而充满危险气息。

范崇把一卷书信收了起来，放进怀中，近乎蔑视地笑了笑。还没等他开口，杨晶已经知道他会说什么了。尽管如此，他开口的时候他们仍然觉得震惊，他说："我们知道这定是真的，因为是洪翩提请我注意的。"

仆人们一起倒吸了一口气，连庞碧和杨重都一脸震惊，对视了一眼。当然，他们也无话可说。因为很难说洪翩会破坏自己的起义，杨晶想不通其中的动机。后来才从父亲口中明白了此举背后的阴谋和算计，杨重发现了洪翙的秘密，所以洪翙不得不毁掉杨重。

"我知道没有什么可以证明我的清白。"杨重说，他环顾四周聚集着的众人，坚定地对上了他们的目光，"但我确实是无辜的。"

"你这抗议来得太晚了。"范崇说。

杨重不理范崇的话："照你的意思拿我们怎么办？"

"别担心，没什么，还不会有什么。"范崇回应，"我们会把你和你的家人软禁在主屋中，我们会安排士兵时刻看守，所以别想着逃跑。您的忠实的奴仆们会被安排到其他地方。其他的人不知道你做如此羞耻之事，放心你们不会受到伤害的。你的命运将在我们胜利的那一天决定。你好自为之吧。"范崇勒转马头，挥手让他的人执行命令。

士兵们赶走了仆佣，走过来押着他们三人回自己的屋子，杨晶将目光定定地对准了她舅父。为了表明自己是一个真正勇敢的人，他对上了她的目光很长一段时间。不过最终，他垂下眼帘，传达着歉意。

大部队轰隆隆地离开，带走了他们所有的仆人和牲畜，留下了几十名士兵守住他们，杨晶和她的父母坐在客厅里在震惊中沉默着。第一天，他们没找到什么话说。在接下来的日子里，连庞碧也麻木地走来走去，心不在焉地养着花，看着书。

最后，他们聚在一起，讨论如何应对。杨重讲述了他是如何发现洪翙的问题的，他的妻子和女儿立刻明白了个中玄机。

如果洪翙不是他自称的那个人，那他挑起叛乱是有自己的目的。事实上，有可能皇帝从未下令屠杀洪翙全家。可是他们没法解释这年轻人为什么和洪翙如此相似。他们三人沉思着，做了种种设想，但现实是他们被软禁在自己家里了，什么都做不了。当然，杨重和杨晶对于逃出去有足够的信心，但这又有什么用？他们在外面跟在这里同样使不上力。再也没有人会听他们说什么了。这起义应该已经无法回头了，哪怕最初是始于一个假象。

他们唯一的选择是让对他们的指证坐实，这将使他们成为真正的叛徒。但一天天过去了，杨晶越来越觉得这个想法有吸引力。她赶走睡意，梳洗一番去了客厅。她的父母坐在屋中，手中抱着书。见她进来，他们苦笑了一下，她的母亲说："你昨晚睡得好吗？"

"想都想得到吧。"杨晶回应，"我猜看守那儿没什么希望吧？"

她父亲摇了摇头："看守们都是范崇的人。几乎不理我们，更不用说听我们讲道理了。"

"所以这条路不通了。我们还有什么别的选择吗？我们不能坐以待毙。"杨晶说。

"有一个想法，我一直在琢磨。"庞碧说，见父女二人向她看过来，她又说，"不过想溜出去可不太容易。"

"肯定马上会有人来追捕我们的。"杨重叹了口气说。

"我们无须全都走。"庞碧说，"如果我们只走一个，没有人会注意到。"

杨晶明白了母亲的意思。她考虑了一下，觉得母亲说得对。守卫几乎与他们没有交流，只是守在门口，以确保他们不会轻举妄动。如果他们问起，一般来说也不太可能，她父母可以说她生病了。

"在夜色掩护下，守卫不会注意到我溜走了。但出去了能做什么？"杨晶说。

"你可以去联系我的人。"杨重说，"不管有什么样的证据放在面前，但有些人是不会相信我是一个叛徒的——死忠啊。"

　　"我要求他们做什么？我们的困境还是解决不了。我们没有足够的力量阻止起义，而且我们也不能去报官。即使官府相信我们，恐怕双方也会有恐惧和伤亡。"

　　"最起码，你可以调查事情进展如何。"庞碧说，"在过去的五天里，我想我们错过了许多新的动向，我们需要这些信息来决定该怎么做。"

　　大家意见一致了，接下来做各种准备和计划。最起码，这给了他们一些事情做。他们一起列出了一个可供杨晶联络的名单，也准备了一个包袱带上些常用物品。因为偷偷回来要难得多，所以她不打算经常回来。

23^章

小龙她们三个姑娘走了之后，班超和刘阳互相看着对方。

"我们干什么呢？"刘阳问道。

"不知道。"班超回应。

"得想点什么事情出来，不然她们会取笑我们不充分利用这短暂的自由。"

"你这么说的话，我还真觉得挺紧急的了，还是想不出做什么好。"班超笑着说。

于是两人无所事事地坐了好一会儿，想不出好主意，直到刘阳有点厌烦了："出去转转吧，了解一下城市；或者碰上一桩什么案件也好让我们自己有点用处。"

"碰上这种事件的概率不会太大。这也可能违反我们不惹事的承诺。"

"她们遵守承诺的几率有多大？"刘阳问道，随即站了起来走向门口。

"如果她们自己没有跟叛军硬碰硬，我还真觉得惊讶呢。"

"正是，我们也不会有什么两样。"

"但我觉得你的逻辑有问题。"班超说，"当大功告成，她们解释起来的时候，一定会说她们的违约是情况紧急，迫不得已，而我们不遵守诺言会惨不忍睹。"

"我们应该放弃吗？"

"当然不是。只是说我们应该做好心理准备。"

"事到如今，我们早应该练就这本事了吧。"刘阳说。

"的确如此。"

最后，刘阳和班超没有在临淄街头发现任何罪案。或者说，没有看到些值得插手的事情。班超只是发现了一些扒窃而已，还有江湖郎中推销特效药给不懂药理的客人。这在一个繁忙城市街道上很普遍，不足以让他们出手干预。虽然其中一个卖假药的男子让班超特别烦，但他们还是继续向前走。

中午刚过，二人走完了城市的主要大路。下午，他们坐在两幢大屋之间的茶楼的二楼上。这家店很清静，二人便选择了一个临窗能看到下面街道的座位。

班超和刘阳基本上是孤孤单单地坐在茶楼里。很长一段时间，两人默默地坐着，喝着茶，看着外面的街上。窗下没有什么特别的事情发生。

过了一会儿，班超笑出声来，见刘阳看他，便说："觉得自己像一个老人。"

"你说得对。"刘阳咧开嘴一笑说，"再有几十年，我们会这样坐着捧着杯茶，不知道往哪里看。"

"我还是不相信这是我们想出来的最好的主意。"班超说。

"我也很失望。别告诉她们，第一个下午我们是这么过的。她们该有多得意。"

"说实话，我还是挺满足的。"班超向后靠在椅子上，举起茶杯，"也许是喝了茶的关系吧，真喜欢坐在这里，什么事也没有发生。"

他们坐了几个时辰。茶楼角落里的一个年轻人抬起了头，看看身边几乎空空如也的茶楼，眨了几下眼睛。然后便重新把头低回桌上，凄惨地叹息一声，嘴巴对着手臂，含糊不清地喃喃地念了一首诗。

刘阳和班超听到了之后，看看对方，一致同意反正无聊，可以问问年轻人因何事烦恼。于是，刘阳站了起来，大步走过去，俯身拍了拍年轻人的肩膀。

过了好长一会儿，年轻人才抬起了头，笑笑："对不起，是我打扰了两位吗？"

"不，一点也没有。"班超说着也走了过来，"只不过你念的这诗，叫我们不禁觉得这背后是否有一场巨大的悲剧。"

"对我来说是的，但不觉得跟你们有多大关系。"年轻人说。

"有什么可以帮忙的吗？"刘阳问道。

年轻人笑了起来，一边擦着眼睛一边说道："听了我的故事，你们就不会这么说了。请坐吧。"

刘阳和班超坐了下来，介绍了自己。年轻人告诉他们自己名叫柯南育。

"幸会。"班超说。

"喝茶吗？"南育问。

刘阳拎起茶壶，替每人倒了一杯热气腾腾的茶。

然后南育低头看着茶杯，开始了他的故事："我出身于书香世家，你们可能从我的穿着上看得出来。从记事起，我们家一直以文为生，替有钱人家做事，做家庭教师或者是师爷。生活不奢华，但觉得够好了。我家上几辈的祖先中，一位靠着一个及时的建议替家里赚了一块地，从那之后，世代居住在这块地上，也算得上个小贵族了。我的祖父不但是个不错的生意人，还是一名出色的史学家。从我们的土地上收来的钱，继续积累家族的财富。到了今天，我们在镇上有一幢大宅子，还有十几间客栈和酒馆。祖父去世之后，一切传给了我父亲，将来又会传给我。可是我的叔叔，反而不是我父亲，继承了祖父做生意的本事，所以由他打理。这让叔叔觉得自己有资格继承产业，所以当我父亲意外去世之后，他便夺走了一切，还伪造了一份遗嘱，将他自己定为继承人。"

"官府帮不了你吗？"刘阳问。

南育笑着摇了摇头："虽然我也知道结局，但我还是首先这么做了。可我叔叔只需买通官员就行了，官员装模作样地审了案。我现在已经恶名在外，留下了诬陷一位正直良民的记录。"

"你接下来打算怎么办？"班超想知道。

年轻的书生耸耸肩，一口喝干了茶："已经无计可施了，我还能做什么呢？律法不在我这边，我自然也没有钱。我只有点智慧，帮不上忙。好在，我的簿记本事是全镇闻名的，一家富户愿意雇我。我会有体面的生活吧。"

刘阳看着班超，班超歪着头，仿佛在问为什么不能帮帮年轻的书生。刘阳转头对书生说："我们决意助你赢回你的遗产。"

年轻人一开始不知道说什么好，但随后笑着摇摇头："这样拿我取笑是很残酷的事。"

"不是开玩笑。"班超说，"我们完全是真诚的，打定主意要帮助你赢回理应属于你的东西。"

当南育终于明白他俩是认真的，震惊得跌靠在椅背上："我不能这样要求。我们萍水相逢，我断不会提出这样的要求。"

"你无须提出要求。"刘阳说，"希望你能保守秘密，我们是世袭官侯。现今在天下历险，路见不公之事，理当匡扶正义。我们不介意为你的困境提供帮助。"

南育看看班超，班超也点头表示同意。

"我不知道该如何表达感激之情。"

"不要为这种事情烦扰了。"班超说，"还是告诉我们该如何帮你吧。"

"老实讲，我也不知道。这几天，我的头脑中充满了疯狂的念头。虽说他给我带来了如此的命运，可他仍旧是我叔叔，是我的家人。"

"可以不使用暴力对付你叔叔。"刘阳说，"有什么可要挟他的吗？"

南育睁大了眼睛，似乎想起了些什么："我一直对他经营生意的方式有所怀疑。他根本不是我祖父一样的生意高手，可是却能赚到双倍的利润。我父亲把它归结为运气，所以我从没质疑过。但有一次，我无意中听到叔叔和他的一名手下之间的谈话。原来，我叔叔一直让各种犯罪组织在我们的客栈和小酒馆里接头，收他们的钱。他们向他行贿让他不告发，还把跟他们狼狈为奸的官员的名字告诉他。然后，我叔叔就敲诈他们，让他们帮忙，介绍客人，或者蒙骗赋税。"

"这倒是个相当精细的计划。"刘阳说。

"危险的聪明人。"班超补充道，"我敢肯定，把他拉下马的话，一些官员定会感激的。"

"就是说你已有计划了？"南育问。

"还在想计策。"班超承认，"我从一个朋友那里学到了些技巧，肯定用得上。首先我们去你叔叔的屋中探一探，看看能找到什么证据。"

"你觉得我叔叔可能会留下这些信息吗？"南育问。

"肯定值得一试。"班超说。

　　南育点点头，说："好吧。天一黑我带你们回我家的宅子。我们有护院，不过很小的时候，我在墙底发现了一个洞。"

　　刘阳笑了："这一点你不用担心，我的朋友能从墙上直接飞过去。"

24^章

夕阳西下时，小龙她们来到镇上准备投宿。当她们沿着繁华的大街道漫步时，发现这里和骑马路过的其他地方并无不同。没有看到有人挑事儿，没有人鼓动造反，也没有情绪被煽动起来的迹象。事实上，甚至比路过的其他一些城市更和平一些。

但她们知道，表象可能会具有欺骗性，所以小龙她们并没有评论镇子的宁静。进镇之前，她们刚刚查过地图，所以知道怎么走。她们很肯定地转弯，看着周围的一切，仿佛她们原本属于这里。这个镇子很大，一般不容易辨认出镇民和生人，也没有人会多看小龙她们一眼。

没多久，她们来到了当地一家有名的白鹤餐馆。朱成走到门口柜台前，说她们预订了第七十四号桌。餐馆伙计带她们三位姑娘上了二楼，引到临窗的一张桌子旁，恭敬地点点头才离开。

她们坐下后，朱成扫视一圈身边的客人。趁人不注意，伸手到桌子底下取出了一张字条，读了一遍递给了可兰，可兰轻笑了一声。这是她们的眼线留的，他也是这一带最高超的一名暗探。条子说，他黄昏时到。此外，还推荐了几道菜。

小龙细读了字条后，抬头看着她俩，深感佩服："你们怎么安排好这一切的？"

"这是我们所有的暗探在这一地区的据点。前面柜台上的人不知道任何机要信息。他需要做的是让需要彼此传达信息的暗探们沟通，确保有一个安全、高效的方式。"可兰说。

"这字条？"小龙问。

"这也不是什么复杂的事情。"朱成向她保证，"出发前我传讯息给联络人，告诉大概哪一天我们会到这里。"

小龙笑着摇了摇头："你确切地知道我们哪一天能到这里吗？"

"别让她开讲。你我都明白。"可兰笑着说。

"你深深地伤了我的心。不过我暂且原谅你，因为我们是在办案。"朱成说。

"你从来没有告诉我这个计划。"可兰说，"他会这么上楼，坐下来吗？"

"差不多这样吧。"朱成说，"但中间好像有些细节上的变化。我当然不知道这个人长什么样，但我敢打赌，坐在我们后面第三张桌上的那个人就是暗探。他身着褐色衣衫，面对着我们，看见了吗？"

"看见了。"小龙说着用眼角余光瞟了过去。

"他在干什么？"可兰怀疑道。

"在观察我们。读你的唇语，毫无疑问，因为只有你座位的角度合适。"朱成心不在焉地说，又为自己斟了杯茶。

小龙挑起眉毛："你之前不打算告诉我们吗？"

"你知道，亲身经历是了解一切唯一的途径。再说，可兰也没说什么大逆不道的事，不是吗？"朱成问道。

"等等，现在让我尽力回想一下。"可兰说着回顾了之前的谈话。

"你没有。暗探不知道我们是谁。他唯一想知道的是负责暗探系统的首领为什么派我们三个人来跟他见面。"朱成说。

"你觉得如果我们告诉他，他会相信吗？"小龙问。

"我很怀疑，所有的报告显示他是个讲道理的人。"可兰说着把嘴挡在茶杯后面。

"好极了。"朱成叫道，"你已经找到窍门了。我还是个不错的老师。"

"把我们扔进这样一个局面里，又不提供指导这可不是教。"小龙指出。

"废话。我娘就是这么教我学游泳的。"朱成说着，使了个眼色，让她们知道她只是在开玩笑。

随着时间的推移，她们周围的客人都吃完陆陆续续地走了。小二来了又去了，上了菜，也清理了旁边桌上的碗碟。太阳完全下山了，人群渐渐散去，小二也没有再带客人上二楼来。

终于，当马路对面的店主点亮了屋外的灯笼时，最后几个客人站起身，下了楼。这样只剩下三位姑娘和她们的暗探。小龙拿余光瞟着他，见他正冷静地咀嚼着食物，仿佛四周的世事与他无关。

像是猜到了她们二人的心思，朱成说："等他先跟我们打招呼。"

"这样我们占据主动权。"小龙说。

如果不是看着会不雅朱成可能会鼓掌："你们两个几乎不需要我了。"

"反正跟我们平时忍受的废话也差不多。"可兰说。

又等了一段时间，她们自顾自聊着。暗探终于站起身，大步走过来，三位姑娘都没有反应。小龙抬头看着他，又低头看看一张空凳，邀请他坐下。

暗探乖巧地点点头，自己坐了下来："你们是京城来的人，是吧？"

"这可能对你来说是权限之外的机密。"朱成带着一个天真的笑容对他说，"不过来吧，先谈事再喝个一醉方休。"

"至少你很直接。"暗探抱怨，"我以前遇上的一些人大多坚持先完成必要的程序，哪怕我们之前见过面。我真的想亲手掐死一个想出这些口令来的肥头大耳的官员。我们在现场出生入死，他坐在皇宫里，身边堆满了书籍档案。"

"我也经常有这种抱怨。"朱成表示同意，"无须担心，我定将你的意见向上级汇报。"

"或许还可以传达一下我想多些津贴好早些退休，我已经太老了。"暗探说。

"我想这将取决于你过去暗探工作做得有多好。"可兰说。

"哦，相信我。我自己挣到了我应得的。我已经打入了叛军的内部。"暗探说。

"这叛乱究竟有多严重？"小龙问。

他叹了口气："已经比我最初想象的更加严重，一切始于洪朋子全家被杀。"

朱成猛地抬起头，向可兰和小龙飞快地瞥了一眼："赤眉运动的精神领袖？"

暗探笑了，接过小龙递过来的茶杯："你知道他们？我还以为你们不知道呢，毕竟这是你们出生前的事了。"

"你知道开朝前的一些战争故事吧，当然你可以不必亲眼去看七十年前的事。"朱成冷哼了一声评论道，"虽然我们还很嫩，但还是做了不少功课的。"

暗探捋着他黑色的大胡子笑了出来："想了一想，我还是挺高兴主上派了你们三个出来。跟我被逼着打交道的一些人相比，你们真是相当稚嫩，但我觉得你们不是新手。"

"我对你观察能力的评估有所提高。"朱成说。

"我最好得证明自己是有价值的。"暗探说，"我一直没能找出真正杀死洪朋子和他家人的真凶，但这已经不重要了，因为赤眉旧部的领导人都起来了，并开始集结旧部。这个家族先祖中有一位曾经被住在这一地区附近的人敬为神，所以也已经赢得了不少农民领袖的支持。洪朋子的第三个儿子是家中唯一幸存的，他现在成了农民义军的焦点和少主，农民和赤眉旧部的领导人已经宣誓效忠他了。"

"你见过这少年吗？"小龙问。

"只见过两次，他名叫洪翩。但我可以告诉你，他沉静的领袖气质，很能激发农民的热情。他自己本身也是一个功夫极强的高手，这也为他赢得了领军主帅的尊重。"暗探回答。

三位姑娘坐下来消化了一下这些信息。最后，可兰问道："有多少人？"

"我的最高估算，他们可以在短时间内聚集起五万人，多数是缺乏经验的农民。他们正在接受训练，但不足以让他们成为一支真正能战斗的部队，一旦遇上训练有素的正规军他们会被击得粉碎。"暗探回答。

"希望不会到那一步吧。领导之间是否团结？会不会像上次一样内讧而让运动遭遇失败？"小龙说。

"起初，我也以为他们已经解决了内部问题。"暗探说，"但随着时间的推移，裂缝又出现了。他们有着共同的目的，也有着一些足以制敌的高效手段，但他们之间有太多的旧伤宿仇和明争暗斗。事实上，前几天发生了一件极不寻常之事。杨重被指控为叛徒，并被软禁了起来。"

"这太不可能了。"朱成说，"他是组织中地位最高的人之一。"

"不仅如此。还是他首先召集义军领导人会晤的，他远不是一个愚蠢之人。我看不出他怎么会自置陷阱，自投罗网。"暗探说。

"我也想不通。"小龙同意，"我好像记得他在组织内部有不少争权夺利的对手。范崇是吧？你觉得会是他有意安放的证据吗？"

"我想不出其他更好的解释。"暗探说，"不过说实话，看上去又不像是杨重的手笔。整件事实在是太聪明了。有人放了证据让洪翻自己找出来的。他带着罪证去找范崇，范崇当然乐意把杨重和他家人都拘起来。"

"这是个令人费解却又极有效的计划。"可兰若有所思地说，"不会有人指责洪翻企图破坏他自己的起义。实际上这又可能破坏了整个行动。你知道谁最有可能希望起义失败吗？"

"想不到有什么人。"暗探承认。他没有更多的信息了，所以谢过他，又向他允诺他的努力工作定能为他带来很好的回报之后，她们便打发他走了。

有好一段时间，她们默默地坐着，考虑着下一步行动。

"我大概想得出谁知道更多一些。"朱成终于说。

"杨重？"小龙问，见朱成瞪着她，她笑了，"我抢了你的风头？"

"这本身并没什么。"朱成说，"我是担心我越来越会预测了。"

"这也不是什么疯狂的想法。这是唯一合乎逻辑的。我怀疑到了这会儿他对自己的旧部还有多少感情。说不定他还真愿意叛变呢。连我都想到了这一点。"可兰说。

"也算合理吧。"朱成站了起来,拿起剑,"咱们去杨重家走一趟吧?"

"我想是吧。"小龙同意,"越早获取我们来此所需的信息,就可以越快离开。我有一种感觉,不管我们怎么跟刘阳和班超说,他俩都会惹出麻烦来。"

"可能把他俩单独留下确实不是最好的主意。他俩可能去替什么人出头了。"可兰说。

"刘阳和班超应该照顾得了自己一小会儿的。"朱成说。她一脚踏上窗台,然后上了屋顶。小龙和可兰跟在她身后,潜过了几座屋之后,重新回到街上。虽然不太可能有人会跟踪,不过还是谨慎些好。

由于是日落后不久,她们很快融入了来来往往的人群中。她们手头行李也轻便,无须投栈,直接去了杨重的地界。

一离开了小镇,她们便离开大路,在草丛中行进以避开行人。她们也无须害怕歹徒,可现在有事在身,没时间炫技以吸引别人的注意力。

她们的脚步很快,迅速地来到杨家封地的地界边缘。正如预期的一样,她们没有遇上任何守卫。不用说,其他首领已经接管了杨家的人马。她们穿过农田以防万一,很容易便掩藏在阴影中。不一会儿,她们看到远处的大屋,越接近就越放慢速度,发现有一群守卫聚在门口,显然是对自己的岗位深感无聊。

她们三人躲开正门,蜿蜒向宅子后面走去,轻松地翻过了围墙,再向最近的屋子冲去。这里恰好是正房,看来很可能杨重和他的家人被软禁在这里。还真的是,窗户中透出的灯光似乎证实了这一点。

朱成伸手打开了最近的一扇窗子。窗子推开之后，里面是一间只点着一盏油灯的书房。她一跃而入，无声地落了地，小龙和可兰也紧跟在后面跳了进去。

最后一个进来的可兰转身去关窗子，突然听到走廊里传来脚步声。她小心地掩上了窗户，跟上她俩躲进了角落里。随着脚步声越来越近，对话声先传了过来。

"易若会好好接待你的。"她听见杨重低沉的声音说，"他一直是我最好的朋友。"

"我当然知道，父亲。"一个女子的声音道。

"比我们自己的血亲还要亲。"另一个声音说。

"不能这样怪你的兄弟庞安。"杨重说，"他们把证据放在你兄弟的面前，他无法反驳。"

"从来没有想到有一天你会为我的弟弟说好话。"杨重的夫人说。

"哦，太好了。"女儿戏谑地说，"在皇帝决定处决我们之前，还有短短的时间扮演幸福的一家人。"

他们说着话，离房间越来越近了。他们走到窗口，杨重向窗外望去，挥手叫女儿过来。她走上前去，一只手搭在窗台上，显然打算跳出来。

"在外面别太冒险了。"杨重告诉女儿。

还没等杨重女儿做出反应，朱成就从角落里走了出来，清了清嗓子："在你们离开之前，我们想和你们聊一聊。"

杨重和他女儿迅速转身，抽出了剑，警惕地看着小龙她们三个，但似乎又有些困惑。

"你是在等更厉害的刺客吗？"朱成回道。

"你们是刺客吗？"杨重的夫人问，"你们看着不像刺客。"

"这就是关键，不是吗？"朱成评论。

小龙打了一下朱成的肩膀，责备地看了她一眼："请不用理她。我们对你们没有恶意。我们从京城来，只是想和你们谈谈。"见他们似乎并不是特别相信的样子，小龙叹了口气。她举起剑鞘给他们看过，然后把它靠在旁边的墙上。考虑了一下之后，朱成和可兰也照样做了。

"请你们现在也放下剑，我们只想问你们几个问题。"可兰说。

"我们为什么要配合？"姑娘说，"首先，你应该回答我们的问题。"

"好吧。"朱成说，双手交叉放在胸前，"想问什么就问吧。"

"你们是谁？"杨重质问道。

为了能继续谈下去，可兰报上了她们的假名。然后，她把注意力转到姑娘身上，她看上去比她们长几岁："如果我的功课做得不错的话，你一定是杨晶。而你的母亲是庞碧，是著名大将军庞安的姐姐。"

"看来你已经知道不少关于我们的事。"庞碧说。

"这是我们的分内之事。毕竟是大内密探。"小龙告诉她。

"如果你为皇帝做事，已经知晓了叛乱，还在这里做什么？你何不通知官府把我们抓起来？"杨晶说。

"你们自己的一些同伴已经把这事做了。"朱成说，"否则你不需要逃跑了，不是吗？"

"对，但你们想要我们做什么？"杨重问道。

"我们真的只是想让你告诉我们你所知道的情况。"可兰说，"我们要制止这场叛乱，以免有人受伤。"

杨晶和她的父母面面相觑，像是在以目光交流。然后，她和父亲放下手中的剑。庞碧说："跟我们来吧。去客厅更好说话。"

大家鱼贯走出房间时，朱成拿起剑问道："我现在可以碰这个了，对吧？"见别人都看着她，她叹了口气，说，"好吧，好吧。现在是谈正经事的时候，我知道。"

"你们不像我认识的朝廷之人。"杨晶说。

"你确定吗？"朱成问道，"你猜我们是怎么知道这里有叛军的？"

"虽然你们口口声声说需要我们的合作，但你们好像已经知道不少。"庞碧说。

"这没错，我们是知道不少关于叛乱的事。"小龙说，"我们知道洪朋子死了之后，是你们联络了赤眉运动的其他领袖。我可以向你保证，朝廷跟此事毫无关系。"

"我们也知道，叛军现在由洪翮主领，至少在名义上。"可兰补充。

"你说错了。"杨重说，"其实，被人视若精神领袖的少年根本不是洪翮。"在此话一出引来其他人的震惊时，杨重微微一笑。大家坐了下来，听他讲述了这番话背后的理由。

他说罢，庞碧道："你们欠我们一个解释。你要我们怎么做？又为何悄悄潜入我们家中？"

作为回答，可兰直接抛出了在来的路上准备好的故事。她说的大部分是真实的，只是没有告诉他们全部："像之前说的，我们是大内密探，不是寻常的朝廷官员。"

"早看出来了。"杨晶说。

"我们来的唯一目的是阻止叛乱发生。被授权使用任何可用的方法完成这一使命。我们可以向你们保证，皇帝手下的任何人都不曾对洪家或者任何前赤眉运动领袖下过手。皇帝赦免所有人时，是说到做到的。"可兰说。

"结论是，这个扮作洪翩的年轻人是给你们带来死神的人，他身后必定还有人。"杨重说。

"可目的又是什么呢？"小龙问，"难道说煽动叛乱只不过是为了其他目的而制造混乱，还是说这个年轻人真正的意图是推翻朝廷？"

"我们一直没能看透扮作洪翩的年轻人。"杨晶道。

"等等，"庞碧说，"在继续讨论下去之前，我要知道你们打算拿起义军和起义军领袖怎么办。"

"说实话，这取决于能否迅速瓦解叛乱。"朱成回应，"如果能在这场凭着一个虚假的借口发起的叛乱开始之前平息的话，就可以把这事掩盖起来。但如果农民军发兵，军事冲突已起，那就可能需要有人出来担这个罪责。朝臣和民众定要血债血偿的。我们不希望走到那一步，但你们比我们更清楚，所以现在仍然有可能在流血前遣散叛军吗？"

"五天前是完全可以的，我可以确定地说。"杨重说，"农民士兵都被训练好了，旧部老兵们也都做好了战斗准备。尽管洪翩在扮演着一个假的精神领袖，可在领导层和队伍中仍然存在着不团结。现在，我和家人已经不在领导层，鲁莽激进的一派已经控制了局势。"

在斟酌了一番之后，大家决定，最好还是先去查查目前叛军的进展如何，再决定之后如何做。最终，确定了杨晶和她家人制订的原计划是可行的。但杨晶现在不是单独行动，将由小龙她们一起陪同前去。

　　杨家人似乎很乐意配合。可兰以前见过一些出于自身利益考虑愿意赌一把的人，但杨家三人表现出来的诚恳获得了她的尊重。她可以想象当年杨重是如何在起义军中升到重要的位置，他曾经离建立自己的王朝那么近。

　　她也很容易明白为什么任何恶棍都会想要尽快摆脱杨重。如果没有杨家人，洪翩或者说冒名顶替者将凭借着新攫取的力量轻易地获得王冠。

　　讨论完了之后，大家一起回到最早遇上杨晶和她父母的书房。小龙她们几个一个接一个地跃出了窗户。杨晶与父母告别，也跟着出了窗子，她很容易就跟上她们的脚步。她们一起翻出了围墙之后，向着易若家的方向走去。杨重之前说的话还是有用的，他会是他们探听到更多有关叛军情报的最好起点。

25^章

差不多同一时间，班超和刘阳以及他们的新朋友南育在临淄也忙着秘密行动。他们一起来到南育家的旧屋，就像以前朱成多次教的一样先观察着地形，班超觉得他能将朱成教授的知识学以致用，她应该颇为自豪的。

当他们终于准备进大宅子时，南育道："也许我不应该去。"

"你怕有人会认出你来？"班超问道。

"正是。我差不多一辈子都在这大宅子里长大。"南育说，"我反正也做不到轻手轻脚的，我怕到时给你们增加麻烦。"

"这也合理。"刘阳说，"你可以讲讲宅子里面的布置。"

南育把他们需要的信息细细讲了，包括他叔叔的书房位置。

"留在这里别动。"班超说。

"我们等宅子里静下来了才行动。你先放松一下吧。"刘阳说。

当他俩又重新回到了大宅子，班超问道："要把这事告诉小龙她们吗？"

"取决于接下来会发生什么。"刘阳回答。

"想得周到。"班超说。

他俩翻身跳过围墙，藏身在灌木丛中观察了一阵子。

大宅子看起来大抵跟任何其他富商的大院相仿，几栋屋子散落在一个由园丁打理的中央庭院四周。除了主屋之外，大多数屋子平短，呈正方形，主屋的入口正对着宅子的大门，几个打手站在大宅的入口处，没有人巡逻，班超知道在宅子里面一定有侍卫。

因为时间还早，宅子里的每一盏灯好像都亮着。时不时地，可以看到房子里有人走动，隔着窗子投下一个个模模糊糊的影子。

似乎过了很久很久，天空中的月亮已经升得很高，灯光逐渐熄灭了。正当刘阳准备轻轻推一下班超，问他是否应该开始行动了时，正门传来了敲门声。

"已经时近午夜，"班超低声说，"谁会来？"

一名打手上前将厚重的木门打开一条缝，站在门边与外面的人轻声交谈了一阵，才把门打开。

一个身材高大、眼睛晶亮的男子走了进来，身后有一群打手跟随着。他由家中的几名佣人陪着，一群人直接向大屋走去。

从他俩的位置，班超和刘阳看不见大屋的正门，但能听见两人说话的声音，知道主人正在请来人进屋。门关上后，打手回到了自己的位置守夜，班超和刘阳互相看了看。

"这么晚了，可能是犯罪的同伙吧。"刘阳说，"要不明天再来？"

"这活儿只能夜间干。"班超说。

"是的。再说南育的叔叔此时不会在书房中。"

"动手吧。只要我小心些不打翻什么东西，咱们可以神不知鬼不觉地进去又出来。"班超面带微笑，悄悄掩向屋子，尽量躲在阴影里并以最快的速度移动。

刘阳等到打手们的脸别了开去，才跟在班超后头跑了过去。当他赶到大屋旁，班超已经抽出了一把匕首，并打开最近一扇窗户上的锁门。他带着一贯紧张严肃的表情忙活着，窗子一会儿被打开了。见窗口通向一间半满的储藏室，班超和刘阳冲对方咧嘴一笑，然后迅速爬进了储藏室。

关上并锁好了窗户之后，他俩蹑手蹑脚绕过大门周围的地上堆放着的麻袋和箱子，从房门底下渗进来的闪烁灯光得知外面走廊上点着火把。

他俩有足够的耐心，扒在门上听着，直到肯定走廊上没有人经过，班超才按住门把手，轻轻地打开门。门没有发出咯吱声，班超飞快地往走廊上探头。见走廊上还是空空荡荡的，他俩便悄悄走出储藏室，沿着走廊走去。

一路走着，一路竖起耳朵听着随时可能出现的脚步声。他俩一路记着声音传来的不同方向，很快来到南育描述过的一幅画前。班超一看见画，便停下来判断着自己的方位。朱成沿着屋子走上一圈就能绘出平面图来，之后的一周之内也不会忘记，她的这种技能班超永远是望尘莫及的。不过经过了各种历险之后，班超还能顺利完成现在的任务。

刘阳耐心地等着班超决定朝哪个方向走。他俩蹑手蹑脚东转西转，刘阳感到十分紧张，生怕下一刻会有侍卫或者佣人出现。

班超自己做过多年的小偷，所以他的经验更多一些，总是留心着附近的藏身地点以防万一。有一次，听到有脚步声在离他们最近的走廊里急促地传来，班超挥手让刘阳躲进一个空房间，身体紧贴在墙上，直到脚步声消失。

刘阳跟在班超身后，感觉到心脏怦怦直跳，好在没多久他们就找到了书房。走到书房门口，班超轻松地撬开了锁，他俩手忙脚乱地进了书房。

守卫神

整洁的书房里，书桌上点着一盏灯。书房跟班超想象的差不多奢华。桌子和椅子是用贵比黄金的大红酸枝制成，墙上挂着历代主人的画像，屋中也摆满了贵重的文玩。

此刻他们对这一切都不感兴趣，毕竟来此是有重任在身。他俩冲对方点了点头，分头开始搜索。搜遍了书房的每一寸表面，没有找到南育提到的簿记。班超甚至尽力地启动了触动暗格的能力。

"你棋逢敌手啊。"经过一段无果的搜索之后，刘阳说。

"也许真的不在书房。"班超提议。

"能在哪里呢？"

"不知道，但我讨厌空手而归。"

"我也是，今天晚上没法搜遍整个屋子。或许可以换另一种方式。"

"什么意思？"

"如果我们欺骗他叔叔向我们出示那本簿记呢？"

班超想了想，似乎明白了他的意思："给他叔叔设个骗局？"

"正是。可以假借生意与他会面，假扮一个想与他合作的官员之类的。"

"这个主意不坏。"班超承认，"只是得好好考虑考虑。不知道我自己演不演得像。"

"应该不难，我们一路已经见过够多的骗子了。"

他俩对着话，忘了留意门外的声音。当听到钥匙插入锁孔的声音时，完全被搞了个措手不及。他们刚转过身，正巧看到一位与南育长得颇像的中年男子打开了书房门。忽然间，大家只是站着，一下子被吓到了，都没想着惊叫喊人。

男子的眼睛终于飞快地朝书房墙上的一幅画扫了一眼。这足以提

193

醒班超，猛扑上前，把南育的叔叔拉进了书房。班超伸手捂上男子的嘴，所以他只能发出些呜咽的声音，然后伸指点了他的穴道，令他既不能动也说不了话。刘阳这时纵身向前，关上了门，路过的人无法知道书房内的事。

刘阳和班超这会儿呼吸急促，警惕地面面相觑。班超已经制住了南育的叔叔，放开了他，退后几步。"白计划了半天。"他自己低声说。

"是啊。"刘阳同意道。

两人平静一些之后，班超说："你看到他望向何处了吗？墙上的一幅画。"

"你觉得画后有东西？"刘阳问道，"记得朱成说已经很少有人这样了。太明显了。"

"检查了吗？"班超问道。

"我没有。你呢？"

"我也没有。"

他们对视着叹了口气。

"觉得自己像个白痴。"刘阳终于说。

"好吧，让我们先搞搞清楚是不是这么回事。"班超说着走到画前，把它卷起拿了下来。等把画卷放到一边，他看见木墙上套着一个锁孔："他身上带着钥匙吗？"

刘阳在南育叔叔的身上拍了一遍，很快找到了挂在他颈上的小钥匙，看起来大小正合适，便拿了过来。

"就是这把钥匙。"班超说着接过了黄铜钥匙插进锁孔中，当要转动钥匙的时候却卡住了。正当他准备放弃，打算撬开锁时，钥匙突然动了。一块木板从墙上弹了出来，班超伸手进去取出一卷丝轴。展开一部分，班超看见一份详细的名录，整整齐齐写着一栏栏名字、记录和数字。

"肯定是了。"刘阳说。

班超把卷轴放入怀中，说："咱们现在得离开这里。"

"他呢？"

"我点了他的穴能坚持一会儿。等他解开穴道，我们应该已经走远了。"

做完这事，他们走过南育叔叔身边，虽然他被点了穴在原地动弹不得，可他的眼睛却跟在他们身后。班超敢肯定他定会把他们的面容烙在脑海中，肯定也会派人来追杀他们。

刘阳和班超回到走廊，只走到一半便听见一阵骚动。他们看见刚才被请进屋的十几个人正从前面的走廊上拼杀过来，推搡着挡在前面南育家的护院里。

两队人马一见他俩，便停了下来，放弃了之前不知因何而起的争斗，都向他俩冲了过来。刘阳和班超一起朝相反的方向跑去，不理会身后叫他们站住的喊声。刘阳回头看时，见他们已经到了书房。等他和班超转过下一个拐角，回头再看时，南育的叔叔已经冲出书房门，手中举着剑，喊着他的手下抓住他们。

喧闹声吸引了家中所有人的注意，刘阳和班超刚一转弯，就发现被三个打手挡住了去路。两人见此没有放缓脚步，班超纵入半空，直接从他们头上跃了过去。与此同时，刘阳一扭身子，就在打手打算对付他时，从中滑了过去。他和班超继续往前跑。

他俩又转了一个弯，跑到半路意识到走反了方向，没路可走了。

"我以为你知道怎么走。"刘阳说着便返身往回冲。

"我已经完全迷路了。"班超承认，"这些走廊彻底把我搞晕

了。"

他俩跑到走廊尽头的时候，南育的叔叔和他的手下也正好到了路口。

"太好了。"刘阳喃喃道。

"你们是什么人？"南育的叔叔一边质问，一边推开面前众人走到他俩面前。

刘阳和班超还没有来得及回答，高大瘦削的男子就开了口："就这两个小崽子打败了你吗，柯祖？虽然知道你不算个高手，但即便是这样我也替你觉得羞耻。"

"闭嘴。"柯祖命令道，"等处置了这两个小崽子，也要好好跟你说道说道。你怎么敢动手攻击我的人？"

高大瘦削的男子对他的威胁无动于衷，他扯了扯须端。

"我怎么会知道你被两个小崽子耍得团团转呢？你去了这么长时间，我以为你背弃了诺言。我可不喜欢不守诺言的人。"

"这又是为何？"柯祖质问道，"抢了你的生意，是吗？"

"说话小心点儿。"他低头看着剑，送上一句警告。

"别在我自己的宅子里威胁我呀。"这回轮到柯祖告诉高大瘦削的男子，"看看周围，我的人多过你的。你应该觉得幸运，好在我们还有别的事情要对付。"

"算了吧。我的人与你雇的乌合之众相比，一人抵得上一打。"高大瘦削的男子说着翻了个白眼，"不然你觉得我们是怎么打上门来的？"

"迟些我自会叫我的手下为他们今晚的懈怠负责，无须你的提醒。"柯祖说。

"你懂得受教很好呀，我的任务反正就是服务嘛。"

柯祖气急败坏，但似乎不想使冲突升级。于是他转过一张虬髯大脸对着刘阳和班超，而刘阳和班超正怀着极大的兴趣看着柯祖他们争吵，巴不得他们吵得打起来呢。

"你俩想从中渔翁得利？"柯祖说，"我们别的什么意见都相左，但至少在杀了你们俩这一点上是相同的。首先，你得告诉我是谁派你们来的。"

班超灵机一动，笑着说："我很乐意告诉你。但其实，你可以自己问他了。"

柯祖看上去颇有些困惑，可仍然问："是谁呢？"

"正是这位先生啊。"班超指着高大瘦削的男子说。

柯祖起初还处在震惊中，可随后便愤怒地咆哮起来："你这样便骗得了我吗？我怎么会相信这样的话？！"

"不知道他的计划究竟如何。"班超说。

刘阳补充道："不是他我们怎么知道你的簿记之事？"他当然明白这实际上很不合情理。但表面上，至少能让柯祖迟疑。

可事实上他们的谎言起作用了，柯祖转向高大瘦削的男子，见他正眼中喷出火来似的瞪着自己。

"你真的相信这种破绽百出的故事吗？如果这样，你比我想象的还要蠢。"

显然对此刻的柯祖来说，这是最糟糕的话，愤怒已经蒙蔽了他的智识。他威胁着向前迈了一步，举起手打算指着高大瘦削的男子痛骂。此时，他的手下也把注意力从班超和刘阳身上转移到了高大瘦削的男子身上。

见此，班超和刘阳交换了一下眼色，同时向前猛地冲去。班超用肩把一名打手撞开，刘阳向另外两名打手猛冲过去，向两边推开，清宽了道路。一转眼，他俩强行冲过打手，开始跑了起来。

事实证明打手反应虽慢，但马上也追了上来。刘阳和班超早已失去了方向感，便轮番随意转弯，希望找到一个窗口。不幸的是，他们越跑越把自己带进了屋子中央，不见一个窗口。

事实上，刘阳和班超冲开打手们后没多久，莫名其妙地转了一个弯，再次走进了上次的一条死胡同。打手们在身后很快涌了上来，挡住了他们逃跑的路线。

"这次不是我带的路。"班超说道，刘阳瞪了班超一眼。

"别再玩游戏了。"柯祖虽然追他们追得累到直喘，但还是差点儿要啐他们，"告诉我你们究竟是谁，不然我会从你们嘴里撬出来的。"

刘阳和班超不理睬柯祖，心中盘算着应该怎么做。

班超点点头，说："反正跑不了。"

见刘阳同意，他们扑向打手们。这次他们的目的不是推开去，而是能收拾几个就收拾几个。刘阳抓住最近一打手的手臂，一挥拳便击中他的肚子，打手倒在了地上，另外三个一起扑了上来。刘阳看见他们上前，一个后空翻，让这些大块头自己撞到了一起。趁他们还晕头转向，刘阳攻了上去。一个人被击中头部打倒，另一个被踢中了膝盖。他从最后一人的手中抢过了长棍，一棍击中他的头顶。那人重重地倒地，再也起不来了。

刘阳对付的下一个打手没有扑上前，相反，他手中甩着双刀。刘阳举起长棍，双刀就齐齐一头扎进棍中。刘阳抓住其中一柄刀，举起来正好挡住向他砍来的一剑。因为飞刀刀背上有些钩子般的凸起，刘阳干脆一绞，剑就飞脱出去。

刘阳想要在周围清出些空间来，便双手紧紧握着棍和剑，舞了几圈。打手们乱七八糟地向后退去，可是柯祖一声怒吼，打手们又匆匆冲了上来。

打手们逼得太紧，令刘阳有些难以施展身手，但他还是打得不错，撂倒了一个又一个。短时间内，他就打倒了六七个人，并再次把周围的空间扫清。这时踏进空地的是一名憔悴的男子，手持一把形如三棱刀的匕首。在刘阳的注视下，男子从腰带中取下一把奇怪的兵器，刀尖冲下握在手中。

刘阳警惕地看着憔悴的男子，不知道他打算怎么使用这奇怪的兵器。见对手身形已动，刘阳出手格挡他的进攻，决定先以防守为主，直到能搞清楚对手的状况。兵器对准刘阳的头而来，刘阳不断地低身闪避。等刘阳终于判断出虽然对手使的是带有异域风情的兵器，但武功只是比一般的贼人略高一些，便开始认真地反击。

刘阳短平快的几下快刺将憔悴的男子杀得疾速退开了几步。刘阳打得他连连后退，他眼中有了惊恐之意。等他再一次举刀挥来，刘阳一舞长棍，从他手中将匕首直接打落。然后随势跃起，将他踢飞撞到对面墙上。

班超一头扎进打手中间，马上开始迅速解决他们。打手基本上不是训练有素的侍卫，支撑到这会儿全凭他们自身的力气和身体。对付一般的人，也许行，但对付刘阳不行，更不用说对付班超了。

班超明白需要尽快解决这里的事情，有多快走多快，他开始极有效率地忙活起来，他巧妙灵动地抓住每一个机会，扫得打手人仰马翻。到刘阳开始对付一脸不高兴的贼人时，班超已经打倒了，或者说暂时制服了围攻他们的大部分打手。除了柯祖，只有几名打手还没倒下，随时准备好开打。

柯祖开始担心起来，他命令剩下的人去对付班超，自己却转身飞奔而去。雇来的打手看见了，也想离开，但班超不让这种情况发生。他重拳出击，打得打手们全都撞到墙上，然后自己上前，抓住了南育叔叔的肩膀。

南育叔叔尽最大努力想要摆脱班超，班超摊开手掌，打在他的颈中，登时叫他失去了知觉。班超抬起头，刘阳刚刚结果了剩下的打手。班超和刘阳看看对方，迅速沿走廊跑了过去。此时不像之前一样发疯似的乱跑，他们有足够的时间来重新找回方向感，找到正确的出口。

一会儿，到了第一次进来时的走廊。他们不再试图寻找储藏室，班超踹开了碰上的第一扇门。当班超踏进房中，一名老仆以惊人的力量将一把椅子扔了过来。他及时低头躲开了，椅子撞碎在门框上。碎片击中了刘阳，他赶紧转身以免被大部分碎片打到。

由于老仆的行动显然是出于自卫，班超和刘阳不与他计较，直接翻出窗外。转眼间，他们便已飞过墙头，沿着来路回到了留下南育的一条街。发现南育正坐在地上，靠着身后的房子，发出轻轻的鼾声。

刘阳弯腰摇醒了南育，班超取出了卷轴。一开始，南育似乎想不起来身在何处，或者他们是谁。然后，他看见了班超手里的东西，欢叫着跳了起来。班超递过去时，他接过卷轴像是快要感动得哭了出来："不知道该怎么感谢你们。这能帮助我夺回遗产了。"

"先别忙着感谢我们。"刘阳笑着说，"在里面的确遇上了你的叔叔。"

南育看起来更紧张了，抓紧了手中的卷轴："他没有伤害你们吧？"

"他只能动我们一个小指头。"班超笑着说，"但我们得离开此地，以防他派打手们出来搜找。"

　　三个年轻人穿过整座城市，到了一间客栈。他们聚在房中，把簿记摊在桌子上。

　　"知道要找什么吗？"班超问道，拖过一把椅子来。他扫了一遍记录册，证实了先前的印象。南育的叔叔至少是一个不错的书记官。所有的数据都被整整齐齐地沿着卷轴一列列写明。他看到了其中有时间、背景以及其他各种大小信息。

　　"我认识上面的大部分官员。"南育说，"我需要做的就是找到足够的依靠来惩罚我叔叔。"

　　"在此之后你打算如何处理这本册子？"刘阳问道。

　　"哦，当然会毁了它。"南育说。

　　南育终于在卷轴中间找到一个认为最适合来做这件事的人的名字。

　　"是谁？"班超问道。

　　"他是镇上三名捕头中的一个。我把这册子给他看了之后，他手一挥就能将我叔叔绳之以法。说实话，我没想到在这上面找到他的名字。他似乎挺清正廉洁的。我真的不知道如何表达我的感激之情。"

　　"我们只是做了件正义的事情，不需要如此重谢。"刘阳说。

26^章

　　"易若住在何处？"可兰问此话时，她们已经离开杨家大院有足够的距离，确保声音不会传到值班看守耳中。

　　"在西北方一个名叫宝镇的小镇上。"杨晶说。

　　"完美。"朱成呻吟着说，"我们曾经路过。我有一种感觉，今晚又没得睡了。"

　　"等忙完这一切，回去之后你想睡多久就睡多久。"小龙向她保证，"如果你玩忽职守一段时间，没人会反对的。"

　　"可不能给她这种承诺。"可兰说，"朱成绝对会好几年偷奸耍滑的。"

　　"给得太少了。"朱成说，"我本来就只做我喜欢做的份额。"

　　"那倒也是。"小龙坦言。

　　"我还没搞明白你们三个究竟是谁。"杨晶说，"你们是怎么进入朝廷做事的？"

　　"最好的回答是我们生来就是朝廷的人。"可兰说。

　　"你们是贵族？"杨晶问道，"这就更奇怪了。你们的父母同意你们这样穿过大半个国家，调查叛乱之事？"

　　"你的父母准许你做同样的事情了吗？"小龙指出。

　　"我的父母一直相当离经叛道。"杨晶评论。

"我们的父母也是，当他们还活着的时候。"朱成说。

"哦，我真是抱歉。"杨晶说。

"不必。"朱成笑着说，"什么报仇雪恨之类的事情早已解决了。"

杨晶理解地点了点头，然后问："我还是不太明白。为什么要派你们三个来？朝廷应该不缺暗探吧。"

"是我们主动请缨的。"可兰说，"没有人把企图叛乱的线报当回事，所以觉得派我们出来游荡一段时间收拾一下没什么坏处。可我们到了之后意外地发现大规模的叛乱已处在爆发边缘。如果我们的任务完成得好的话，也许叛乱就不会发生。"

"我真的不抱太大的希望。非常怀疑叛军在投入了这么多的努力之后会轻易地缴械投降。他们有一整个家族的英灵在支撑着呢。还有差一点夺取了中央政权的昔日记忆。他们还认定了生存的唯一出路是打胜仗。这张大网将非常难以理清。"小龙说。

"我也同意。"杨晶叹了口气说，"我认识很多个这样的领袖，不在少数，不会轻易屈服，除非刀子架在脖子上。正如我的父亲说的，他出局之后，部队中多是志同道合的人，只会变得更加顽固。易若能够告诉我们情况是否如此。"

"你怎么认识他的？"可兰问。

"上一次起义中他和我父亲曾并肩作战。"杨晶回答，"过去这几周里，他一直在训练新兵，但我父亲认为领头的可能已经给了他更多的行政职责。这是他们对忠诚的人最有可能做的事。"

四个人默默地走了一段时间。她们一边走着，杨晶一边思索着这三个姑娘究竟是什么身份，她们竟用这种与身份不符的权威感说话。慢慢地，她觉得自己可能是疯了。想这些使自己分了心，她差点儿被石头绊倒。

朱成抓住了杨晶的手腕，帮她站稳："想什么这么出神？"

杨晶惊讶得目瞪口呆地看着朱成："你怎么知道？"

"你当然是在想我们是谁。我们一些经不起推敲的谎言骗不了你。看得出来你是个阅人的老手。我们的言行举止不像你认识的贵族。而且皇帝派我们来调查叛乱的谣言，无论多么未经证实，都不太可能。"朱成说。

"这下好了，你这样一层层分析下来，叫我和可兰怀疑起我们自己是谁了。"小龙笑着评论道。

"你同意应该告诉她吗？"朱成问道。

"她基本上已经猜到了。"小龙道。

"等一下，你是认真的吗？"可兰质疑，"我们一路一直在保守身份的秘密。我们认识她才半个时辰，你就打算和盘托出吗？没有冒犯的意思哦。"

杨晶也不太知道该如何作答，所以她只是喃喃地说没关系。

"我觉得你说的差不多全对。"朱成回答可兰的问题。

"总有一天你会害死我们大家的。"可兰说。

"与此同时还不如想想我救了大家的命多少次吧。"朱成回应。

"这事儿没那么严重。"小龙说，"我们一路掩藏身份是因为不知道这里情况的严重性。几位朝臣对此事的不满，无法与试图制止这场叛变的重要性相提并论。"

"有道理。"可兰同意，"我也不反对。"

"好。可暂时先停一停。"朱成建议。

于是她们都停下来，对着杨晶，她已经猜到了一半她们想告诉她的。这事对她的冲击太大了，她根本没法说出自己的想法，所以她只是听着她们证实自己的怀疑。等三个姑娘讲了她们的真实身份,她的嘴几次张开又闭上,然后才想出了想要说的话:"我以为你们的年纪会再大些。"

朱成笑着转过身,继续赶路:"接下来你肯定要说可兰很矮,天又太暗。"

"她总是这样的。"可兰告诉杨晶。

"我发现了。"杨晶说,她们继续往前走。大家给她一点时间去消化刚才的信息。她终于问道:"你们究竟来这里做什么?亲自来处理这样的事情,你们肯定是疯了吧。你们不是得有侍卫什么的围着的吗?"等她终于把这些话吐完了,重重叹了口气,"我想我已经犯了大逆不道的罪无数次了,够被处死好几回了,对不对?"

"大概是五次半。"朱成说,"而且还没有算上叛乱这件事。"

杨晶闻言停下了脚步,不知道自己怎么会忘了这事。她还没来得及说什么,小龙的手就按住了她的肩膀。

"放心,"小龙告诉杨晶,"告诉你我们自己的身份,只是为了让你信任我们并真心实意地帮助我们。不是为了吓唬你。我们的初衷不变。"

"这怎么可能呢?"杨晶问道,"起初,我还以为你们牵涉本地的利益,因此不希望看到这一地区陷入动荡。可你们是天下最有权势的人。你们完全可以去找最近的州官,让他们派出训练有素的军队,在叛乱开始前把它镇压了。为什么要如此折腾呢?"

"我们有这种权力,并不等于想滥用。"可兰说,"已经见过什么是战争,不希望看着无辜者再被牵连。在这一次事件中,即使是准备反叛的人在某种意义上说也是无辜的,一直受了蒙骗。"

"开玩笑归开玩笑,我以个人名义向你保证你的父母不会有事。"朱成说。

杨晶再一次惊讶地看着朱成，想知道这姑娘是如何读懂自己的心思的。

"你想知道她是如何了解你的心思的？因为我们有很多机会在大臣身上练习。"小龙说。

听到这话，朱成轻轻推了小龙一把："这个秘诀我本来不打算说的。"

"你们全都疯了，你们知道不？"杨晶来不及制止自己这话出口了，"真的是疯了。"

"我们这种疯能让你从中获益。"朱成说。

她们到达宝镇时，杨晶才刚刚接受了新的现实。终于克服了最初担心说错话的恐惧，因为小龙她们明确表示，不希望杨晶像对待有权有势的人一样对待她们。与此同时，小龙她们无须问杨晶是否愿意帮助平息叛乱。杨晶的父母从来没有想过为了获得个人权力而起兵，只不过出于恐惧而采取了激进的手段。可现在，杨晶遇上了小龙她们，为自己曾经是叛乱的一分子而感到耻辱。

进入宝镇之后，由杨晶带路，她们熟门熟路地穿街过巷。这时已经深夜了，月亮高挂在天上。街上一个人影儿也不见。

没多久，来到了小镇外围，房屋要比镇中心繁华地带的破旧得多。大部分房子比较低矮、简陋，而且是一层。只有少数几间屋子里透出亮光，她们四人一直走在黑暗里，以防万一。到了之后，杨晶指着两条街拐角处的一间房子。

她们穿过大路向房子靠拢，一直走到大门口。"确定是这里吗？"朱成边问边从腰带上取下一件工具。

"当然，"杨晶说，"我父亲曾经……"

守卫神

　　杨晶的话音未落，朱成已经撬开了门。事实上，锁仿佛只需碰一下，便能自动打开。

　　"哇，"杨晶说，"京中可真愿意下本钱训练暗探啊。"

　　"别傻了。这来自我大半辈子做贼的经验。"朱成说着随即推开了门。门一开，就听到了拉弓之声。朱成伸手，凭空接住了一支箭。

　　小龙此时已越过朱成翻到了屋子的另一头，并将弩从坐着的一人手中打落，把他按在了椅子上。可兰走进隔壁屋子，用火石点燃了旁边桌子上的蜡烛。

　　当蜡烛的火焰亮起来，每个人都震惊无语。"你怎么会在这里？"可兰质问。

　　与此同时，易若喊道："你们三个？！"然后，他发现了杨晶，更加震惊了，"我以为你被软禁在家中。你怎么会和她们三个一起？"

　　听易若这么说，杨晶问："你是怎么认识她们的呢？"

　　朱成清了清嗓子大声道："请把注意力先集中到差点儿吃了一箭的姑娘身上。"接着她随手关上了门。

　　小龙放开易若，用蜡烛点起了角落里的灯。朱成大步走向易若，取出之前抓住的一支箭："打算要我如何处置？"

　　小龙用手肘捅捅朱成说："注意点。我们有任务在身，记得吗？"

　　"我知道。我只不过是从濒死经历中刚恢复过来。"朱成笑着说。

　　"谁能告诉我，怎么回事呢？"杨晶问道，"我的反应不是这么迟钝的，但今天绝对迷糊了。"

　　"易若也是一个暗探。"小龙说，"恰恰是他告诉我们你们全家身陷困境。"

"解释一下你们来这里做什么。就这么暴露了我隐藏了二十年的身份。"易若说。

"你从来不是义军的一员吗？"杨晶问道，她怎么也想不通，易若从孩提时代起，就和自己父亲是朋友。

"我起初是义军的一员。"易若说着往前坐了坐，"当赤眉运动失败后，有暗探找到我，要我在这一地区做眼线。如果有叛乱再起，就报告上去。我看到了皇帝新政权足够的好处，知道对人民有利。但我为有负你父亲的信任感到内疚，下次见到你父亲时，请告诉他。"

"不知道他会不会相信我。"杨晶说。

"我一旦消失，你父亲会相信的。"易若说，"我现在非得消失不可了。"

朱成摇摇头："不，你必须留下来。"她们轮流向他解释是如何潜入杨家大院，又从杨重那里了解到了什么。

听到新信息后，易若靠在椅背上考虑了一下："你们的意思是杀了洪翩？"

"什么？"可兰问，"当然不是。为什么？"

"我想不出如何平息叛乱。"易若说，"自从范崇软禁了杨重，叛乱的步伐加快了。"

"这跟你坐在这儿，举着一把上了箭的弓有关系吗？"朱成问。

"很抱歉。"易若说，"有关系。前两天，我的副手不见了。我怀疑他因为忠于杨重被杀了或者至少被逮了起来。范崇是在巩固自己的权力，但听你们现在这么一说，也许是洪翩下的手。担心我自己可能是下一个。也许是我演得太投入了。"

"我得说，"杨晶说，"你最起码吓到了我。"

"相信我，也吓死我了。"可兰说，"只不过我们眼下已经习惯了这样的事情罢了。"

"常常有人想杀你吗？"易若问。

"以她的个性。"小龙说着指指朱成，"你不会相信她多能激怒别人。"

"我能想象。"易若说。

"有人威胁你了吗？"可兰问他。

"没有直接的。"易若回答。

"非得请你回到战场上。"小龙说。

"你要我查一查有没有机会制止叛乱？"易若问，见大家点点头，他皱起了眉头，"通常我是按常理出牌的，在这种情况下我是有偏向的。此时你们和杨晶一起来确实叫我疑心。"

"我不想到头来上面取了我的人头。"易若说。

"我可以保证这种事情不会发生。"朱成边说边取出袋中的令牌。

易若盯着令牌看，眼睛差点儿斗了起来。他从椅子上摔了下来，单膝跪地："我没有认出大人，要不然我也不会质疑。"

"拿出令牌，只想叫大家省些俗礼。"朱成说，"如果你要冲我们磕头，这不就失了意义，不是吗？"

可兰上前扶易若起身。他站直身子，鞠躬行礼说："明天一大早我便着手调查。"

"你最好去睡觉。我们来值夜吧。"小龙说。

27^章

第二天早上，刘阳、班超和南育吃过一顿丰盛的早餐后，便出发去捕头家。快到时，南育对刘阳和班超说："恐怕还得求你们帮个忙。"

"需要帮什么忙？"班超说。

"如果捕头得知你们也知道秘密，可能会惊慌。我能谎称你们是我的保镖吗？"

班超看看刘阳，两人耸耸肩。"没有问题。"刘阳说。

见他们同意，南育再次感谢。等到了捕头家中，南育表示有要事相商。

捕头以为南育是他叔叔派来的，便请南育进了家门。大腹便便的捕头冲大家行个礼，温和地笑着说："我能为诸位效劳吗？"

"可否借一步去书房谈谈？"南育问。

捕头脸上竟然出了汗，迅速地点点头，领着他们向书房走去，然后把自己和南育关在书房里。班超和刘阳在外面等着，竖起耳朵想听听里面发生了什么事。不过发现是徒劳，他们耸耸肩，背靠着墙站好，像是合格的保镖。

似乎过了足有半个时辰，南育和捕头从书房里出来，似乎达成了一个双方都能接受的协议。班超冲南育扬扬眉毛，南育还了一个微笑。当刘阳和班超大步流星沿着走廊向外走去时，两人交换了一个眼色，觉得自豪。

南育和捕头的密谈一结束，捕头就召来一队衙役前往柯家大宅拘捕南育的叔叔。见来人的数量，打手们靠到一旁。南育的叔叔被拖走后，衙役把打手们也都抓了起来。

家中的老仆们招呼着南育，很高兴真正的主人回来了。厨师忙不迭地置办了一桌丰盛的宴席。南育强烈要求班超和刘阳在临淄期间留在他家里。

午饭过后，南育带着手下人去看他的各处生意，查查各家店铺的情况。

"觉得小龙她们会以我们为荣吗？"刘阳问道。

"我们做了一件好事，又没有引起灾难。她们应该会以我们为荣。"班超说。

"很高兴。相信这里的房间肯定要比客栈的更舒适。"

"要把东西搬过来吗？"

突然，班超匆忙抓住刘阳的手臂："快，我们必须离开这里。"

刘阳揉揉眼睛："为什么？我真的很困。"

"这自然会叫你觉得困。"班超说，他的警觉瞬间战胜了睡意。

"你说什么？"刘阳问道，有些迷糊了。

"我们中了毒。"班超答道，猛地推开了书房的门。

刘阳冲过走廊来到最近的窗口向外爬去。班超跟随他跃出了窗子。他们翻墙的时候，留下来的几名护卫发现了，向他们跑了过来。

"必须在彻底晕过去之前离开这里。"班超大叫道。他的四肢发软，头痛欲裂，令他的动作相当不协调。他看着墙壁，只想呻吟着躺下就地睡去。但尽管如此，他还是跳了起来，抓住了墙顶，使出吃奶的劲儿爬了上去。爬上墙后，他伸下一只手来，帮刘阳也爬了上去。

结果班超使的力比想象的要大，拉得刘阳直接滚下了墙，摔在另一边的地上。刘阳被摔醒了，他拉起班超一头扎进了横街。跌跌撞撞跑了很长一段时间，在小巷里完全迷了路，两人不得不坐下来。

"朱成留下的解药在哪里？在你那儿吗？"刘阳问道。

班超在口袋里摸索了一阵，掏出了几粒朱成说是她偷来的万能解药。他给了刘阳一粒，两人都毫不犹豫地吞了下去。他们不知道这药以前有没有失效过，可班超觉得睡意并没有消失。他看向刘阳，见他的眼睛已经闭上了。班超挣扎着站了起来，把刘阳也扶了起来："我们需要找一个安全的地方。"

他们依旧像两个醉汉似的脚步虚浮，两人发现了一幢矮楼，一番挣扎之后，总算互相帮着爬上了屋顶。一上了屋顶，疲劳便顿时淹没了他们，这时他们唯一能做的就是在睡过去之前离那屋顶的边缘远一些。

一个多时辰之后，班超醒了，头还是疼得厉害。他看着头顶的太阳，坐了起来，一下子没想明白他怎么会在屋顶上的，而他的头又为什么会这么痛。接着，回忆便涌了上来，他松了口气，至少这毒药没有杀死他们。等头痛慢慢退去之后，他摇醒了刘阳。

年轻的皇帝坐起来，也困惑地四下看看："我们在哪儿？"

"不知道，但我知道我们之所以会在这里是因为我们被人下了毒。"

"这是谁干的？不可能是南育吧。"

"还能有谁？"

"我们助他夺回了遗产。"刘阳抗议，"自从我们相识，所做的只是帮他而已。"

"我们知道簿记之事。"

"南育告诉我们准备烧了簿记之事，意味着不想改变任何东西。他只是利用我们把他的叔叔从权力巅峰推下来。我们所取得的成就是用一个罪犯代替了另一个罪犯。"刘阳把脸埋在双掌中，重重地叹了口气，"觉得自己像一个傻瓜。"

"我的感觉跟你一样。"班超说，"唯一的问题是我们现在怎么做。"

"把簿记再偷回来。现在就去吧。一旦簿记到手，就可以去找其中一名官员，再捣毁整个犯罪网。"

"听上去实在是可怕。然而想杀了我们的人不遭点儿报应就想脱身是不行的。"

班超又感到头上一阵剧痛，不禁眨眨眼："这计划不错。"

"还是无法相信南育轻易地骗过了我们。"

"我一点儿没有怀疑。即便朱成和小龙也可能会相信他的故事。"

"不必告诉小龙她们这件事。"

"当然。我们就说把时间泡在茶馆里了。"

"你觉得南育的故事有一点儿是真的吗？"

"极有可能。直到我们答应帮助他，一开始并不需要骗我们。然后，他可能看出来我们是一对笨蛋，才想到利用我们夺回生意。"

大骂了南育一阵，恢复了足够的体力想着重返大屋，班超习惯性地跳下屋顶。头一阵疼痛，但仍然和刘阳沿着来路往回走。

沿着大街大步走着，班超发现有两个男子跟在后面。两人穿过人群，想要甩掉尾巴。见没奏效，刘阳提议转入小巷。

片刻，似乎尾巴被甩掉了。可紧接着听到身后传来脚步声，转身看见一群人自身后匆匆赶来。追的人中有一个看上去很熟悉，刘阳停下看了看。

"这人是昨天晚上小偷的打手之一。"班超说。

"怎么样，跑还是打？"刘阳问。

"昨晚收拾了这伙人。看来没有使他们学乖啊。"班超说。话音刚落，他就转过身去对付四个跟着进了小巷的人。第一人挥着一把阔刀上来。班超勉强躲了开去，这才明白毒药的后劲严重地影响了他的反应能力。见刀锋再次向自己挥来，他向后一跃，倒退了几步重新站稳。等打手再次出击时，他的速度已恢复了一些。他用双掌夹住大刀，一脚踢出，踢得暴徒向墙上滚去。

接下来的一人张开双臂，想要击班超一个双雷贯耳。班超容他近身，然后脚向后一伸，便将他扫倒在地。与此同时，班超纵身向前一扑，把他扔了出去，自己也不由自主地顺着小巷一路向后翻去。

同时，刘阳的动作也比平时慢了许多，一不留神被一打手打倒在地。倒地之后，他伸手握住一名打手的脚踝猛地一拉。不幸的是，打手倒下来的方向颇有些令人意外，他不得不就地滚了开去，以免被砸个正着。等刘阳站起身，班超已经打倒了最后一个打手。

当班超和刘阳准备喘气时，又出现了几个打手，朝着他们冲来。他俩面面相觑，拔腿就跑。

"这些打手从哪儿冒出来的？"刘阳边问边飞跑着避开追来的越来越多的打手。

"南育好像不至于请得起这么多打手。"班超说。

"我们推倒了他的叔叔，难道也惹怒了其他团伙吗？"

"南育没那么受欢迎。也许是发现我们逃跑了。"

"此刻不应该去找簿记了。"

"我也觉得现在不是时候。"

"很有可能已经换了地方。"刘阳一边说，一边喘着气。

刘阳和班超转了许多弯，打手们仍锲而不舍地跟着。

"这真是太丢人了。"班超说。

"可不是嘛。练了这么久，这么辛苦可不是为了对付十几个打手的。"刘阳表示同意。

经过不懈的努力，他们溜进两幢大屋之间的狭窄空间，终于摆脱了打手。打手们跑过他们的藏身处时，两人屏住呼吸。等打手们的脚步声渐渐远去，班超和刘阳才又恢复呼吸。

班超差点儿憋不住气，感觉头痛再次袭来，摇摇头："已经好多年没有这样逃过。真是不对劲。"

刘阳眨眨眼，想要努力赶走一阵突如其来的眩晕感："全怪南育。等不及掐住他的脖子。他选错了欺负对象。"

"首先，我们得好好休息一下。"班超说。

"要回到原来的客栈吗？"

"太冒险了。我们被跟踪怎么办？谁知道有多少人在找我们呢？南育甚至可能争取到捕头和他的衙役们也来帮忙。"

"没有想到这一点。难道南育真的觉得我们对他的威胁足够大，召官兵来对付我们？"

"他会试着杀死我们。我们最好先找一个地方躲起来。"班超指出。

"住在宫里这么久，忘记了在历险旅程中需要躲起来或者逃跑。"刘阳叹了口气说。

"你已经想回宫去了吗？"

"天啊，没有。"

28^章

第二天，小龙她们四个姑娘在易若家中无所事事。易若一大早去会同伴，把家留给小龙她们。杨晶一周来禁足在家，很快恢复到自己的日常作息中，抓过一本书来读。小龙不怕冷清，也在读书。可兰和朱成却有点焦躁不安，好不容易挨过了上午。下午过半，她俩不停地在屋子里踱步。

小龙放下了书，笑着说："你俩再这样踱下去，地板会被磨穿的。"

"控制不住啊。"可兰说，"一直在担忧刘阳和班超怎么样了。你觉得他俩会怎样？"

"如果不是这样，肯定已经给自己惹上了什么麻烦。"朱成说。

"你们还有一起来的同伴吗？"杨晶问道。

"把他们留在临淄了。"小龙告诉她。

"另有任务吗？"杨晶问。

"他俩唯一的使命是远离麻烦。因为太了解他俩，这会儿肯定已经惹怒了好几拨人了。你觉得他们没事吧？"可兰问。

"没事的。"朱成说，"班超和我们一样有自保的能力。我和他总是打个平手。"

"刘阳也照顾得了自己。海盗肯定是这么认为的。"小龙指出。

重发现的事告诉你信任的人会有帮助吗？"

"已经在做了。"易若说，"但这是远远不够的。如果杨重亲自跟这些人说最好了。"

"有办法做到吗？"朱成问道。

"想过全部逃出来。"杨晶说，"可父母担心范崇会把这事编得更加扭曲。"

"晚上悄悄把杨重带出来呢？"可兰建议。

"非常危险，但还是可行的。"易若考虑一番后说，"你父亲愿意这样做吗？"

"我想会的。"杨晶回应，"可以从我的舅舅开始。他是范崇左膀右臂式的人物。如果能说服他，我们就可以在队伍中搞出些持反对意见的来。"

"确定这么做吗？"小龙问，"范崇有可能察觉到。"

"是我们首先开始了这场混乱。"杨晶说，"洪翩欺骗了我们。可责任仍在我们。"

"怎么样，易若，你也愿意全力投入吗？如果你心存疑虑，得告诉我们。"可兰说。

"我发誓决意站在这一边。"易若说。

朱成拍拍他的背说："别担心。这事完成后，你可以舒舒服服地退休了。"

"说话算数。"易若说着恢复他一贯的自信。

"你们回京城吗？"杨晶问道。

"是的，需要赶回去，没有多少人知道我们出来了。我会提前发消息让朝廷发兵过来，以帮助平息叛乱。"小龙说。

"特别是如果能说服庞安站到我们这一边。"易若说。

“我今晚去。我去找我的舅舅会更好些。他和我的父亲合不来。”杨晶说。

“我们分头准备今晚的行动。易若，你和杨晶去拜访她的舅舅。我们做其他的准备工作。”朱成说着，“还有什么遗漏的？”

“钱。”可兰建议。

“这么多年过去了，你还是吝啬给钱呢？”小龙问。

“看来还真是的。”朱成笑着说，“我觉得是某种心理障碍。”她把手伸进钱袋中取出一些金锞。

易若看见这么多金子睁大了眼睛：“信任我掌控这么多钱？”

“已经把平息叛乱的事情交给你了。”可兰指出。

大家很快分头去完成自己的任务。易若与杨晶出发了，姑娘们去找了一间客栈，租下了几间房，付了一个月的租金。朱成找她之前提到的一名暗探，而小龙和可兰去买了两匹马。挑选了所能找到的最好的坐骑，把它们寄在易若家附近的马厩里。

回到屋里，朱成又轻松地撬开了锁让大家进去。易若与杨晶刚一回来，朱成就立刻问：“怎么样？”

“出奇的好。老实讲，我差不多以为我舅舅会把我抓住然后押回杨家大宅。可相反，他听了我说的，似乎令人震惊地接受了。当我告诉他是我父亲发现了洪翩的秘密时，他甚至没有表现出不屑。”杨晶说。

“他有没有注意到失踪的人呢？”可兰问。

“哦，他知道。范崇认为庞安只不过是个头脑简单的武夫，不会刻意隐瞒什么。事实上，这些人全部被关在范崇大宅中一幢房子下一间特制的地窖里。”易若说。

“你舅舅同意这么做吗？”小龙问。

"他没多少选择的余地。"杨晶说，"起初，我舅舅以为是些有可能成为叛徒的人，但也注意到了洪翱不对劲的地方。我告诉了他我父亲的发现，他才意识到令他不安的是什么。"

"他同意帮助我们吗？"可兰问。

杨晶点点头："我舅舅当年是最坚决反对投降的人之一。总是在找一些理由重新起义，他现在意识到想要起义自己已经太老了。不管过去几年里他嘴上是怎么说的，但实际上他已经习惯了和平。我觉得他很高兴有了一个反对范崇的借口可用。范崇和我舅舅为了同一目的曾经一起并肩战斗过，也一直是很好的盟友，但他们之间从来没有太深的交情。"

"你舅舅的行动实际上是受限制的。"小龙若有所思地说，"毫无疑问，范崇和洪翱的线人会把所有的行动汇报上去。"

"只要想到有我舅舅站在我们这一边，就给了我们力量。如果最终到了靠武力决胜的时候，我舅舅很可能会带走一半的人马。毕竟这些人都是他带来的。"杨晶说。

"觉得会到那一步吗？"可兰想知道。

"可能会。"杨晶坦言，"我舅舅说，洪翱不仅仅是名义上的领袖，他已经成为事实上的领导者。范崇觉得自己年老力衰，所以把诸事都委托给他。他们两人常常闭门密会，一谈就是几个时辰，然后一起出来发布命令。"

"我想知道这个冒名顶替者是谁，是怎么瞒天过海的。"朱成说。

"我敢肯定有一个简单的解释。"杨晶说，"也许是洪翱的一个表弟或什么亲戚。这或许可以解释为什么他和真正的洪翱像得出奇。"

“我可以接受这个解释。”易若说。

见朱成点点头，小龙回答说：“我不知道，但肯定不会是我们见过的最荒诞的事情。”

“我们一直说神仙好像并没有真正放过我们。”可兰说。

“如果这就要再次见到神仙，也太早了一些吧。”朱成说。

第二天一早，她们三人趁着第一道曙光出发了，把如何联系的办法告诉了易若和杨晶。估摸着尽量赶的话，只需一周便能回到京城，并早已派出了信鹰送信回宫。

柴华有刘阳的印章，她可以调兵遣将。如果参与的每个人都尽力的话，当地驻军几天内就能调集起几千人的队伍。而在一周内，将有更大规模的部队随时待命，以静观事态的发展。杨晶和易若所要做的是尽可能地拖延叛乱部队的行动。

送走了三位姑娘之后，杨晶和易若立即开始实施计划。像前一天一样，易若花了一天的时间东奔西走，联络本地的暗探，从旁协助。与此同时，杨晶准备了一份她认为有可能倒向己方的领导人的名单，按他们的重要性以及对她父亲的忠诚度排列。

之后，为了打发时间，杨晶在脑中盘算着她父亲是否能说服几位首领倒戈，以及可能出现的各种结果。杨晶已经不是第一次希望能找到关于洪翻假冒的实实在在的证据。缺少了这一点，只能依靠她父亲的口才和声誉相助渡过难关。

下午过半，她不安地踱着步，打发计划真正付诸实施前的几个时辰。太阳终于落山，她松了一口气，出发取马去了。

29^章

刘阳和班超意识到全城的恶棍都在找他俩，街上是没法待了，找到了一家不起眼的小破客栈，轮流值班度过了一个不眠之夜。第二天早上，太阳升起的时候，毒药的药性差不多退尽了，但还是觉得困。

整整一个晚上没人来骚扰，刘阳和班超觉得安全，放心地睡上一觉直到过了中午才醒来，他们俩饿坏了。

"是否去找点吃的？"刘阳问道。

"当然，不能饿死在这儿。再说，我感觉已经好多了。你呢？"

"打算去收拾南育。"

"可能不是最好的主意。他肯定已经很警觉，也不知道去了哪里。最好在小龙她们回来之前先按兵不动。回京之后有空慢慢地收拾他。"

刘阳叹了口气："你说得对。"

他俩觉得找点儿吃的可能更现实一些，于是便离开了小客栈，在不繁华的街区找到一间破旧的饭馆。要了碗面条，吃到一半，刘阳笑了起来。埋头碗中的班超抬起头，挑挑眉毛："发生了什么有趣的事情吗？"

"哦，不觉得这种情形实在好笑吗？想想昨天早上的我俩，一副胜利的样子。而现在，能不被打搅地吃上一顿饭已经很高兴了。"

班超摇摇头，也笑了出来。

他俩一直在饭馆盘桓到下午。

"觉得我们得回一趟客栈房间。"刘阳说，"大部分重要的东西都在身上，但包袱里还有不少金子。"

"还得去检查一下马儿。"班超同意。

他俩很快找到了原先留下钱物的客栈。没有径直进去，而是先细细地观察客栈。

确认安全后，绕道往屋子后面走去。班超纵身而起，连踏几步飞到了二楼的一扇窗前。他抓住窗台，伸手轻轻地推开了窗子，身子一翻便进了屋。见班超的手伸回窗外，刘阳也跟着翻了进去。不一会儿，他们回到了自己的屋子里。

班超首先检查藏在床中的一堆钱币，取出一些银钱以备不时之需，并把剩下的放回了原处："还需要取些别的什么吗？"

"觉得没缺什么。"刘阳回答。

他俩离开主街，重新回到小镇上人迹较少的地区。不久，到了那间破旧的客栈。

不幸的是，有三组不同的男女从暗处走了出来，包围了他们。班超认出了其中一队领头的那人，但不知道其他几伙是什么人。"以前见过这张丑陋的脸。"班超说，向男子示意，"你们是谁？"

"南育派来的。"带着第二伙人的一名妇人答道，"他想知道你们是怎么解毒的。"

"你呢？"刘阳问最后一伙人，"一定也是南育的走狗吧？"

班超打量着对手，估计着他们的实力。这三伙打手，总共大概二十八人。好在刘阳和班超已经恢复了体力，他俩毫不怀疑自己有对付这群乌合之众的能力。

　　打手们一起涌了上来，刘阳和班超跃过他们的头顶飞入两幢房子之间窄窄的空间里。他俩肩并肩站好，等着打手们上前来。

　　当他俩越过打手们的头顶时，打手们急着转身，互相推搡着，想要抢先抓到他俩。见打手们上前，刘阳拔出了剑，班超的剑仍在鞘中，心想着在这么窄的地方一柄剑绰绰有余。再说，对付这些打手们根本不需要剑。

　　先来的是一名使短剑的妇人。刘阳举剑格住扫来的一剑，班超上前半步，一记重拳正中她的心口。她倒在地上，喘着气，也绊倒了紧跟在她身后的两人。等他们重新稳住身子，只来得及抵挡班超和刘阳联手的一击。

　　班超打退每一拨攻上来的打手，直到面前堆起了一座人山。这时，班超朝刘阳看了一眼："后面交给你了？"

　　"遵命，陛下。"刘阳大笑着说，返身面对另一个方向，把前面交给班超。没多久，第一名打手从拐角处包抄过来，瞄准刘阳扑了上来。

　　刘阳平静地看着打手靠近，一边等待着，一边慢慢转动手中的剑。之前一直佩着一把中看不中用的剑，眼下这把剑跟班超、朱成和小龙的一样，是由一位助他们的父母夺回天下的著名剑师所铸。刘阳觉得这剑仿佛是自己手臂的延伸。

　　第一个冲上来的打手舞着戟，刘阳往边上一扫，戟尖被扫到一边的墙上，尖头便深深扎进了木头。打手撞上戟柄时，戟裂了开来，打手自己被撞倒在地，刘阳很快把目光转向在两侧等候的打手。

　　三个打手不知用什么方法一起挤进了狭窄的空间里，一起举着长枪向刘阳刺来。刘阳低头躲开，伸剑一扫，所有的枪头都被斩断飞了出去，刘阳伸出另一只手抓住了枪柄。

　　见三个打手一起向回拉，刘阳便松了手。三个打手踉跄地撞在了一起，也撞到了后面的打手。长矛噼噼啪啪撞到了墙上，又掉到了地上。

　　前面倒下的打手变成了路障，使得后面的打手没法再攻上来。一个打手终于想出了高招，把晕了的打手都拖开。班超满不在乎地靠在自己的剑鞘上看着打手们忙碌。

　　等打手们忙完，班超已摆好了防守姿势，看着打手们上前。没多久，班超像刚才一样又击败了他们，面前又是一堆躺在地上不省人事的打手们。当班超开始变得有些骄傲自满时，刘阳向后跌撞几步，撞上了班超，他一下子趴倒在在地上呻吟着的打手身上。他迅速弹起身子，侥幸躲过冲着他眼睛而来的一把匕首。班超把妇人踢到了一边，向身后瞟了一眼，以确保刘阳没事。发现四个打手正联手想要把身后的刘阳一步步逼得向后退。还没等班超出手救援，一条黑影从旁边的屋顶上落了下来。朱成正好落在两个打手的头上，将打手们踢倒在地。她挥手叫刘阳后退一步，自己直接对付剩下的打手。

　　看着朱成左腾右挪，不屑一顾地把许多打手都踢倒了，班超不禁笑了。听见又有人落在身边，班超的笑声更大了。只听小龙说："你俩一定很挂念我们。"

　　小龙不等回答，就将旁边的打手收拾了。可兰在空中一个翻身也落到了刘阳身边。五个人联手作战，没花多大的劲，便放倒了所有的打手。快速离开了小巷，在小镇偏僻街区的几条街之外重新聚集。他们停下了脚步，互相看看对方，都笑了起来。

　　"你们比预期的回来得早。"班超说。

　　"正是及时。"朱成说。

　　"你们是怎么样陷入如此境地的？"小龙问道。

"替自己省些麻烦，直接告诉我们吧。"可兰说。

刘阳和班超于是从头到尾，毫无保留地讲述了冒险经历。讲完之后，小龙笑了："很惊讶你们两个竟然还活了这么久。"

"嗯，理论上来讲我是发号施令的人。"刘阳说。

大家面面相觑，然后又一起摇头。

刘阳只好耸耸肩接受了，问道："发现了什么？这么快回来便意味着形势很严峻。"

"不幸的是，你说中了。"小龙说。

"马上回京城。"班超说，"越快越好！"

"不必今天马上走。"小龙说。

"相信杨晶和她的家人？"刘阳问道。

"当时杨家以为自己命系于此。"可兰说，"冒名顶替洪翻的人使奸计让他们上当。"

"可以信任他们。毕竟这样做对杨家人自己最有利。这事情只能以一种方式结束。叛乱必须被平息。不管是血战，还是最终不了了之。"朱成说。

"我们还是得尽快回去。"可兰说，"四十天的期限差不多到了。"

"明天一早就得走。"小龙说。

"这太糟糕了，没时间先收拾南育了。听上去他确实是个大麻烦。你俩怎么被他骗到的？"朱成说。

"他是个绝好的演员。"刘阳说。

"我想也是。"可兰说，"我们一回去，就会拟旨，把南育和他的犯罪团伙一锅端掉。"

"不能亲眼看见挺伤心的。"班超说。

　　"别担心。我会让执行此事的人把你的问候带到。"朱成保证说，"我们现在回屋去吧。自从把一大笔钱给了杨晶和易若之后，觉得我需要靠金子近一些。"

　　"这么做好吗？"刘阳问道，"这样不就把坏人直接引来了？如果他们夜里来偷袭我们怎么办？"

　　"请他们来试试。"小龙说。

　　"现在他们已经明白你俩有强劲的朋友。"可兰说。

　　"会是谁呢？"刘阳问，挑剔的成分恰到好处。

　　"觉得应该认可南育的一些演技。你似乎已经学到了些东西。"可兰说。

　　在回住处的路上，刘阳碰碰班超说："看来要得到她们的原谅很容易。"

　　"我不这么想。"班超回应，"怀疑这持续不了多久。"

　　"我们已经知道了这事是谁想出来的。"朱成道，"很高兴看到你俩没让自己送了命，所以给了你们一点宽松期。很快完了，先别太享受了。"

　　"早就料到了。"班超说，惹来刘阳的怒目相视。

30^章

整个傍晚和晚上都没人来客栈骚扰小龙他们五人。第二天早晨，他们坐在离客栈不远的一间馆子里吃早饭，打算起程回京城之前好好地吃上一顿。

吃到一半，一群衙役进了饭馆，命令旁人都走开。领头的衙役直接走到小龙他们五人的桌子边，指着刘阳和班超说："拘起来。"

朱成拿起剑鞘，重重往身边的板凳上一砸。队长举起一只手，叫手下停下，转过身面对朱成。他显然比其他的人更明事理，至少很客气地说："我们不想和你们争执。"

"那你与我们的朋友又有什么过节呢？"小龙问，也拿起了剑。

"有人告他俩抢劫，企图毒死柯南育。"队长回答。

"真是有意思了。"刘阳说，"是他想毒死我俩。"

"我不相信你的话。"衙役说，"柯南育是本地受人尊敬的乡绅之子，还是这家饭馆的东家。"

"实在巧。"可兰叹了口气说，"有那么多饭馆，我们今天早上偏偏选了他的。"

"似乎老天在告诉我们非得出手干预了。"班超说。

"你说呢？"小龙问朱成，"我觉得应该多留一天把事儿办妥了。"

"我一直觉得有足够的时间替天行道收拾这种卑鄙的家伙。"朱成说，"在现在的情况下，我认为完全有必要多待一天。再则，万一杨晶和易若出了问题，也能马上收到消息。在路上，反而会担心信鸽来不及送信到前方的驿站。"

"你比我预期的深思熟虑得多。"小龙说。

一班衙役这时已对指控者所表现出来的不予理会搞蒙了。队长不想被人当成傻瓜，于是便又清了清嗓子："你们愿意老老实实跟我们回去吗？如果肯配合的话，还能有公平受审的机会。"

"大人，还是拘了他们得了。"后面的一名衙役建议。

队长的手刚一举起，小龙他们五个已经行动了，动作划一地推倒了桌子，在衙役们反应过来之前已经跑出了饭馆。一踏上街头，很快消失在路人中间。还没等他们庆幸逃脱，可兰就瞥见广场一侧的两张布告，把大家推进了最近的巷子里。看到她脸上警惕的样子，大家都没有抗议。

等安全地躲开众人视线后，刘阳问："怎么回事？"

"看见布告了吗？"可兰指着前面聚起的人群。

"出多少赏金呢？"班超问。

"根本无须悬赏。只是假借各种劣迹并把罪名安在你俩头上，寄希望于市民们出于恐惧把你俩交出去。"朱成说。

"现在我能够彻底体会小龙和朱成当时是什么感觉了。"班超说。

刘阳建议："为什么不利用这场针对我们的行动呢？可兰和朱成可以假装成捕快，把班超和我送去柯南育家，表面上讨赏金，然后一齐去找簿记本。"

大家认为这个计划能成功，于是便开始着手实施。朱成把自己变成一个动作出奇敏捷的老妇人，而可兰则扮成一个胡须浓密的中年男

229

子。假如在街上与她俩擦肩而过，肯定认不出她们是朱成和可兰。

"祈祷胡子别掉下来吧。"可兰说着扯了扯粗糙的胡须。

小龙他们五人快到黄昏时才向柯南育的庄园进发。小龙走在屋顶从远处跟着可兰他们。当走到门口时，小龙溜了进去，在主屋房顶上趴好，以便从上面观察事态。

听到有人敲门，两名南育新雇来的打手把门打开。可兰和朱成大摇大摆地跨过门槛，顺手把班超和刘阳向前一推。为了演得像，刘阳踉跄几步，像是要摔倒，可兰伸手抓住了刘阳，注视着最近的打手，发出粗粗的声音，说："叫你的主人出来。给他送大礼来了。"

"主人不在。"打手说着厌恶地看看班超和刘阳。

"赶紧派个报信的去叫他回来。"朱成用一种尖厉的声音说，令周围的人都不禁皱起了眉，"你打算要我们走吗？"

见有打手跑去找柯南育了，可兰问："你不打算请我们进屋吗？"

"我觉得不是个好主意。"打手说。

"我们还是去官府吧。"可兰说。

"不，不。"打手说着举起双手拦住了可兰等人，"先进去吧。"

"明智之举。"朱成说。

打手不太相信似的带他们进了主楼，可兰让打手接手班超和刘阳。一群人提着剑把刘阳和班超赶到地窖里，用铁链锁到柱子上。

可兰和朱成这时在客厅里自得其乐起来，吆喝着下人和打手们拿各种点心。因为柯南育有下毒的先例，朱成对拿来的食物和茶点格外小心。

小龙等所有的人进屋后，悄悄通过窗户进了大屋一楼，向地牢走去。因为全屋的人都在围着两个挑剔的客人团团转，小龙当即找到了

楼梯下了楼。地窖里，三个看守班超和刘阳的打手连叫出来的时间都
没有就被放倒了。

　　小龙放倒三个看守后，班超便弯腰从靴子里取出一把匕首，割断
了绳子，片刻之后，刘阳也被松了绑。小龙、班超和刘阳悄悄走到楼
梯口听着动静，等待下一步的进展。

　　在南育赶回来前的整整半个时辰里，朱成和可兰演得很卖力，让
柯家的仆人和打手忙得团团转。柯南育大步走进了屋子，微笑着朝朱
成和可兰鞠了一躬："听说两位能干的捕快有特殊的礼物送到我家门
口来了。"

　　"我们听说，你对两个人，可能比对官府更有兴趣。"可兰说着
用指头比了比数钱的动作。

　　南育当然注意到了，笑得更欢了："你们会发现，我对朋友是非
常大方的，我对每一个生意都是这样。我在这城里有几家酒馆和客
栈，和其他的店东家不一样，你要租我的地方，我从来不问问题。二
位不是本地人吧，以前没见过你们。"

　　"说得对。"朱成说，"我们走南闯北，去过很多地方，有案子
就会接。"

　　"如果你们要逗留一阵的话，很乐意为阁下提供最好的住宿，不
收钱。"南育提出。

　　"多谢你的盛情，我们不喜欢在一个地方停留太久。"可兰说。

　　南育理解地点点头："我懂。两位这么爽快真是叫人痛快。两位
请容我片刻，我这就去取你们应得的赏金。"

　　在底下地牢的入口处，小龙、刘阳和班超远远听见客厅里传来的
声音。他们听出是南育的声音，便朝那个方向走去。半路上遇到了两
个仆人，他们来不及叫出声就被打晕了过去。

快到客厅时，听到南育离开，他们暂时躲进了走廊边上一间屋中。直到南育又从原路回到了客厅里，他们才出了储藏室，溜出了大屋，避开所有打手的视线，离开了柯南育的庄园，在附近的街上等着朱成和可兰。

南育带着相当大的一袋银子回来见两名乔装打扮的捕快。他走到可兰与朱成中间的桌子边，把钱袋放下、解开，给可兰与朱成看看里面的银子："我相信这是你们喜欢的。"

朱成俯身过去，像是要仔细检查一下银子。她做这动作时，已从南育的口袋里掏走了一份卷轴，偷偷放进自己身侧的袋中。整个过程中朱成面不改色，没有露出一点儿破绽，好像她眼下唯一重要的事情就是考虑面前的赏金。朱成看着可兰，表示满意。

可兰粗声粗气地宣布也对这赏金的数目表示接受，朱成将银子包好，两人不露马脚地走了出去。

等她俩到达约定的会面地点，刘阳冲了上去，问道："拿到了吗？"

"当然拿到了。"朱成说，眼珠子一瞪，"忘了我是谁？"她取出簿记本，扔了过去。

刘阳接住，鞠了一躬："我为怀疑你的能力道歉。"

最难的任务其实是在这簿记本里找到一个清白的当地官员。终于他们发现了有一名官员——牟大人，有足够的权力将南育绳之以法。

见到牟大人时，已是深夜，但牟大人非常乐意利用他们提供的信息。他迅速纠集了一队官兵，直接走向南育的宅院，就像几天前捕头做的一样。

刘阳他们五人跟在后面，在南育被抓走的时候，刘阳和班超互相点点头，心想今晚可以好好地睡上一觉。

31^章

前一天晚上，杨晶快到家时，把两匹马系在路边的树上。她拍拍马儿的脑袋，叫它们安静，然后继续步行，成功地溜进了自己屋里而没有引起看守的注意。

杨晶的父母还未入睡，正在灯下看书。见她走进屋里随即抬起头，杨重说："回来得很快嘛。好消息还是坏消息？"

"都有。"杨晶坐了下来，以最快的速度把所计划的事告诉了父亲。

"暗探可信任吗？"庞碧问道。

"听命于三个姑娘。"杨晶说。

"我不相信姑娘们有这么大的权力。"杨重若有所思地说。

杨晶笑了起来，透露了三个姑娘的真实身份。杨重和庞碧很长一段时间一言不发，对突如其来的消息不知该如何反应。

"如果你所说的是真的，我很惊讶她们这样向你和盘托出。"庞碧说，"我们毕竟仍然算是叛军的一部分。"

"我知道这听上去有些奇怪，但她们比你们见的朝廷命官都更明智。"杨晶说。

"从你刚才所述，我们看得出来。"杨重同意，说着便站了起来，"但如果让朝廷信任我们，至少得开始照你的计划采取行动。今晚去哪儿？"

　　接连两个晚上，杨晶和父亲成功地完成了任务。被拜访的义军领袖见到杨重，一开始有些警觉，但很快接受了他的劝说。事实上，许多义军领袖已在找理由来推翻范崇的领导地位。

　　范崇似乎已经失掉之前的政治手腕。对忠于杨重的人，非但没有采取和解的方式，反而处处讥讽，故而大家非常乐意提供证据证明范崇是为了消除异己而撒谎。

　　以后的两个晚上，杨晶睡得很少。她夜里陪着父亲走遍各地，并赶在黎明前骑马回来。

　　第三天晚上的夜行之后，杨晶和杨重在天刚蒙蒙亮时回来，把马儿留在了平时的地点，偷偷潜回屋中。

　　刚一踏进屋子，杨晶和父亲愣住了，感觉不对劲儿。蹑手蹑脚地穿过内屋，向平时庞碧习惯等着他俩回来的屋子走去。他们走到一半，便被一队守卫团团围住。他们心中对不测早已有了防备，双双冲了上去。他俩轻松地打退了守卫，继续向前。一些守卫紧追在身后，举起长枪猛刺。

　　"我在这儿挡着，你去找你母亲。"杨重说。

　　杨晶照着做了，杨重转过身子时，她已经向里屋飞奔而去。领兵打仗多年的杨重有足够的经验在绝境中保持冷静。在这条狭窄的走廊中，他确信自己能一夫当关，挡住这些守卫。

　　杨重一把抓住了冲他脑袋飞来的枪头，猜测着范崇为何派兵前来。也许他已经发现了自己的秘密活动。如果是这样的话，杨重相信范崇也到了。

　　杨重决心亲自跟他单打独斗。没有范崇主持大局，叛乱极有可能会迅速崩溃。那个冒名顶替者，不管是个如何高明的骗子，都不可能真正凝聚起部队，遑论真的指挥这样一支成员复杂的队伍。

心中主意已定，杨重开始边战边退，决定尽快找到范崇。

与此同时，杨晶冲进屋中，见她母亲已经被另一群守卫制服。守卫试图来抓杨晶，她躲了开去，发现大部分是门口的守卫。起初，她以为只是守卫们发现他俩不见了，但还有另外一些人在，这意味着范崇肯定发觉了他俩这几个晚上的行动。

见母亲安然无恙，范崇显然没打算立刻杀了他们。杨晶打倒了最后一个守卫后，庞碧站起身，两人一起沿着走廊走去。

"发生什么事？"杨晶问道。

"范崇已经知道了我们的计划。"母亲说，"范崇和洪翩在楼上。我告诉他们，我们的所有文件藏在楼上。"

没等杨晶再发问，杨重已从转角处跑来，喊着："范崇在哪里？"

"别逞能。"庞碧喊道，"尽快离开。仇以后再报。"

尽管心中原来另有打算，但杨重没有顶撞他的妻子。相反，他们三人都冲进最近的房间，跃出窗外。杨晶几乎是撞开窗子的，然后翻了出去。最后，她转身伸手助她母亲爬出窗子。

他们三人还没跑出多远，一大群人就从阴影中出来包围了他们。范崇和洪翩很快从人群中走出来直接面对他们。

"别试图否认你的罪行。"范崇见杨重打算上前声讨，立刻说，"在此之前，即使我手上有着无可争议的证据，也难以相信你可能是一个叛徒。我一直以为你是忠于我们事业的，甚至想要说服自己，你从未想过要送出这封信，只是以防万一。但是你已经陷得太深，竟然偷偷溜出去与朝廷暗探会面，真想问问你为什么。"

"你是一个懦弱的老家伙。"杨重反击，"追逐权力的欲望蒙蔽了你的双眼，使你看不见真相。要不就是你故意无视事实，以此攫取更多的权力。你真的相信身旁站着的这个人是洪朋子的儿子吗？你远比我了解洪家。连我都发现了他不是自己声称之人，你能凭良心说，你从来没有怀疑过吗？"

范崇毫不迟疑地说："我很惊讶你会想出这伎俩来。即使在这一切之后，我仍然以为你是个有尊严的人。"尽管范崇是这么说，但杨晶看到范崇的眼中有什么东西一闪而过。

她来不及去细想，杨重已经向前一纵，直接朝范崇扑去。她冲着父亲大叫停手，可她还是慢了一步。就在杨重撞上范崇之前，洪翩一把抓住他，把他抛在地上。杨重摔得很重，一下子昏了过去，杨晶和母亲同时惊呼了起来。她俩想冲上前去，但洪翩举剑对准杨重，她俩登时停在了半道上。

"还是安安静静地跟我们走为好。"范崇说，"别指望有人救援。你们所有的同伙也被抓起来了，等起义胜利之后我保证你们会受审的。"

士兵们送他们三人到比杨家大宅更安全的地方关押了，杨晶心中想着朱成提到过的一名暗探。她盼着这隐身在暗处的暗探能够将消息送出去，否则不知道自己和父母能否重见天日。对杨晶来说，范崇不如洪翩可怕。洪翩的目光似乎并不只是冷漠，而是毫无任何感情可言，令杨晶毛骨悚然。

32^章

离开临淄两天之后，小龙五人到了一个名叫安来的小镇。白天的脚程不错，未近日落，便已经进了镇子。

班超建议继续赶路，但朱成摇了摇头："不行。我与暗探们拟定了一个联系方法。如果有消息的话，会送信鸽到我们路线上所经城镇。所以，除非你想冒着接不到报告的危险，今天晚上得在这里投宿。"

"我同意。"可兰说，"我不介意好好睡上一觉。"

他们找到了一间客栈，安顿下来之后，朱成去探查是否有消息传来。不到半个时辰朱成就回来了，脸上带着阴郁的表情。刚刚坐下准备享受一顿丰盛晚餐的刘阳等人立刻起身，跟着朱成去找一个更稳妥的地方讨论收到的消息。

令刘阳吃惊的是，朱成领着大家走到外面热闹的大街上。刘阳问道："我们不该找个更安全的地方吗？"

"没有比这更好的地方了。"朱成说，"在这乱哄哄的地方，没人能偷听别人的谈话，人人都忙着赶回家去。有人一直紧跟着我们，马上能看见。对没有检查过的地方，我一般不太相信，谁知道在饭馆里会不会隔墙有耳？"

"眼下的关键是，发生了什么事？"可兰问，"灾难吗？"

"差不多吧。"朱成说，"洪翩今晚会动手对付杨重和反对范崇的人。但是这还不是最糟的。根据暗探所报，洪翩这几天之内也打算对范崇下手，这样他能获得对义军的完全控制权。一旦得逞了，他就会开始进攻了。"

"我们今晚要赶回去吗？"刘阳问。

"没有意义，"小龙肯定地说，"赶到那里，想要阻止洪翩，也为时过晚。如果担心的是他会伤害杨重等，应该还不会，因为杨重和其他策反了的领袖们仍有利用价值。不管怎么说，以我们自己眼下的力量也不足以对付整支军队。"

班超闻言苦笑了一下："嗯，当然做不到。"

"小龙的魔力在这种情况下还是会相当有帮助的。"可兰指出，"但没有魔力了，就非得寻找其他可行的办法了。送消息给柴华有多久了？你们觉得大军现在到了哪里？"

"应该离我们往西还有一天到一天半的路程。"朱成说。

"他们发现我们不见了吗？"刘阳问道。

"当然有这种可能。"班超若有所思地说。

"这事儿现在讨论为时已晚。如果叛军准备进攻，我们怎么做？"可兰问。

"离这里不远有一处关隘驻军。"小龙说，"远不够需要的能制服叛军的人手，但这是能集合起一小支队伍对付洪翩最快速的方法。"

"肯定是不足以吓退叛军，但没有办法能更快找到所需要的人手。"朱成说着，却突然停下了脚步，眼睛紧盯着街对面的一幢屋子。

大家往前走去，见朱成没有跟上来。

"你在看什么？"刘阳问。

"屋子侧面的一枚纹章。"朱成指了一下。

小龙立刻明白了她的意思："没人会喜欢这个主意。"

"谁不喜欢什么主意？"可兰追问。

小龙叹了口气："还记得离开前接到的武林大会的帖子吗？"

"是在这里吗？"班超问道。

"根据这纹章，就在这幢大屋中举行。"朱成说。

"要说服反朝廷的武林人士去攻打叛军是一件很困难的事情吧，可能更容易加入叛军。"班超说。

"你忘了小龙在武林中的地位。在下一个盟主诞生之前，她是盟主，还不如趁被取代之前，先利用一下盟主的头衔和价值。"朱成指出。

"明白我们替朝廷做事，不知道对我们有什么好处。"小龙说。

"可从另一方面想，还有什么方法能找到这么一大群能快速平定叛乱的人呢？"可兰问，"加上驻军，将有一支强大的力量对抗叛乱分子。"

"很高兴你跟我在一条战线上。"朱成说，"试一试。最糟糕的情况还能怎么样呢？"

"我能想到一些可怕的事情。"小龙说，但见朱成看着她的表情，只能点头表示同意，"你说得对，我们得试一下，虽然不情愿，但我还是得承认这一点。"

"不妨开始行动吧。"朱成说着转身向对面一幢大屋走去。屋子无论从哪一点看，都像是一间正常的客栈。她直接走进大门，睁大眼睛寻找着能指点大会地址的标记。

尽管小龙在很大程度上对这一使命仍不确定，但已经准备应付任何形式的公开讲话。事实上，她一直没能克服在除了朋友之外的人面前说话的恐惧。在朝堂上，局势已经被牢牢地控制了，很少会生出不可预知的事情。可是武林大会，是一种诸事皆无把握的情形。朱成在这种情况下可能成功，刘阳也已达到了不错的水平，但小龙担心自己永远做不到。

客栈里的人忙着互相聊天，没人注意到朱成带着大家走进了大屋。朱成他们最终来到通往地下室的楼梯口。走到楼底打开门时，他们进了一条装饰华丽可与任何富商豪宅相比的走廊。

一行人刚刚进门，两个男子轻巧地从阴影中走了出来，微笑着索要邀请信。出乎大家的意料，朱成掏出一张纸条递给近旁的一个男子。他快速地扫了一下邀请信，指着右边的走廊，鞠躬请朱成他们进去。

等走到两个男子听不到他们说话的地方，班超凑过去问道："你怎么会有邀请信呢？"

"我未卜先知。"朱成说，"这纯粹是巧合。我带着邀请信来的，想着万一遇上了武林大会，可以看看是什么样子的。当然没有想到会这么有用。你真的以为我会预测到这事可能发生吧。"

"有了你，谁也说不准。"可兰说。

朱成他们继续沿着走廊向前走，隐隐约约听到说话声。他们走进了走廊尽头的一扇门，房间里聚集了天下功夫最好的两百多位武林人士。为了避免引人注意，他们贴着墙根儿走了进去，打算先观察一段时间。

可是冯坚的突然出现，破坏了他们的计划。冯坚就是小龙、班超和朱成意外闯入的一场比武的主裁决。他立即认出了小龙他们，笑着说："看来请柬还是送到了。"

"有更重要的事情和你商量。能否找一处更加私密一点的地方？"朱成问道。

看到小龙他们脸上严肃的表情，冯坚穿过人群向一个深嵌在墙上的门走去。他们出现在另一条走廊上，然后走进一间议事厅。

大家坐下后，朱成把每个人的真实身份介绍了一下，并把为什么会离开宫中、到达目的地时的发现向冯坚和盘托出。

事实上，像第一次见面时一样，小龙一直为冯坚在武林中的地位感到纳闷。她在江湖闯荡多年，从未听说过冯坚的名字，但他却在小龙意外获胜的一场久负盛名的比武中担任主评判。

朱成说完，冯坚靠在椅中考虑着。没多久，他就做出了决定，对刘阳点点头，说道："我很早就不屈从于任何朝廷权威，但对你所做的，非常尊重。"

刘阳不知道该说什么，但冯坚继续说了下去："说实话，我自己很愿意鼎力相助。每次开会，聊的都是做什么来帮助民众，我想不出比帮助你们更好的办法了。"

表示了肯定的支持之后，冯坚详细制订了帮助的计划。考虑到时间紧急，刘阳他们五人前往驻地，集结驻军。冯坚负责说服武林人士。

两路人马定于山思会合。

计划制订完毕，冯坚护送刘阳他们从后门退出。离开之前，刘阳向冯坚表示感谢。

"我的消息称你们在京城里革了许多无能大臣的职。"冯坚说，"即使是武林中的一些人士也都渐渐喜欢起你的治理了。"

"这应该能让你的工作容易一些。"班超说。

冯坚呵呵一笑，道："当我呼吁时，我不会一开始披露你们的真实身份，而是以人民不应再受到叛乱的影响为理由，不然的话可能会适得其反。"

在走之前，可兰问道："说真的，信鸽是怎么找到小龙的呢？"

"这是一个古老的家族秘密。"冯坚笑着说，"这也是为什么我一开口，有那么多人愿意听令的一部分原因。"

小龙眯起眼睛看着冯坚，仔细地想了好久，冯坚的话唤醒了自己一部分的记忆。很多年前，听说过有人可以训练鸟儿做事，听上去好像是魔术。也许只是天马行空的传说，可也许就是由面前这个毫不起眼的人身上而来。没过多久，刘阳他们五人出发了，向着今天来时的路重新折了回去。

"你认为冯坚能说通武林人士吗？"刘阳问道。

"最起码，他去做说服工作肯定比我要行。"小龙说。

"我不知道。"朱成说，"你说服了我不杀刘阳，只不过有时候后悔一下而已。"

刘阳他们一路笑着并不停地疾驰，直到月亮高高地升上了天空。

33^章

三日之后，刘阳他们再次进入秦州，带领着一小支军队，以及几乎所有来参加武林大会的武林人士。

说服驻军和他们一起奔赴叛变现场比预期的更容易。他们五人一掏出令牌，表露身份，驻军指挥官就跪了下来，并表示永远忠于皇帝陛下。

到达城防堡之后没多久，在指挥官的号令之下，他的人很快装备完毕，并上了马，整队守军已经开拔。事实上，他们不得不在山思花半天时间等待冯坚和武林人士。

冯坚和武林人士赶到后，刘阳他们花了一些时间整合兵力，并且感谢所有的武林人士赶来相助。众人直奔范崇的私人领地。为了避免引起注意，当晚停在了秦州边界之外。天一亮全部起身，继续挺进，到了中午已经能看见范崇的领地了。

知道过不了多久叛军就会收到他们进入州界的消息。当他们进入范崇的领地时，驻军军官带领部队左右包抄，很快将范崇的大宅团团围住。不出他们所料，范崇住在一处差不多能称为堡垒的住所。大院的围墙足有两丈之高，墙头上还有哨兵。

不久，范崇本人出现在墙头。即使从这么远的距离望过去，小龙也能看到范崇对这一最新的发展态势感到愤怒。

"要冒险派人上前让范崇投降吗？"班超问道。

"我毫不怀疑范崇会直接杀掉信使。"可兰说。

"我主动请缨。"一位名叫彩月的年轻女子说，"看看他们怎么对付我。"

她掉转马头向旗手驰去，把大旗接了过来。然后，在众人的注视下，她朝着大宅驰去，停在弓箭所及的范围之内。

还没等彩月开口，一阵箭雨便破空朝她射来。她从马鞍袋中取出自己的长棍，在面前舞将开来，轻松地打掉了所有箭羽。下一阵箭又破空而来，她还是使出同样的招数，其中的一支箭被用力挡了回去，力道之大将箭深深地扎进了发箭者自己脚下的围墙中。

然后，她策马回到众人身边，把旗帜抛回给旗手，说："他们似乎并不打算谈判。"

"好。"朱成说，"这样反倒会更有趣呢。"

顺着队伍传下号令，让士兵们原地不动。同时，小龙他们五人带领大部分武林高手直接向范崇的大院奔去。他们从四面八方向大宅靠近，大多数人根本不需要门。

守卫当然用弓箭对准了他们猛发，大家挥舞着手中的兵器，随便就把箭支击落了。小龙是最早到达墙下的几个人之一。她一近墙边便纵身而起，稳稳地落在墙头。一上了墙，片刻没耽误，她抓住最近的一名士兵的弓，干脆利落地一折两段。弓箭兵身边的一人想要掉转头来对准她时，趁箭还没击中，她便在半空中一把接住，然后冲着他的头重重地挥出，打得他不省人事。她又放倒几个士兵，大部分主动前来援手的武林人士也已经上了墙头。

见到情势已经在控制之下，小龙如霹雳般带着紧随其后的众人朝主屋冲去。他们脑中的首要之事，是把杨晶和杨重从地牢里放出来，最不想看到的是二人被用来挟制他们。

由于他们对大屋的地形不熟，不知道地牢在何处，可兰说："我们分头去找。"

"带上班超吧。"朱成说，然后，转身对刘阳说，"你和我在一起，小龙独自行动。"

小龙翻身跃过窗户，落地时一滚。站起身后，小龙快步走向走廊，迎面撞上了一群发疯似的仆人挥舞着武器，向着出口冲去想要对抗入侵者。他们只顾自己忙活，甚至没有注意到小龙，于是她伸手抓住一人的前襟，将他拖进房中。没等他反应过来，她就一把关上了门，一手抵着门，另一只手捂住了被她抓住的人的嘴。

小龙一边抵着门挡住外面人的冲击，一边望着她抓住的人，问道："杨重和朝廷暗探都被关在这栋屋中吗？"

"我什么也不会告诉你的。"被抓住的人一边试图挣脱一边说。

小龙不耐烦地放开他一小会儿，在他逃走前又抓住了他的手。她一扭他的食指，痛得他脸色一下子全白了。她刚稍稍松了一下力，他便喊了起来："他们不是在这栋屋子里！"

判断这话是真的，小龙离开门，松开他的手指，然后对准他的头猛击，一下子打晕了他。同时，她松开了门，这就意味着之前一直在推门的人全部涌了进来，他们跌在地上堆成一堆。

他们刚想站起身来，小龙以一种如同魅影般的速度从他们中间穿过，影侠是她当年行走江湖行侠仗义时用的名号。在他们还没能觉察出面前的威胁，更不用说有所反应时，她已经把他们都击昏在地上。她又从窗口跳了出去，迅速地查看着情况。

在整座大宅中，武林人士不费什么力气就收拾了范崇安排在家中围墙内的农民军。她目光所及，双方没有连续过几招。尽管武林人士功夫一流，但大部分不是崇尚暴力之人，尤其是与明显实力不匹配的对手交战。小龙感到很放心，他们不会轻易取人性命，缴了械或者让他们动弹不得便会住手。

见这事不成问题，小龙转身朝下一个目标走去，就是班超和可兰冲进去的一幢屋子。这一次，她都懒得走窗口，直冲大门，一路奔一路打开对手。等找到楼梯口时，她几乎是飞下来的，一边叫着班超和可兰的名字。

听着他们的应答找到了方向，小龙冲进昏暗的地下室，终于找到了正和满屋子士兵打着的班超和可兰。许多手执兵器的士兵已经倒在地上不省人事。小龙边助他们一臂之力，边问："犯人关在这里吗？"

"还没来得及检查整个地方呢。"班超回道。

小龙伸手抓住一士兵，猛地向可兰推去："接住，审讯他。"

可兰一脚踢开自己的对手，见一人向她的方向跌跌撞撞而来，把他的手腕往背后一扭。小龙和班超继续在屋中辗转腾挪与士兵打着，可兰推着那人直逼到角落里，很快就确定犯人没被关押在这里。事情一完，可兰就敲晕了他，转向小龙和班超。

小龙和班超留心着可兰的讯问，大家互视一眼，班超问道："去帮助朱成和刘阳吧？"

"我无法想象朱成会需要多大的帮助，不过当然了。"可兰说。

当他们转身准备出屋子时，一名年轻男子走了进来。从士兵们看着他惊讶的样子，小龙推测此人必是洪翩。从他扑向自己之前短暂的一瞥，小龙已经看出来他是这里武功最好的人，哪怕这座宅子里现在差不多聚集了江湖中最出名的高手。

刹那间便证明了这一点，洪翩恶狠狠地向小龙袭来。虽然小龙已経做好了准备，但当他狠毒地向她一剑扫来时，她几乎躲避不及。她一边转身躲开，一边从鞘中抽出了自己的剑。果然，刚一转过身，看见洪翩已经挺剑向自己跃了过来。两人的剑交撞在一起，小龙不得不退了半步。已经有很长时间没人能够抵挡住她，更不用说把她像这样击得退开去。

小龙迅速收起自己的惊叹，上前格挡洪翩的下一击。他的速度跟她的一样快。她挡住了他接下来的几招，试图看出他的武功路数来。但即便观察细致的她，也不能确定他的路数，或者他师承何派，也许是离开江湖太久了吧。但是她不得不想，从来没有见过有人像这个年轻人这样出招的。

这些都不重要了，小龙需要战胜他。以后有足够的时间来拷问他出自何派，为什么要引起这一场叛乱。

正当小龙准备出击，洪翩却出人意料地退了开去，反而朝可兰和班超扑去。他这离开两人之间的战斗，而转向另外两人袭去的变化发生得太快了，小龙只得手忙脚乱地跟了上去。班超刚来得及举剑格挡，但洪翩击下来的力道之大，使得两人兵器相交时，班超被震得整条小臂发麻。班超完全跟不上洪翩的速度，被他一拳扫到了一边，然后他又向可兰扑去。

洪翩张开手掌击上了可兰格挡的手臂，将她打到了墙上。不过，如果不是小龙在最后一刻匆匆赶到，冲他胳膊用力一拉而影响了他发招，这一击的后果可能会更加糟糕。

即便如此，可兰还是一口气提不上来，倒在了地上，靠着班超的帮助，才勉强站起身来。班超捂着酸痛的手臂走了过来，一把拖起了可兰。他们转过身，看到小龙和洪翩正打得不可开交。没等班超抓稳剑柄打算冲上去帮忙，小龙就飞来一眼，大声喊道："快出去！"

可兰当然不愿意，但班超上前跨出半步时，可兰抓住他的胳膊，拖着他出了门。虽然她和班超一样想上去加入战团，但她看得出他们只会令小龙分心。一开始，班超还想反抗，但很快跟随在可兰身侧。随后听到身后传来急促的脚步声，转身一看洪翮已经冲出屋子，朝他们追来。他们互视一眼，双双继续朝出口飞奔。最起码，可以把洪翮引到更开阔的地方，这样各路盟友能帮助一起战胜危险的洪翮。

刘阳和朱成此时已经一路打到了选择查看的屋子的最底层。当他们进屋的时候，大部分士兵已经撤了出去，可供他们发挥的地方更大了。

当他们来到用作地牢的地下室时，遇上了真正的抵抗。大概估计到他们会来，留下来看守犯人的士兵们一见朱成转过屋角就朝他们一箭射出。因为早已经听到了开弓的吱吱声，所以她并没有被打个措手不及。她不耐烦地挥舞着剑将箭打开，趁弓箭手再次发射之前向前扑了上去。随着她的剑锋几下砍扫，砍落了弓的上端，弓弦直接回打到弓箭手脸上，令弓箭手向后跌撞开去，她于是占据了更多的上风。

刘阳也扑了上去，迫不及待地将最近的对手压到了墙上，令他的兵器脱手，然后从硬硬的墙面上弹了出去，与离他最近的同伙撞到了一块儿。两个士兵诅咒着倒了下去，很快当朱成再次动手时，又有更多的士兵重蹈覆辙。她将所有的弓都劈掉了一半之后，重新收剑回鞘，赤手空拳就冲着士兵而去。在她的猛攻之下士兵很快都倒下来，在被打晕之前勉强动了下手。她和刘阳很快把堵在路上的士兵清理掉，继续向大厅走去。

来到了第一间锁着的门前，刘阳拔出剑打算砍断锁。看到朱成冲他扬了扬眉，这才怯怯地收起了剑。就在他完成收剑入鞘这动作的同时，她已经挑开了门上的锁，把门打开。

易若走了出来向朱成行礼："大人，我为我们制造的麻烦道歉。"

"别胡说了。"朱成说，"这其实更叫人兴奋。其他人关在哪儿？"

易若说他不知道，他们三人便继续前去寻找，很快找到了杨家人和被关在其他屋子里宣称对杨重忠诚的人。有了朱成快速并高效的开锁手法，没多久所有人便被放出了。

杨重迅速聚集了这些仍感困惑的人，他们往外走时，杨晶问道："这是怎么回事？你们已经带军队来了？"

"你们被抓之后，朱成的暗探送了消息给我们，详细说了洪翩的计划。他计划废除范崇，直接接管整个叛军。而洪翩一旦控制了兵权，就打算开始进攻。"刘阳解释说。

"因为大军仍然可能在一两天路程之外，我们认为最好还是抢占行动的先机。"朱成说，"救你们大家出来是另外一个目的。"

"别待在原地了，快点走。"朱成命令道。

大家冲出了大屋，看到大院中还一片混乱，朱成和刘阳立刻投入了战斗。

34^章

　　杨晶环顾四周，看见范崇正想击退一名使双棍的中年妇人，便向前直接冲了过去，她一路上注意到了范崇的人马已经在猛攻之下招架不住了。跟范崇斗在一起的妇人注意到了杨晶，便退了开去。杨晶一下子将范崇打得飞了出去。他落地站住脚，跟跄着退了几步。当他看清楚是杨晶攻击了他时，几乎吼了起来："你父亲不愿意自己出手了？"

　　"我跟你之间有他和你一样多的账要算。你怎敢策划这场叛变，危及全体百姓？"

　　"是你父亲召集的第一次会议。"范崇说。

　　"我们相信了洪翮，但你肯定从一开始就知道真相。你以为你可以操纵大伙儿。你和洪翮一起密谋了多久？"杨晶质问道。

　　"差不多从一开始。"范崇说，"我带着怀疑找洪翮，他告诉我他只是在大屠杀中活下来的一位远亲。我告诉他，我只关心是否能朝着一个共同的目标努力。然后我们设计陷害了你父亲，把他从领导地位上拉下来。可没想到你们居然真会去做我们所指控的事。"

　　"你比我想象的更傻。洪翮也开始密谋反对你了。没想过为什么你当初去找他的时候他没有杀死你吗？"

　　"你以为我不知道这种事情会如何演变吗？当然知道他不希望有

把柄落在我的手上。我自然也采取了一定的预防措施。"范崇说。

"很显然，预防措施不够充分。"杨重说着走了过来站在女儿身边。

范崇继续说着什么，但这时父女俩已经没有听他说话了。他们对视一眼，动作一致地出招向他扑去。面对他们俩的联手，范崇没顶多少时间，很快发现自己倒在地上，一柄剑抵上了他的喉头。

此时，混乱已基本上平息下来了。就在大家打算放下防备之际，可兰和班超从一幢屋子的大门里撞了出来。洪翮紧跟在他们身后，而小龙几乎飞在他头顶之上。

到了开阔的地方，洪翮便向前一扑，抓住了班超后背的衣衫，用力地向下一拉，但班超向后一个空翻翻了开去，以免受重伤。这一扯把他远远地抛入空中，飞出很远的距离才落了地，他揉着脖子上衣领和皮肤接触的地方。

洪翮一心一意要抓住班超，这给了小龙一个机会靠近他伸指点中了他颈后的穴道。令小龙惊讶的是，他的内力反弹竟然将她弹得跌撞了出去，她最后抓住门框才没有摔倒。

朱成一听见门被撞开的声音，马上跑了过来。她到达之时正好见小龙向后跌了出去，便出拳想要击中洪翮的脑袋。他挡住了朱成的一击，然后挥拳出去。出于本能，她向后一退，但却没能完全避开。他的拳头击中了她的小腹，打得她翻滚着撞上了班超。

他们站起身，止不住呻吟时，洪翮已经把注意力转向了跟在朱成身后跑上来的刘阳。可是当洪翮纵身扑上前时，小龙飞身挡在他面前，格住这一击。她与他对峙了相当长一段时间，两人谁都没有能占对方一点便宜。两人的内力相互撞击着，气劲之强能叫武林高手也无法靠近。

过了一会儿，小龙瞥了一眼刘阳，见他动都没动过。于是，她冲他喊："走，快点走！"

他还是没动，可兰冲过去，不顾他的反对把他拽走了。

"放手。"刘阳命令道。

"不要犯傻了。"她一边强拉着他走一边说，"我俩什么都做不了，只能碍手碍脚。如果洪翿抓住了你，想象下会发生什么事情。你能做的最好的事情是保证自己的安全，这样他就没法利用你来对付我们了。"

"可是……"刘阳说。

可兰叹了口气，继续拖着他走："看来今天只有我是明智的。刚才我一样得拉走班超。"

"如果他真的那么厉害，我们就得回去帮忙。"刘阳说。

作为回答，可兰只是命令他继续前进。

这时，朱成弯下腰去，一只胳膊抵着腹部。班超在边上关切地看着，还没等他开口询问，她便又扑了上去。于是，他和左近的所有武林人士都冲了上去，以助小龙一臂之力。见到冲他而来的人，洪翿知道自己无法取胜。他推开小龙，纵身跃入空中，左闪右躲避开向他掷来的各种物件，一大群人开始追在他身后。

小龙一马当先，当洪翿翻身跳过围墙时，她立刻也跟着跳了出去。他朝包围着大院的士兵滚了过去。士兵们见他朝他们的方向飞驰而来，便聚到一起在他面前挡住他的去路，无疑是要尽他们的职责阻止他逃跑。但小龙知道，士兵们根本没机会成功。

于是，即便这会令她减慢速度，她也还是深吸了一口气，用最大的声音叫道："不要挡着路。"士兵们一脸疑惑的样子，不过她又重复了一遍命令，他们便都散了开去。有一两个躲开的速度不够快，洪翻便直接撞了上去，把他们撞飞出去。紧跟在小龙身后的冯坚和谭尼立刻朝两边岔了开去，以便在士兵们砸到地上之前救下他们。

小龙跟在洪翻身后向前冲，但他将距离慢慢拉开，她终于停了下来，看着他逃远了。

"他会回来的。"朱成追了上来说。

"这正是我担心的。"小龙说。

"但你能打败他，不是吗？"班超问道。

"也许打不过。"小龙坦言，"而且他再回来时身后会跟着一支军队。"

"我们得做好准备。"朱成说。最后几个字说得有些艰难，他们转头去看她，见她踉跄了一下，捂着肚子。她做了个鬼脸，见他们要上前来帮她时，朝他们挥了挥手。

"怎么了？"班超问道。

"他打得我还真是挺重的。"朱成回答，"我只需要调匀下气息。会没事儿的。"

段歌，一位凭借着卓越的武功和无人能及的药理知识而极受人敬重的老妇人，不理会她的说法，走上前去抓住了她的手腕。替她把了脉之后，她说："你需要休息。"

"我只需要指使别人做事就行了。"朱成说。她走开去下令士兵进入大院。

段歌看着她走开，说："请看着她。我去看看那些受伤的人。"

小龙和班超交换了一个眼色，但如果朱成顽固地坚持不休息，他们也没有办法。再者，她的话也有道理，至少有一部分是。他们得让大家进范崇的宅子。要不了多久洪翻就会带着所有的士兵回来。等他宣布与范崇为敌，士兵们只会更加容易追随他投入战斗。

朱成带着士兵们进入大院，开始准备防御工作，小龙暗咒自己让洪翮逃了出去。几乎无法想象能不通过暴力来结束整个局面。如果能同时抓住范崇和洪翮，在大军到来时，就能保证叛军全部投降。

小龙现在毫不怀疑洪翮将把这挫折变成自己的优势。小龙叹了口气，暂时放下她的无奈，专注于手头的任务。在大院里面，可兰叫人打开大门，让带来的士兵全部进入门内。大家进来之后，又关上了门，并确保接下来门一直紧闭。然后可兰命令士兵们行动起来，把所有的犯人送到地下室里关起来，并派人看守着。

一两个时辰之后，他们尽最大努力做好了防御工作，不管冲着他们而来的会是什么情形，他们已经准备好了迎接。士兵们站在围墙上，在西斜的落日下盯着四周。不管怎样，大家还是继续忙碌着，从水井中取水，也统计了一下食品存储，以防万一他们需要在围攻之下坚守一阵子。

在审问了范崇之后，由易若亲自看守他。根据范崇提供的情报，他们找到了一小批武器，并分发了下去。夜幕降临后，整个大营渐渐平静下来。杨家众人以及朱成和刘阳救出的其他人，主动要求跟抓住的士兵们谈谈。大多数俘虏明白过来洪翮是冒名顶替者之后，选择加入刘阳这一方。

朱成把投诚过来的士兵混合编入皇家军中。

"还有事情要做。"朱成说。

"不想拿权势来压你，但必须跟我们一起吃晚饭。"刘阳说，"你看上去脸色苍白。"

"同意刘阳的说法。"小龙说，"你看起来随时会晕倒似的。洪翮究竟打得你多重？"班超和可兰理解了小龙的意思，一起扑了上去，抓起朱成的手臂把她往段歌充作临时诊所的屋子拖去。朱成反抗着，但他们抓得很紧几乎压得她快跪下了。

"还有什么说的吗？"刘阳质问。

很难得，朱成这次没有妙语连珠回敬，跟着他们来到了临时诊所。一走进房间，段歌就发现了他们，示意他们到厨房来。她拿起其中一只陶壶的盖子，倒出一碗褐色的中药。她用一种不容置疑的方式，将药递给了朱成。朱成将药全部喝下去后，开始咳嗽，又呕又吐的样子。

"你给她喝了什么？"小龙问，"见她吞过最苦的毒药都没有眨一下眼睛。"

"最难吃的东西。你干吗放这么多龙胆草？"朱成问道。

"你照我说的早点过来，就不用放这么多了。"段歌说。她走开去检查另一名肩膀上缠着绷带的士兵，一边冲他们眨眨眼睛。

班超看着朱成目瞪口呆的样子，笑了起来，说："你不得不承认段歌还真能治住你。"

"根本没这回事。"朱成回嘴道。她想往门口走去，但小龙挡住了她的去路。

"你得休息，必要时我会亲自敲晕你。天亮前我们的敌人不会来的。"小龙说。

谁也不再听朱成的解释，也不为她的固执所动。朱成别无选择，只能服从，这一晚上休息放松。

与此同时，小龙回去与冯坚商量，冯坚向她保证，在有限的时间内，已经确认一切都准备妥当。此刻，唯一可做的事情就是坐等。

半路上，杨晶截住了小龙，说："之前没有机会，我和父母都要感谢你们救了我们。我知道你们不是专为我们回来的，但不管怎么说，很感激。"

"先别着急谢。"小龙笑着说，"明天洪翩还有可能会突破我们的防御。"

闻言，杨晶笑笑："根据我现在所见，无法想象会是那样的情形。你从哪里找到这么多高手的？"

"从武林大会上。"小龙说。

"你是怎么接到邀请的？"杨晶问道，"无论在武林中还是朝廷上，能得到如此的尊重你都太年轻了些。"

小龙回到了屋中，大家正围坐着聊天，看着小龙等她宣告最新情况。"没有什么重大的事情发生。"她说。

"真叫人失望。"班超说。

"确实很不鼓舞人心啊。"刘阳表示同意。

"你们还想不想让我睡觉了？"朱成说着睁开眼睛，"我是真的困了，你们最好都安静些。"

可兰大笑着站起身来，往段歌为他们每人准备的房间走去："我也得去睡觉了。"

35^章

第二天上午过半，哨兵敲响了警钟。大家上了围墙，班超看到远处黑压压的军队正攻了上来。没过多长时间，小小的堡垒已经被包围了。班超不由自主地感到一阵寒意沿着后脊爬过。洪翩骑着马走在最前面，直接驰到大门口。

很长一段时间，站在墙上的士兵和叛军对视着。小龙说："洪翩不会一直在下面这么坐着的。我们不妨去看看他是否愿意讲理。"

"我猜他不会。我去吧。"刘阳说。

"不行。你给我老老实实待在这里。"可兰说，"如果你敢下去露脸的话，肯定叛军不会多想，只想着杀你或者活捉你。"

"再说，如果洪翩真的像昨天表现的那么厉害，无法保你周全。"冯坚说。

小龙他们最后组成了一小队人去与叛军谈判。跟随三名大将军一起去的，是执意要去的彩月、侯黎和杨晶。六人从围墙顶上跳下，轻轻落到地上，一步步地向叛军走了过去。见他们六人走近，叛军明显紧张了起来，但是没有采取任何行动试图攻击。

他们在离洪翩大约两丈外停了下来，紧盯着他。杨晶的目光从洪翩身上转移到了她舅父身上，庞安坐在洪翩身后的一匹黑马上。他面无表情地看着杨晶，对她目光中的指控，没有给出任何回应。

　　洪翮终于先开了口，看着他们六人，傲慢地说："凭你们这些乌合之众守着小小堡垒，别指望抵挡得了我的大军。投降吧，我会善待你们。"

　　"我们要求你放弃这场叛乱。"小龙说，不理会他的要求，"朝廷大军很快就会赶来，你抵挡不了很久的。叛乱只能令你送命，也给这一地区的无辜百姓带来灾难。"

　　"你根本没资格跟我们讲条件。"洪翮说，"即便真的有朝廷大军已经在路上了，也来不及赶来帮你们。至于百姓，我想你会看到他们起来支持我们的起义大业。"

　　洪翮一直这么不停地说着，班超环顾四周，想要判断在洪翮身后这支部队的作战能力和忠诚程度。看得出来，大部分士兵没有正式当过兵或者很久没有训练了，看上去只不过是穿着盔甲的农夫。

　　可以预见，所有试图达成和平协议的努力都将是徒劳的。双方好像对峙了很久之后，洪翮发出了最后通牒："去问问你们的皇帝吧。别讨论太久，我很快会发动攻击的。到时我就不会心慈手软了。"

　　谈判团走回了围墙，一路上警惕地注意着洪翮和他的人马。走到围墙下，他们一跃而起，落在城垛上。回到墙上，有人转述了发生的事情，大家多少也已经猜到了。

　　可兰见刘阳走了出去，抓了他一个正着。她问："干什么？"

　　"活动一下。"刘阳想着找借口。

　　"你或许应该回到小黑屋里去。"班超说。

　　刘阳叹了口气，准备回去。可马上又摇了摇头，转过身来。

　　见可兰打算亲手把刘阳送回去，朱成拦住了她："让刘阳留下来吧。我还有几招没有使出来呢。我们的情况也不是那么危险。"说完她笑着走了。

"有人知道朱成在说什么吗？"班超问道。

"可兰是最有可能知道的。"小龙笑着说。

可兰摇摇头："你知道她是多么爱把最拿手的瞒着大家。"

"希望这是一手好的。"刘阳说，"洪翩到底有多少人？"

"两万左右吧。"班超回答。

小龙叹了口气说："还是上城墙吧。洪翩不会等多久了。"

小龙他们朝朱成走的方向大步走去，可兰对刘阳说："你得尽量避开人们的视线。当然他们不认识你，但我们最好不要心存侥幸。"

"把刘阳搞得不像皇帝会更好。"班超说。大家觉得是个好主意，找来普通士兵的制服，并帮助刘阳穿上。

似乎他们刚到城墙上，洪翩的军队就开始进攻了。周围的人有些紧张，准备好了为生死而战。但是随着叛军更快地向前推进，他们的阵中发生了奇怪的事情。

在守军一脸茫然的注视下，叛军的先锋部队转身背对着大宅，返身面对着他们的同伴，很快结成了一个防御圈。他们身后的叛军困惑地走上前来，停了下来，不解地看着他们昔日的战友。

而在城墙上，只有朱成知道发生了什么事，脸上现出盈盈笑意。她的计划还是成功了。

在城墙下，洪翩骑到阵前，大声喊道："这是什么意思呢？"

庞安催马从临阵倒戈的人中间穿过，说："我们将不再被你的谎言迷惑。只要我还活着，就不会容许你给百姓带来厄运。"

洪翩抢过左边士兵的弓弩，向庞安直接一箭射去。在洪翩动手之前，小龙早就料到他会这么做，她一边纵身而起，一边用袖针打偏了那支箭头。她飞过准备投诚加入守军的叛军头顶，差不多和朱成同时落在庞安身边。

刘阳知道要乖乖地留在城墙上，可兰一直陪伴在侧，虽然她心痒难耐更想离现场近一些。从城墙上面可以看到和听到发生的一切，可兰非常想上前去，仔细看看洪翮脸上受挫和愤怒的表情。

两个姑娘落地时，庞安点点头，也对赶到的班超点了点头。不过小龙几乎没有注意庞安，她的注意力全部集中在洪翮身上。事实证明，这事她做对了，因为洪翮突然跃离马背，直接向庞安飞去。她纵身而起，勉强把他拨到一边。

她落地的一瞬间，向后移了一步避开狠狠一击。洪翮的动作比她之前交过手的任何人都快，她不得不全神贯注才能挡住他充满怒意的攻击。她将周围的一切都屏蔽在外，完全没有察觉到庞安也下了马，并打算向前扑去。

朱成一把拉回庞安，命令他留在原地，并确保自己的部下会听从号令。然后，她和班超飞扑出去，决定助小龙一臂之力。这时，小龙差不多刚刚和洪翮打了个平手，他们互相向对方出招的速度如此之快，朱成加入战局的一瞬间，差点被重重地敲到头。

班超正好及时把朱成向外一拉，而小龙向洪翮一脚踢出，他迅速地向边上一闪，因此这一脚踢得他没有多重。通力合作之下，小龙他们三人将洪翮逼到了一个逼仄的位置上，看上去随时可以纵身上前制服他。

然而，他猛爆发出巨大的力量，扑上前抓住了班超的肩膀。他将班超往空中一扔，班超自己一个转身，才能脚向下落地。就在他撞向地面之前，冯坚赶到，伸手在空中一抓接住了他。紧随其后，又有几名武林高手跳了下来，一起投入战斗。

很快，小龙终于一拳打中了洪翮的胸膛，将他掷进了身后集结的士兵中间。当他终于重新站起身时，她看得出来他在权衡各种选择。

由于庞安带走了大约一半人手投诚，他想赢得这场战斗已经没有希望了。尽管他自己武功高强，但是有这么多功夫超群的武林人士在场，他连自己取胜都很难保证。而这一战失败，就将意味着不会有农民起义，来增援他的部队。一个正常的人至少会尽量减少损失或者至少暂时撤退，但小龙感到这个将成为叛军首领的人还有一些奇怪的地方。她强烈怀疑他还有更多他们没有发现的秘密。

让她大惊失色的是，洪翩很快证明了她这一直觉是正确的，他冲着天空举起了双手。起初，什么都没有发生，大家只是瞪大了眼睛盯着看，但随后能量在空气中开始噼啪作响。尽管她的魔法在三年前与妖魔鬼怪一役之后已经完全消失了，但她仍几乎能真切地感受到洪翩呼唤出强大魔力所引来的波动。

她和大家一样困惑，猜想着关于洪翩的先祖是神族的传说是不是真的。可是，当洪翩抬头望着她时，她马上明白了一切。他根本不是凡人，就是邪神本尊，或许是终于受够了他们这么多次成功阻止了他的计划。

这个念头刚出现在脑中，旧时的怒火又重新在小龙胸中燃烧了起来。一瞬间，她什么都没想，只想自己冲他扑上去。正是他的阴谋，害死了她的全家。

但是，所有这些年粉碎这些有害情绪的练习在这时派上了用场，小龙没有做出任何冲动的举动来。目前，最重要的事情是确保刘阳能离这个复仇之神越远越好。自从失去魔力以来，这是小龙第一次希望自己还没失去魔力。哪怕只是用来抵挡住这邪神一小会儿，能容其他人带着皇帝逃走。她只能希望其他人也明白过来发生了什么。

其实，当小龙斗胆回头向身后望一眼时，看到可兰和刘阳已经从城墙顶上消失了。这至少让她放松着叹了口气。

　　并没有什么值得小龙高兴的事情，洪翩在继续聚集能量，能量笼罩着所有的人，像一把随时准备敲落下来的大锤。每个人都屏住了呼吸期待着。小龙感觉到身边的朱成绷紧了身子，知道她想要做一些蠢事。

　　小龙还没来得及说什么，头顶的云层瞬间变得黑暗，天空出现了一道闪电。她忽然想起多年前就是这样一束光，结束了耿蜀的性命，这时突然有一层蓝色的结界在半空中截住了这道闪电，让闪电无法击中任何预定目标。

36^章

闪电撞上了蓝色的结界，火光四下飞溅，空气中充满了嗡嗡声。一时间，朱成以为是小龙的魔力又回来了。可她很快意识到定是有别的什么力量在出手，因为蓝色的结界继续往前探，将洪翩卷到了空中。洪翩，或者说是邪神，没有掉下来，反而浮在半空中。洪翩继续保持着对刚才所唤出的一朵黑色凶云的控制，一边扫视着天空。

与此同时，小龙从无所作为的状态中回过神，命令所有人赶快躲起来。他们麾下的人都往大宅逃去，里面的人敞开大门，以便让尽可能多的人进去。

而洪翩手下的人看上去既沮丧又害怕，没有围墙大院可以躲藏，首领们自己也已经一团糟，互相撞在了一起，疯狂地乱作一团。而此时他们头顶的天空已经杀出一道白光来。

白光裂开，天空中最终现出五个飘浮的人形围绕着洪翩。他们的声音轰鸣般地冲着他发出，滚滚如雷声。没有人听得出在说些什么，但小龙理解了话中的要点。他们大骂邪神愚蠢，以为他们会容洪翩在凡间使用神力而不受到惩罚。邪神简直咆哮起来回应，愤怒地挥舞双臂，试图驱动乌云将他们团团围住。

瞬间，天空中云层翻滚，六个人形都变得模糊起来。闪电穿透乌云，风越刮越烈。然后，同样是那道刚才伴着五位神仙到来的白光，直接击穿了黑云。

他们一起朝洪翮发力，搅起的阵阵气浪，将地上很多人也掀翻在地。小龙他们还能坚持站稳脚跟，互相交换着眼神。

朱成竟咯咯地笑出声来。小龙和班超也忍不住跟着她单纯的快乐微笑了起来。班超抬头看着大宅的围墙，看到刘阳和可兰又回来了。两人跳了下来加入他们的行列，让庞安负责把他的人带到大院里去。

"我以为你把刘阳带走了。"小龙对可兰说。

"接着我们看到了……"可兰说着指指六位神仙仍斗得难解难分的天空。突然之间，他们动作平缓下来，不再气劲相交，也没有人动。他们只是这么挂在半空中，向四面八方辐射出劲力。

大家都被这细节短暂地分了神，可兰继续说："事实证明，在紧要关头，不管尚书大人在一旁怎么骂，士兵们还是会听皇帝陛下的。"

"真没羞。"朱成说。

"我知道以后要付出代价的。"刘阳说。

"经过发生在我们身上的一切，这几乎是有些反常了。"可兰说，"我是认真的，神仙终于同意自己出手，清理自己留下的烂摊子了？"

"这是胡说八道。"朱成说，"我还等着亲手把傻笑从洪翮脸上抹掉。"

当大家都冲她翻翻白眼时，他们上空终于又有动静了。从六位神仙那里射出一道如此强烈的亮光，哪怕是闭上了眼睛的人再睁开时，也几乎什么都看不见了。

等小龙终于眨着眼睛恢复了视觉，她看见哪吒三太子将一样物件往地上一掷。它落到土中，震得地面发抖，并开始越变越大。这时，小物件变成了一座巨型的八层宝塔直插云霄。一片云从巨塔的窗口飘出来，缠绕在邪神周围。云先剥掉了他的人形，露出了他的真身。

"连我都没想到他竟是如此丑陋。"朱成打趣说。而事实上，邪神的真身确实不怎么好看，有一些像三年前召唤来的妖魔。除了许多疤痕之外，还有一根巨型的长着鳞片的尾巴，当一座由光柱做成的牢笼罩住他之后，他的尾巴愤怒地卷了起来。一片白云连带着牢笼，把邪神提了起来，他愤怒地咆哮着，撞击着光柱栏杆。

过了没多久，他便被吸进了宝塔中。一会儿，整座塔闪着光，地面可怕地剧烈震动了起来。突然之间，塔重新缩小又飞回到哪吒三太子手中，他轻松地接了过去。

刘阳如释重负地舒了口气，心里希望神仙以最快的速度像来的时候一样消失掉。但是相反，神仙们一动不动地在空中静立了一段时间，才向着他们的方向飘然而来。神仙们走近，刘阳认出就是三年前出现的五位神仙。这一次，神仙们什么都没有说，只是停在五个凡人面前，点点头。然后，便消失得无影无踪。

只有小龙听到一位神仙的承诺：人间将会有百年的和平。她是第一个开口的："这可真是刺激啊。我不知道该怎么说，但这真是过瘾。"

因为这已经不是他们几人第一次看见神仙现身了，便都很快恢复了神色，立刻着手处理清理残军的事务。可兰从墙上探出头去，冲着剩下的叛军大叫道："你们还有兴趣叛乱啊？"见没有人回答，她耸耸肩，跳下墙头，打算走过去接受投降。其他人也跟在她身后跳了下来，向吓傻了的士兵们走了过去。大家看到他们如此冷静淡定，便又清醒了过来。

庞安和杨重很快接手了差点起义的叛军，为自己被操纵而感到有些懊恼。接收过程中，仍然在墙顶上放哨的哨兵大叫有一支队伍从西边靠近。小龙和班超清楚这是从京城开来的部队，便骑着马前去迎接，以确保他们不会误攻大宅。看到了皇家军越来越近，之前的叛军自然紧张了起来，但刘阳很快安抚了他们的恐惧之情。

范崇和最顽固的叛军被交到了刚刚抵达的皇家军手上，准备押解回京，除此之外，刘阳颁布了赦令宽恕了所有参与之人。皇家军被派往乡村各地平息任何有迹象的暴动。为了向没有目睹这一事件的人解释，还需要撰写政令。相助的武林人士离开时，对这些领导着这个国家的年轻人表示了敬意。

武林人士走后，一部分皇家军离去执行任务，一部分在大宅围墙外的平地上搭起了帐篷，事情终于安顿下来了。一有机会，庞安就走了过来。刘阳问："为什么不告诉我们你密探的身份？"

"这就是为什么他是密探。"朱成指出。

"连对我也保密吗？"可兰质问，"是我先任命自己为暗探之王的。"

"更重要的是，你甚至连我都没有告诉。"杨晶说着走了过来。她怯怯地看了她舅父一眼，为曾经怀疑他表示道歉。

"这只意味着我的任务完成得很出色。"庞安笑着说。

"这还意味着我的眼光好。"朱成说。

"我们还没有原谅你不早一些告诉我们你的计划。"刘阳说。

"不指望了。"朱成说。

"我同意。"小龙说，"我敢打赌，这故事现在已经被传得很夸张了。"

"我不知道还能如何被夸大。"杨晶说，"我几乎不敢相信这是事实，虽然是亲眼看见了这一切。"

"相信我。总会有办法的。"小龙说。

37^章

事实上，有关此事的传说比比皆是，早已传遍了全国各地，有些与事实真相差得不多，而有一些版本玄乎得刘阳他们自己听了都忍不住笑起来。一个特别流行的版本称玉帝透过刘阳现身人间，惩罚了叛军。事实上，还得皇上从中斡旋，叛军才被放过而没有被残酷地处死。

刘阳因为面对叛军的勇气，和赦免叛军罪行的慈悲而名扬天下。从那之后，几乎没有人再质疑他统治天下的权力。回到京城时，人群聚拢来，冲着他欢呼，崇拜之情铺天盖地而来。

像往常一样，刘阳保持自己头脑冷静的姿态，不让赞美声冲昏了头脑。他清楚地表明这是所有人的胜利，大家和他一样理应获得这些荣耀。

洪翮被打败之后，皇家军又花了几周的时间，才解决了周边乡村的问题。当最后一批被误导而又没有及时得到关于洪翮身份消息的叛军终于放下了武器时，刘阳授予杨重、庞碧和庞安相应的官职，令他们统领放下了武器的叛军。

一切安排停当，刘阳他们五人向京城出发，身后跟着一队士兵护送。带着行动缓慢的部队，花了近两周。在整个行程中，农民、贵族和士大夫站在道路两侧，想要看上一眼这位如此天赋异禀的年轻皇帝。他率领大军似乎不仅仅是凯旋而归，而且预示着一个新时代的到来。至少这是不少的官方奏折的措辞。

刘阳他们回到京城时，连最固执的文官们都无话可说，只能争相领头欢迎皇帝陛下和他最信任的大臣们回宫。大臣们感谢皇帝为天下苍生做了这么多。轮到刘阳说话时，他好好作了一场秀，请大臣们原谅他为了令叛军没有防备而不得不骗了他们。刘阳趁势宣布大庆三天，这当然取悦了所有人，除了要自掏腰包的大臣们。

刘阳他们回到宫里，要了解不在时所发生的一切。来到平时议事的大厅时，大家已经坐等着了。

众人欢呼雀跃，发自内心地迎接刘阳他们。彭貂甚至从座位上站起身，过来拥抱。没有人像他这样表现出看到他们安然无恙地回来的兴奋。魏夫子本人欢迎他们时甚至没有语带讥讽。

许多事情需要讨论，他们很快坐了下来。范大司马将过去一个半月的事件做了一个概述。除了叛乱，天下并无其他动乱肆虐。康石已经从南部边界清剿土匪回来了，有很长一段时间不会受到土匪的滋扰了。他带了几个最凶悍的土匪回京，并已从土匪嘴中获取了有关南部邻国的信息。

"也许可以升他的职。"刘阳说，"干得很好。"

"你会让权力冲昏他的头脑的。"朱成警告。

"不觉得这有多危险。"班超说，"就连你也没有因为权势过大而得意忘形。"

"你在开玩笑吗？你有没有注意到有多少朝廷暗探是由我亲自负责的？我想大家都知道这里到底谁说了算。"朱成说。

"我不打算反驳。"小龙笑着说，"要不然谁知道你会派谁来盯我的梢呢！"

"她自己做就行了。"可兰说，"或许她会派我负责这项工作。"

"我们只听说了你们一路上支离破碎的一些情况。"柴华说，"到底发生了什么？你是怎么做到在这么远的地方在叛军高阶军官中安插暗探的？"

五人互视一眼，然后转向朱成。"这故事你来讲吧。"刘阳说，"你总是吹嘘自己的能力，正好给你一个机会说个够。"

"我会很乐意告诉大家我是如何一次又一次地力挽狂澜的。"朱成说。她于是讲了整个历险故事，从与海盗相遇，短暂受困于监狱最终又越狱的事，一直到最主要的故事中如何设法平息叛乱。她总有法子让他们与危险擦肩而过的经历听上去更加惊险，而他们的真实身份又有随时暴露的危险。讲起可兰被绑架一事甚至引得魏夫子都屏住了呼吸。

当她讲到最后一天，在范崇大宅外发生的事时，朱成照实原原本本讲了。屋子中的人在经过三年前一天早上面对一群妖怪的事后，没有人不相信神仙终于决定出手干预了的事实。

故事讲完之后，大家坐在那里陷入沉思。郎队长最后评论说："所以这便是结局了。邪神终于彻底消失了。"

"我相信其中一名神仙许了我们百年的太平。"小龙说，"就我自己来说，我信这话，就像现在我信自己能抛起一块大石一样。三年前，神仙几乎说过同样的话。"

"我不知道。"班超说，"大臣们肯定已经吓得足以赐予我们太平与宁静了。"

"这话真是荒谬呢。"可兰说，"最多四年，就不再怕我们了。"

"那么久吗？"刘阳问道。

"我倾向于刘阳的看法。"小龙说，"上次是有一支恶魔军队直接攻到了京城门外。这一次的叛军没有离开过自家大门。这危险对神仙来说根本微不足道。"

"也许我们可以做些什么来改变这种情形。"班超说，"浪费这么好的一个契机好像真的是挺可惜的。"

很快，其他人也都站起来离去。当柴华站起身时，她皱了皱眉头，问道："这意味着我得把玉玺还给你了，是吗？"

"我想是的。"刘阳说。

柴华叹了口气："我已经习惯了把皇家的特权握在手中的感觉了。"

"别担心，"可兰说，"如果你过年过节时好好求我们的话，会让你用它的。"

"好吧，如果你们要这么无情的话，也许我就留着好了。"柴华威胁道，"反正你不知道我藏在哪儿了。"

"就在你床中间的暗格里。"小龙说，见其他人都转身盯着她，她耸耸肩，"动乱那天你把棋子藏在暗格里的。按理说你也会把玉玺藏在同样的地方。"

"我什么时候给你看过？"柴华问道。

"两年之前，我们表演绝技的夏天。"可兰说，"仔细想想，我也知道。可能是时候找个新的藏宝地点了。"

柴华喃喃地诅咒着，但不快的表情只坚持了一小会儿。她放弃了演戏，建议大家都到御书房去，白惹和朴阳在等着。

大家来到了御书房，白惹兴奋得几乎扑了上来，想知道发生的一切。朱成非常开心地把整个故事从头到尾又讲了一遍，而且证明了讲第二次也没有少了任何一点趣味性。如果有什么不同的话，那就是她又添了更多的华丽辞藻，有趣的比喻，即使讲到他们什么都没做只是赶路的一天听上去也像是充满了冒险。

"这么看来我们好长时间不会再吵架了。你可以退休了，培养讲故事的能力就好了。"班超建议。

"我有什么需要培养的？"朱成淡淡地说，"我已技臻巅峰，再多的钱都买不到的。"

"我知道总有什么原因叫我这么想你。"柴华道。

每个人都开心地笑了起来，一直聊到柴华和其他尚书侍郎决定回去工作了。

"有多少是需要我们亲自审阅的？"刘阳问道。

"明天再担心这事吧。"朴阳说，"我们今晚会审完的，然后明天一早高高兴兴地把这权力交还到你手上。"

"我可不确定会高高兴兴的。"白惹说着站了起来，"柴华实在是太享受她的权力。"

"也许下一次，会叫你负责。"小龙说。

"好，"柴华说，"因为下一次我得跟你们一起去。不再留守这里，管理一切，而你们却这么走掉去收获荣耀，认识新朋友。"

"如果带上你，可能很难结交新朋友。"朱成评论道。

"这话说得真不错。"班超说着，惹来了柴华的怒目相向。

朱成好像也没有感激他，只是翻了个白眼："难道我说什么需要你批准吗？"

"有些东西永远不会改变。"朴阳说着和其他尚书侍郎一起走了出去。

柴华他们走了之后，小龙环顾着御书房，看着熟悉的火光舞动着。他们一起花了无数时间待在这间屋里，为所希冀的更好的未来规划着，描绘着，并为之铺平道路。"重新回到这里，是很高兴的。"小龙说。

"我不得不同意。"可兰说，"回来的感觉出奇的好。"

"可能不会持续太久。"朱成评论。

"还是希望能持续下去吧。"刘阳指出，"在替我们解闷这一点上，命运对我们已经够迁就了。"

"坦白说，我真想不出接下来命运还会给我们带来什么。"班超说，"打退了北方游牧民族的入侵、妖魔军队和邪神，还有什么可以来打击我们的？"

"这会儿，哪怕来只巨型海怪，也只不过像是在书房里普通的一天。"可兰同意。

"尤其是还有几个海盗朋友可以帮我们解决这个问题。"刘阳说。

"总是会有更多的灾难要我们来面对，有更多的人起来反对。"小龙说。

"如果运气好一点的话，过我们自己的生活。"班超说，"我很高兴看到神仙们前来相助，但我不禁会想，他们的介入是不是早了一点。"

"不是一直都是这样的吗？"刘阳问道，"我想他们想让我们为他们插手感动高兴。"

"下一世我们可能将不得不食言。"可兰说。

"我不会的。"朱成声明。

"你打算如何实现这个保证呢？"班超问道。

"我当然是打算永远不死啦。除了希望再也不要与这些神仙打任何交道，特别是骄傲的三只眼的玉帝亲戚，我不确定我喜欢他们给我安排的角色。"朱成说。

"我才不担心呢。"小龙道，"如果仅仅是为了折磨我们其余的人，他们就会把我们安排到一起。"

"你能想象她永生不死却再也无事可做是什么样子吗？"可兰问。大家在这故作严肃的声调中打了个寒战。

"这是否意味着我必须开始做些真正可怕的事情，这样才能保证我们下一世不在同一个地方？"刘阳问道。

"也许你应该做个特别善良的人。"可兰说，"也许神仙不会用命运来惩罚你了。"

"你们都觉得自己很风趣，是吗？"朱成问道。

"必须的呀。你的风趣传染给我们了。"班超说。

"这句讲得不错。"小龙说着点点头。

"现在你们联合起来对付我。很不公平。"朱成说。

大家面面相觑，动作一致地摇摇头。

"也许是时候轮到我们让你苦不堪言了。"刘阳建议。

"可以试试。"小龙说，"我肯定是不会把脖子伸得这么长的。"

"还是一样，天生睿智的人毕竟是少数。"朱成说，对着大家展开一个温暖的笑容。

图书在版编目（CIP）数据

守卫神/陆源著. —— 南昌：百花洲文艺出版社,2016.8
ISBN 978-7-5500-1834-1

Ⅰ.①守… Ⅱ.①陆… Ⅲ.①长篇小说 – 中国 – 当代 Ⅳ.①I247.5

中国版本图书馆CIP数据核字（2016）第186778号

守卫神

陆源 著　晓瑾 译

出 版 人	姚雪雪
责任编辑	游灵通
美术编辑	彭　威
制　　作	何　丹
出版发行	百花洲文艺出版社
社　　址	南昌市红谷滩新区世贸路898号博能中心20楼
邮　　编	330038
经　　销	全国新华书店
印　　刷	江西千叶彩印有限公司
开　　本	850mm×1168mm　1/16　　印张　17.75
版　　次	2017年1月第1版第1次印刷
字　　数	200千字
书　　号	ISBN 978-7-5500-1834-1
定　　价	30.00元

赣版权登字　05-2016-266

邮购联系　0791-86895108
网　　址　http://www.bhzwy.com
图书若有印装错误，影响阅读，可向承印厂联系调换。